숲의 정적

숲의 정적

김 영 옥 소설집

문이당

작가의 말

어두운 숲길을 걸어서 여기까지 왔다. 그러나 여기가 어디쯤인지는 여전히 알 수 없다. 내가 알 수 있는 것은 이 숲길을 벗어나지는 않을 거라는 정도이다.

언제부턴가 숲길에 무엇이 있을지는 생각하지 않기로 했다. 비록 숲길 끝에 아무것도 없을지라도 지금은 걸어야 한다는 것만 생각하기로 했다.

그래도 숲길을 걸어오는 동안 미선, 은정, 미란, 희준, 그녀들, 기정을 만났고, 위로받았고, 의지를 얻었다. 숲속의 나무에 등을 대고 두 팔을 벌린 채 모든 것을 놓아버리고 싶다고 생각할 때, 내 등 뒤로 살며시 다가와 나를 위로해 준 그들이 있었다. 그들의 이야기를 첫 소설집에 묶으니까 두렵기도 하고, 기쁘기도 하다. 이야기를 좀 더 잘 하지 못한 것 같은 아쉬움도 남는다.

그러나 바위에서 몸을 일으켜 다시 어두운 숲길을 걸어가면 또 다른 이들을 만날 것이고, 또다시 나를 찾아와 위로해 줄 그들이 있을 것이다. 그때는 좀 더 깊어진 시선으로 그들의 이야기를 잘 할 수 있을 거라고 믿으며 오늘, 내 발을 한 발짝 더 떼어놓는다.

부잣집 아이가 사놓고 보지 않던 어린이세계명작 100권을 반값에 사주었던 엄마에게 이제 내가 이 책을 드린다.

2017년 가을
김 영 옥

숲의 정적

차례

물거울

미선은 둘둘 말아놓은 보라색 천을 풀었다. 올의 방향에 맞추어 가위로 잘랐다. 바다달팽이 분비물에서 채취한 염료로 모시에 물을 들였으나 색상이 나오지 않았다. 햇볕에 내버려두자 그제야 노란색은 녹색에서 빨간색을 지나 보라색으로 바뀌었다. 마치 늪 색깔이 변할 때 같았다. 뒤란에서 또다시 망치소리가 들려왔다, 작은오빠 을수가 아침녘에 산으로 가더니 나무를 해온 모양이다. 살다본께 밸일도 다 있재, 미선은 작은방을 힐끗 보았다. 닷새 전에는 큰오빠 딸 화연이도 왔다. 작은방으로 기어들어간 화연은 밥 때 외에는 나와보지도 않았다. 그림액자 속에 갇혀 있는 듯한 집에 갑자기 손이 둘이나 찾아들었지만 활기가 돌지 않고 외려 황갈색의 늪처럼 푹 가라앉아 있을 뿐이었다. 망치소리에 이어 간간이 톱질소리도 들렸다.

을수는 어제 보랏빛 늪을 가르고 나타났다. 노을이 사라지자 늪은 주황빛에서 보랏빛으로 변했다. 미서이 맞재? 늪에서 걸어나온 듯한 을수는 봄빛이 여물어졌는데도 두꺼운 남청색 점퍼에 챙이 달린 남청색 모자를 푹 눌러쓰고 있었다. 을수는 가방을 마루에 툭 던지며 부모님 산소를 물었다. 밝을 때 올라가라고 해도 을수는 기어이 사립문 밖으로 나갔다. 집 앞에는 무자치 한 마리가 기어가는 듯한 길이 뻗어 있었으나 그악스런 잡풀에게 자리를 빼앗겨 보이지 않은 지 오래되었다. 을수가 그 길을 다 내려갈 때까지도 미선은 얼떨떨했다. 구릉을 내려간 을수가 검게 변해가는 늪을 지나 들판 속으로 총총 멀어져가는 뒷모습을 보며 미선은 그제야 손가락을 꼽아보았다. 이십오 년 만이었다. 한 번 소식이 끊어진 뒤 을수는 냇물에 떠내려간 고무신처럼 찾을 수가 없었다.

조각조각 자른 보라색 천을 쓰기 좋게 납작한 바구니에 담아놓은 뒤 미선은 하늘을 올려다보았다. 쪽을 잘 들인 것처럼 하늘은 쪽색이었다. 그래서 미선은 파란색 천을 풀었다. 파란색 천을 올의 방향에 맞추어 잘라나갔다. 이번에 주문받은 색동조각보는 열장이다. 비단이나 공단으로 색동조각보를 만들었다. 공방주인의 요청으로 작년부터 잇꽃, 치자, 쑥, 쪽, 숯, 오리나무 열매로 천연염색도 했다. 이번 조각보는 공방주인의 특별 주문이었다. 바다달팽이의 분비물에서 채취했다는 아주 귀한 염료도 공방주인이 건네주었다. 색동조각보가 몬드리안인가 하는 화가의 추상화와 맞먹는다면서 새롭게 평가되고 있다는 말을 공방주인이 흘렸다. 아마 서울의 화랑에서 전시회를 열거나 비싼 가격에 공방으로 팔려 나갈 것이다. 그래도 미선은 신경쓰지 않았다. 웃돈을 좀 더 받을 수 있으면 좋았다.

지금쯤 늪은 반으로 쪼개져 있을 것이다. 반은 햇살을 받아 희게 반짝이고, 반은 무두질이 덜된 잿빛 가죽 같을 것이다. 산이나 집이 아직 깨어나지 않을 때 하늘은 쪽물을 여러 번 들인 진한 쪽색이었다. 들녘 끝 구릉 위에 오도카니 앉은 집 오른쪽에 있는 늪은 물거울처럼 하늘의 쪽색을 그대로 담고 있었다. 조금 물크러진 쪽색이긴 하지만. 하늘이 옅은 주황빛을 띠고, 산이나 집이 반쯤 깨어나면 늪은 검은빛, 잿빛, 주황빛으로 층층이 번들거렸다. 아침밥을 지을 때쯤이면 늪은 다시 쪽색으로 변했다. 미선의 기억에 어머니 뒤에는 늘 쪽색이 있었다. 을수가 가방을 멘 채 푸른 늪가를 걸어가던 모습도 있었다. 미선보다 세 살 많은 을수는 군에서 제대를 하고 온 뒤 한 달가량 집에서 빈둥거렸다. 니도 인자 뭔 일이든지 해야지, 라는 아버지 말에 을수는 좀 내비둬요, 라고 생고함을 지르더니 뒷날 새벽 가방을 쌌다. 푸른 늪가를 걸어가고 있는 을수가 물속으로 빠지는 것 같아 미선은 늪으로 뛰어갔다. 을수는 부산으로 간다고 했다. 부산은 아주 먼 곳이었다. 미선은 하얀 선박과 푸른 바다를 떠올렸다.

기위가 개꼬리를 잡아당겼다. 개는 나이가 많아 묘과나무 밑에 몸을 구기고 있었다. 세모꼴 얼굴에, 귀와 정수리가 햇빛을 받으면 황금빛으로 빛나기도 하고, 밤에 보면 늑대 같기도 한 개는 쇠파리를 쫓듯 꼬리를 휙 돌렸다. 꼬리는 채찍처럼 거위를 철썩 때렸다. 거위는 황황히 도망쳤다. 거위 깃털 하나가 마당에 떨어졌다. 미선은 웃었다. 거위는 아주 작은 소리에도 민감하게 반응해서 키우고 있었다. 처음에는 세 마리였으나 두 마리는 누굴 따라갔는지, 늪에 빠져 죽었는지 보이지 않았다. 미선도 어릴 때 구릉 위에서 놀다 늪에 빠지곤 했다. 을수는 장대를 내려주며 타고 올라오라고 했다. 을수는 물방개나 송장헤엄치게만큼이나 헤엄을 잘 쳤다. 혼자 살아도 개와 거위만 있으면 무서울 게 없었다.

조각조각 자른 주황색 천을 잘라놓은 파란색 천과 보라색 천 옆에 포개 놓은 뒤 미선은 부엌으로 갔다. 가마솥에 쌀을 안치고, 아궁이에 장작불을 붙였다. 불이 붙자 갈치조림이 든 냄비를 석유곤로 위에 올렸다. 아침에 부랴부랴 첫차를 타고 읍내로 나가 갈치와 조기를 사왔다. 을수는 갈치에 감자를 넣은 조림을 좋아했다. 밥주머니가 약간 아래로 처진 을수는 밥을 먹고 나면 소처럼 되새김질을 했다. 어릴 때 미선은 오만상을 찌푸리며 함께 밥을 먹지 않으려고 했다. 을수는 여전히 밥을 먹고 나서 우물우물 되새김질을 했다. 우리 오빠 맞구나 싶으면서도 가슴이 꽉 메여와 미선은 얼른 물그릇으로 얼굴을 가렸다. 밥 뜸을 들이려고 숯불 두어 개만 남겨놓고, 나머지는 삽에 담아 나와 화덕 안에 쏟아부었다. 석

쇠 위에 조기 세 마리를 구웠다. 비린내를 맡은 개와 거위가 화덕 주위를 맴돌며 오두방정을 떨었다. 미선은 네 마리를 구울걸, 하고 후회했으나 곧 짐승에게 온 것을 주는 것은 맞지 않다고 생각했다. 석쇠를 뒤집어놓고 후박나무 아래로 가자 개와 거위가 미선의 발치께에 따라붙었다.

"너그들은 내가 난중에 대가리하고 뼈다구 많이 남가주께."

개와 거위는 화덕 쪽으로 몰려갔다. 미선은 후박나무 잎사귀를 세 장 땄다. 옛날에 어쩌다가 생선을 구우면 어머니는 각자의 몫을 후박나무 잎사귀에 놓아주었다. 그러면 미선은 을수나 큰오빠의 몫을 힐끔힐끔 훔쳐보며 그들보다는 늦게 먹겠다고 손톱만큼씩 떼어먹었다. 그래서인지 미선은 혼자 살 때도 생선을 구우면 후박나무 잎사귀를 땄다. 후박나무 가지 사이로 늪이 내려다보였다. 늪가의 미루나무, 버드나무는 연둣빛을 흩뿌려댔다. 초록 뱀들이 일제히 대가리를 치켜들고 있는 것 같은 수초에도 봄빛이 떨어져 있었다. 윗마을 재 너머로는 늪이 넓게 퍼져 있었으나 이곳은 꼬리가 감추어진 맨 마지막 늪이었다. 늪은 조롱박에 떠놓은 물 같기도 하고, 빗물이 가득 차 있는 거북이 등딱지 같기도 했다. 늪은 홍수가 졌을 때는 스펀지처럼 물을 빨아들여 저장했다. 창포나 생이가래가 물을 썩게 만드는 영양분을 먹어치워서 물도 썩지 않았다. 사월 초순인 지금 늪 속에서는 부화된 개구리가 튀어나오고, 개구리밥이 물 위로 떠올랐다. 비오리는 개구리밥 속을 파고

들어가 노닥거리며 늪가의 자운영꽃밭을 올려다보곤 했다.

아침에 먹던 시래깃국을 챙겨 밥상을 내가도 작은방 문은 열리지 않았다. 미선은 닫혀 있는 두 짝의 문이 꽉 앙다물고 있는 화연의 입술 같다고 생각했다.

"화연아, 밥 무라. 빨리 나온나."

닷새 전의 화연은 챙이 달린 검은 모자를 눌러쓰고, 테가 하얗고 동그랗고 얼굴을 반이나 덮는 선글라스를 쓰고 있었다. 모자 밑의 두 눈은 황량하고, 거칠고, 노랗게 빛났다. 들고양이 눈 같다고 미선은 생각했다. 미선은 장독대를 돌아 뒤란으로 갔다. 을수는 망치, 쇠못, 톱, 낫, 칼, 줄자, 연필, 대패 등속을 옆에 놓고 나무토막을 이어붙이고 있었다. 개집인지 거위집인지 모를 나무집도 짜놓았다. 줄자, 줄칼, 사포쪼가리, 아교풀, 대패는 을수가 가져온 것이다. 을수는 왼손으로 망치질을 했다. 오빠가 왼손잡이였나, 미선은 고개를 갸웃했다.

"오빠, 밥 묵고 해라. 뭐 만드노?"

을수는 덕석 같이 큰 손으로 이마의 땀을 훔쳤다. 오른손 약지와 새끼손가락이 한 마디씩뿐이었다. 미선은 속으로 놀랐다.

갈치조림이 든 냄비를 상 한가운데 놓은 뒤 미선은 작은방 문을 열어젖혔다. 화연은 벽에 등을 기대고 앉아 지구본을 뱅글뱅글 돌리고 있었다. 꼭지에 기름을 먹여야 잘 돌아갈 건데, 지구본은 을수가 중학교 때 쓰던 것이다. 노란색은 중국 땅이고, 빨강색은 아메리카 대륙이고, 분홍 장화는 칠레라고 미선에게 가르쳐주곤 했다.

을수는 오른손으로 숟가락을 들었다. 미선은 속으로 안도했다. 을수와 화연은 서로 한 마디도 하지 않았다. 눈길조차 주지 않았다. 화연이가 큰오빠 딸이라는 것을 알기는 아나? 미선은 뼈를 발라낸 조기 살을 을수의 밥숟가락 위에 올려주었다. 을수는 쓰다 달다 말도 없이 숟가락을 입에 푹 쑤셔넣었다. 어머니를 닮아 몸집은 크나 작달막한 을수가 눈을 씀벅이며 열무김치 국물을 후루룩 마시자 미선은 가슴이 저릿해 처마 끝에 매달아둔 소코뚜레를 올려다보았다. 순돌이를 키울 때는 좋았다. 순돌이가 일도 잘하니까 농사도 잘 되어 밥걱정은 하지 않고 살았다. 하도 실해서 잘 키워 황소싸움에도 내보라고도 했으나 순돌이는 을수 대신 논밭일하기도 바빴다. 아버지는 순돌이를 을수라고 생각하는 듯했다. 을수도 소코뚜레를 올려다보며 이마의 땀을 훔쳤다. 화연은 젓가락으로 갈치조림만 깨지락거렸다.

"화연아, 니는 방에 들앉아서 뭐하노? 삼촌하고 말도 좀 나누고 하지."

화연은 젓가락을 놓아버렸다. 여기로 오는 게 아니었어. 갈 데가 없기는 해도 여기로 오는 게 아니었어. 화연은 마당으로 내려서며 담배에 불을 붙였다. 등에 미선과 을수의 눈길이 박히지만 화연은 아랑곳하지 않았다. 모과나무 가지 사이로 늪이 보였다. 늪의 물은 장기기 썩은 사람이 누어놓은 검은 오줌 같았다. 그러나 늪은 변하지 않았다. 늪뿐만 아니라 집도, 들녘도, 산도, 심지어 미선조차도 늘 그 자리에 걸려 있는 액자사진처럼 변하지 않았다. 변한 것은 을수뿐이었다. 저렇게 거친 눈을 가진 사람들을 도시에서 많이 보았다. 화연은 힐끗 뒤를 돌아보았다. 밥만 퍽퍽 퍼먹고 있는 을수와 조기 살을 훑어먹고 나서 뼈를 개와 거위에게 던져주고 있는 미선도 검게 보였다. 미선이 잘라놓은 천조각도 색깔이 있을 텐데 모두 검게 보였다.

"밥만 축내지 말고, 서로 이야기보따리 좀 풀자. 내가 깝깝해 죽겠다."

모과차를 마시던 중 미선이 주먹으로 가슴을 탕탕 쳤다. 을수가 웃었다. 말썽꾸러기였을 때의 짓궂은 표정이 그대로 묻어났다. 을수가 부모님 속을 썩이며 엇길로만 나가던 일이 생각나 미선도 웃었다. 을수는 화연의 차가운 얼굴과 마주치자 차를 후루룩 마셔버리고 몸을 일으켰다. 미선이 붙들어도 을수는 뒤란으로 어슬렁어슬렁 가버렸다. 곧 망치소리가 들려왔다.

미선도 빈 찻잔을 모은 쟁반을 밀쳐놓고 나서 노란색 천을 잘랐다. 치자물이 알맞게 들면 노랑어리연꽃과 같은 색깔이 나왔다. 태풍이 물러가고 땡볕이 내리쬐는 팔월이 되면 늪 한쪽에서 노랑어리연꽃이 피어났다. 뜨거운 햇볕이 쏟아지면 꽃봉오리를 크게 벌려 창포의 노랑꽃과 어울렸다. 늪은 온통 노랑으로 빛났고, 왠지 물비린내보다는 흙냄새가 나는 것 같았다. 노랑꽃이 지고 나면 늪은 누런 황토색으로 변해갔다. 또 차츰차츰 잿빛이나 쪽빛을 띠게 되면 가시연이 열매를 맺고, 갈대나 물억새가 피었다. 들판은 노랑물감을 들이부은 듯 황금빛이었고, 메추라기가 떼를 지어 날아들었다. 늪에는 긴긴 겨울을 보내려는 도요새나 청둥오리들이 찾아왔다. 부산으로 나간 지 일 년이 지났을 쯤 을수는 양손에 선물꾸러미를 들고 나타났다. 을수 뒤로 늪가의 갈대와 물억새가 하얗게 빛났다. 을수는 가구공장에서 선박공장으로 옮겼다고 했다. 뒷날 근무를 해야 한다면서 을수는 추석날 떠났다. 노란빛에서 주황빛으로 변하고 있는 늪을 배경으로 걸어가고 있는 을수는 검은 새 같았다. 부모님은 을수가 이제야 사람이 되었다며 좋아했다. 부디 제 욕심을 챙겨 둥지를 틀기를 바랐다. 그러나 그 뒤로 영영 소식이 끊어져버렸다.

"화연이 니도 옷 맹그는 일을 하재? 우짜모 더 색깔 배합이 조을지 천들을 마차봐라. 내 감각보다 더 조오모 그렇게 할게."

"그냥 고모 식으로 해."

화연은 땅삐처럼 쏘아붙였다. 머쓱해진 미선은 댓돌 위에서 깔짝대는 거위에게 저리 못 가, 하고 소리쳤다. 거위가 걸음마 배우는 아이처럼 뒤뚱거리며 마당으로 내려가자 화연은 조금 부드러운 목소리로 이게 뭐냐고 물었다.

"조각보 만들끼다. 니 어릴 때, 요 오모 할매가 니 색동저고리 맹그리줬제? 기서 나온 기다."

어머니는 자투리 천을 모아두었다가 날이 궂어서 들일을 나가지 않을 때 베갯모나 복주머니나 상보를 만들었다. 명절이 돌아오면 색동옷도 해 입혔다. 을수는 계집애 같다면서 색동저고리를 입지 않았다. 고등학교 들어가기 전까지 방학만 하면 여기로 오던 화연과 함께 미선은 색동저고리를 입고 세배를 다니고, 널뛰기도 하고, 달집태우기도 했다.

"이게 요즘 다시 유행하기는 해. 조선시대 여인들 솜씨가 클레의 기하학적 추상화보다 앞섰다며."

미선은 고개를 끄덕끄덕했다. 바느질을 잘하던 미선은 이래저래 모아놓은 자투리 천으로 찻잔받침이나 조각보를 만들었다. 읍내 시장에 가서 팔아보았는데 살림이 넉넉해 보이는 젊은 여자들이 장식용으로 사갔다. 그걸 물꼬로 수예점을 소개받고, 공방까지 길을 트게 되었다.

"니도 뭔 일이 있재?"

"아무 일도 없어."

문디 가시나 쌀쌀맞기는, 미선은 고개를 숙이고 초록색 천을 잘랐다. 쪽의 푸른색에 괴화의 황색으로 간색을 하면 초록이 나왔다. 기온이 점점 올라가면 골짜기나 들판이나 늪은 초록천지가 될 것이다. 가시연잎이나 개구리밥이 늪 수면을 초록으로 빽빽하게 채우고, 늪가의 수초나 키 큰 풀은 길길이 웃자라 초록 덤불을 이루었다. 미루나무나 버드나무도 합세했다. 뒤란에서 망치소리가 들려왔다. 담배에 불을 붙여 물던 화연이 힐끗 옆을 돌아보았다.

"뭘 저렇게 왼종일 뚝딱거려?"

"월내 뭘 맹그는 걸 조아했다. 일하는 거는 죽으라고 싫어했지만."

손재주가 많던 을수는 그림도 잘 그렸다. 못살던 시절에 그런 재능은 없는 게 나았다. 도화지는 똥닦개로도 못 썼다. 그 한이 만화 쪽으로 기울어 을수는 학교는 가지 않고 뒷산의 소나무 줄기나 무덤에 반쯤 드러누워 책가방 가득 빌려온 만화책을 보았다. 만화책만 보기 심심해서 담배도 피웠다. 그 돈은 육성회비를 떼먹은 거라든지 책값 공책값을 부풀린 것이었다. 그것으로 모자라 밤에 고방으로 기어들어가 쌀과 보리를 자루에 퍼 나왔다. 새벽에 닭장으로 들어가 따끈따끈한 달걀도 훔쳤다. 새벽잠 없는 어머니에게 들켜 부지깽이로 머리통을 얻어맞기도 했다. 어머니는 관절염으로 다리를 절뚝거리면서도 학교까지 가서 직접 육성회비를 납부했다. 그러나 을수는 거의 학교에 가지 않아 고등학교 일학년 때 퇴학당했다. 대처로 떠돌다 돈이 떨어지면 도둑게처럼 기어들어와 부엌처마에 달아둔 보리밥을 퍼먹고 팬티에 두 손을 집어넣은 채 잠을 자다 아버지한테 도리깨로 얻어맞았다. 미선은 을수의 등에 약을 발라주었다. 상처난 상체를 꼭 껴안아주고 싶었다. 어머니는 벌새처럼 부지런했으나 큰일은 못했다. 텃밭이나 손보는 정도였다. 큰소삐는 니이치기 많은 데다 일찍 결혼해 나갔고, 일할 사람은 미선뿐이었다. 아버지, 순돌이와 함께 논밭을 갈고, 객토를 하고, 감자를 캤다. 읍내의 여학교가 아니라 읍내와 오십 리는 떨어진 산골짜기에 있는, 못사는 애들만 가는 공립 고등학교에 다녔는데 자주 학교를 빠져야 했다.

"니가 주로 만드는 분야가 뭐꼬?"

"……."

"여자 옷이가? 원피스 같은 거라모 앞섶 같은 데 색동무니를 넣어보는 거는 어떻노? 내도 전에 치마 말기에 색동무니를 넣어본 적이 있다. 거기다 저고리 대신 세모시 같은 천을 두리는 거지."

"이미 다 끝난 이야기야."

"끝나다니? 무신 말이고?"

화연은 대꾸하지 않고 반이나 남은 담배를 빈 찻잔 안에 힘껏 짓이겼다.

거위가 화연의 구슬달린 구두를 물어뜯고 있었다. 미선은 구두를 빼앗아 마루 밑에 던져두며 거위를 쫓아버렸다. 쫓겨난 거위는 사립문 밖으로 나갔다. 댓돌 위에는 보라색 구슬과 파란 구슬이 반짝였다. 개는 모과나무 밑에서 꾸벅꾸벅 졸았다. 참새가 제 밥그릇을 쪼아도 내버려두었다.

미선은 잇꽃 물을 진하게 들인 빨간 천을 잘랐다. 봄이 지나고 기온이 점점 올라가면 늪에서는 마름이라거나 자라풀, 생이가래가 고개를 내밀었다. 왜가리라거나 백로가 찾아와 늪의 정적을 깨뜨렸다. 가시연잎에서는 붉은 자주색 꽃이 툭툭 솟아났다. 그때가 되면 미선은 아버지가 생각났다. 늘 골골하던 어머니는 미선이 스무 두 살 때 죽었다. 짝 잃은 아버지는 사방이 아직 쪽빛일 때 방문을 열어놓고 늪 쪽을 우두커니 바라보았다. 두 팔로 무릎을 싸안은 채 혼자 중얼거렸다. 그 소리에 미선은 잠이 깼다. 아버지는 아픈 어머니를 병원에 입원시키지 못하는 것을 아쉬워했다. 어머니는 아파서 두 달 넘게 누워만 있었다. 뱀술이라도 해 먹이려고 아버지는 산으로 올라갔다. 뒷날 어머니는 눈을 뜨지 않았다. 이태 뒤에 아버지는 우시장에서 소를 팔고는 밤새 술친구들과 어울리던 중 별안간 집으로 돌아왔으나 구릉으로 올라오지 않고 늪가를 뱅뱅 돌기만 하다가 그만 늪에 빠져버렸다. 새벽에 발견된 아버지는 청산가리를 먹고 목이 틀어진 비오리처럼 목이 꺾여 있었다. 붉은색 하늘이 구름을 삼켜버리자 늪도 핏빛으로 번들거렸다. 붉은빛이 도는 가시연꽃은 물감을 칠한 인공 꽃 같았다. 쪼글쪼글 주름지고, 물에 착 달라붙어 가시를 세운 채 청색으로 번들거리던 가시연잎이 가시연꽃을 더 붉게 했다. 덜렁거리던 아버지의 다리 한 짝도 피 묻은 곡괭이 같았다. 모두들 왜 늪으로 갔는지 알 수 없는 일이라며 혀를 찼다. 아버지 사십구재를 지내고 나자 큰오빠는 미선에게 남자를 소개해주었다. 미선은 큰오빠가 소개하는 자리는 마다하지 않고 나갔고, 하나도 따지지 않고 그냥 결혼하겠다고 했다. 남자 쪽에서도 좋다고 하는데 결혼은 되지 않았다. 미선은 인연이 있나 보다, 라고 생각하게 되었지만 큰오빠는 쥐뿔도 없는 게 눈만 높다고 욕을 퍼부었다. 미선은 억울했다. 애가 하나 달린 홀아비와의 결혼도 되지 않자 큰오빠는 미선을 보지 않겠다고 잘라버리고서 발걸음도 하지 않았다. 미선은 혼자 살았다. 논 서너 마지기도 큰오빠가 팔아가버려 밭을 가꾸고 염소와 닭을 키웠다. 가시연 열매를 따고, 논고동도 주워 팔았다.

"난 색을 잃어버렸어."

숯 물을 들인 검은색 천을 잘라 포개놓는 것을 물끄러미 바라보던 화연이 입을 뗐다.

"색을 잃어버렸다고? 뭔 말이고?"

"색을 도둑맞았다고."

"알아듣게 좀 얘기해봐라."

파리 출장 중에 우주 쇼를 보게 된 화연은 외계인이 입었던 회색 우주복을 살짝 도용하여 고급스러우면서 실용적인 겨울용 파카를 디자인했다. 오른쪽 소매 끝에 비행접시 상표가 붙은 파카는 전국을 휩쓸었다. 야광이 되는 스키용과 분홍색과 파랑색으로 변화를 주었고, 비행접시를 타고 대번에 팀장이 되었다. 아이가 없고 남편은 지방대학의 조교수였기 때문에 종종 디자인실에서 밤을 새웠다. 열심히 모래를 물어다 집을 짓는 어름치처럼 화연도 열심히 집을 지었다. 랩 블라우스에 시침을 하던 도중 골이 깨질 것처럼 아파서 조퇴를 했다. 집으로 와서 약을 먹고 잠을 청했다.

잠은 오지 않고, 식은땀만 줄줄 흘렀다. 머리가 너무 아파 침대 위에서 돌돌 구르기도 했다. 수면제를 집어먹고 새벽녘에야 잠이 들었다. 아침에 눈을 뜨니까 옷장이라거나 화장대가 검은 덩어리로 보였다. 의사는 뇌를 다친 적이 있냐고 물었다. 화연이 애매하고도 절망적인 표정을 짓자 의사는 시세포에 이상이 있는 것 같으나 살아가는 데 큰 문제는 없을 거라고 위로했다. 현란한 색이 사라지고 좁아진 시야를 검은색이 채워오면 마음이 편안해지기도 했다. 컬러텔레비전으로 보는 드라마 대신 짐 자무시나 잉마르 베리만의 흑백영화를 보는 듯했다. 흑백영화는 그러나 밥을 빼앗아갔다. 올 초였다. 실장이 여름에 출시할 원피스 분야를 화연한테 떠맡겼다. 늘 스낵과자를 입에 달고 사는, 그것조차 여유로 보이던 실장은 다 알고 있는 듯했다. 혼자서 만든 원피스는 콘셉트대로 심플하면서도 고풍스럽지 않고 어린애가 크레용으로 마구 황칠을 해놓은 것 같았다. 밤무대 의상보다 더 화려하네요. 이 팀장님, 세상은 혼자 살아가는 게 아닙니다. 화연은 무슨 뜻이냐고 물었다. 모르면 할 수 없고요. 실장은 긴 손가락으로 스낵과자를 집어먹었다. 화연은 손을 부르르 떨었다. 실장은 재단가위로 뒤통수를 내려치기 좋은 위치에 앉아 있었다. 재단가위가 자신의 목을 노리는 전갈처럼 보일 때도 있었다. 권고사직을 당하기 전에 사표를 내고 나자 자신이 그들을 속인 것이 아니라 그들이 자신을 속였다는 생각이 들었디.

"이미 술래잡기가 끝났는데 나만 몰랐던 것 같아. 나만 두 손으로 눈을 가린 채 무궁화 꽃이 피었습니다를 열심히 불렀던 것 같아."

"정서방은 뭐라카노?"

"아무것도 몰라."

미선은 반짇고리에서 바느질 쌈을 찾아내 섬세한 수를 놓을 때 사용하는 귀가 작은 바늘을 뺐다. 귀가 크면 구멍이 컸다. 소나무 껍질 삶은 물에 담갔다 건져낸 실을 바늘에 꿰었다. 모시가 빳빳해서 일반 실을 쓰면 잘 끊어졌다.

"정서방이 모린다는 거는 말이 아이다."

"어떻게 나올 줄 알고? 그 사람도 자기밖에 몰라. 애가 없어도 고민 안 해. 자기 연구실적밖에 관심 없어."

"그래도……."

미선은 손톱만큼씩 접은 보라색 천과 검은색 천의 양끝을 감싸 엇갈리도록 시침을 했다.

"고모는 삼촌이 무슨 일을 저질렀든 다 이해할 수 있어?"

두 천을 앞 감 방향으로 접어서 감침질을 하던 미선의 손이 멈칫했다. 미선도 모르는 게 아니라는 사실에 화연은 놀랐다.

"……아부지가 비럭질하고 콩밥은 아무도 장담 못한다캤다."

그때 을수가 툇마루 쪽으로 성큼성큼 걸어왔다. 미선은 얼른 입을 다물고 뒷면을 감침질 해나갔다. 을수가 힐끗 미선을 바라보았다. 을수의 눈은 거칠고, 황량하고, 무섭게 번들거렸다. 미선은 을수 눈이 부모님의 산소를 찾았을 때 본 멧돼지 눈을 닮았다고 생각했다. 새벽이었는데 산을 오르자 흙을 갈아엎는 듯한 요란한 소리가 계속 들려왔다. 돌아보니까 소만 한 멧돼지가 산을 내려오고 있었다. 미선은 너무 무서워서 얼른 남의 산소 뒤로 몸을 숨겼다. 멧돼지가 새끼 세 마리를 달고 있는 것을 보자 미선은 갑자기 몸이 풀렸다. 새끼만 해치지 않으면 멧돼지도 사람을 해치지 않을 거였다. 미선은 자루 속에서 북어포를 꺼내 새끼에게 던져주었다. 새끼 중 하나가 주둥이로 북어포를 덥석 물었다. 멧돼지는 새끼들을 몰고 산속으로 올라갔다. 을수의 눈은 그때의 멧돼지 눈 같았다. 그래서 을수의 눈이 무섭지 않았다.

안방으로 들어간 을수는 거울을 들고 나왔다. 화연은 을수의 행동을 지켜보고 있었다. 앞뒤를 다 감친 천에서 시침실을 빼내던 미선이 물었다.

"오빠, 거울은 와 가져가노?"

을수는 마당을 가로질러 뒤란으로 가버렸다. 개가 을수 뒤를 쫄랑쫄랑 따라갔다. 개는 어제 을수를 처음 보았을 때도 짖지 않았다. 화연이가 왔을 때는 한나절을 으르렁거렸는데. 거위도 뒤뚱뒤뚱 개를 따라갔다.

파랗던 하늘이 차츰차츰 황갈색으로 변해갔다. 산도 흐린 갈색으로 번해지고, 늪도 황갈색으로 잠겨간 것이다. 오리나무 열매로 물이 들이면 흐린 황갈색이 나왔다. 미선은 황갈색 천을 잘 쓰지 않았다. 날이 궂거나 비가 내리거나 안개가 내려 사방이 뿌유스름할 때 늦은 황갈색이었다. 태풍이 몰려오거나 모래바람이 불 때도 늦은 황갈색이었다. 그러면 구릉이나 집은 황갈색 늪에 떠 있는 것 같았다.

보라, 검정, 파랑, 노랑, 빨강, 주황, 초록, 흰색을 세 부분으로 서로 엇갈리게 이어 붙인 뒤 가위로 실을 끊었다. 앞뒷면의 바느질이 똑같이 나왔는지 살펴보고 나서 두 손바닥으로 네모반듯한 색동조각보를 폈다. 흰 천에 손때가 묻지 않게 조심했다. 아무 물도 들이지 않은 흰 천은 잘 다루어야 했다. 겨울 늪도 흰 고무신에 눈이 소복이 담겨 있는 것처럼 보일 뿐 살아있는 것 같지 않았다. 들판에도 사람의 발길이 완전히 끊겼다. 큰기러기나 두루미만 먹이를 찾아 분주히 돌아다닐 뿐이었다. 눈이 쌓인 추진 늪가나 추진 마당이 싫어 미선은 방에서 바느질만 했다. 미선은 겨울에도 한차례 앓았다. 저녁때는 먼 것 같아 보라색 천과 검은 천의 시접을 겹쳐 감싸 홈질로 시침을 했다.

산과 나무, 지붕 그림자가 마당 깊숙이 들어와 있었다. 늪에도 산그림자 위에 잔양이 쇠못처럼 박혀 있을 것이고, 미루나무나 버드나무나 수초 그림자는 물에 젖지 않은 채 두 배로 커져 있을 것이다. 을수가 뒤란에 있어서인지 미선은 다른 때와 달리 마음이 든든했다. 초록 천까지 잇대어 꿰매자 그만 바늘을 빼고 둘둘 말

앉다. 잘라놓은 천, 자투리 천, 꿰매다 만 조각보, 색동조각보를 왕골바구니에 챙겨 넣었다. 반짇고리와 바구니 따위를 마루 구석으로 밀쳐두고 지갑을 챙겼다. 거위와 개가 미선 뒤를 따랐다.

을수는 사각형으로 얽어놓은 나무토막에 쇠못을 하나씩 박고 있었다. 못을 다 박고 나자 망치로 거울의 스테인리스 테를 쳐냈다. 거울 뒷면에 아교풀을 칠했다. 나무토막에 거울을 붙이고 나서 못대가리를 꼬부려 고정시켰다. 멋지지는 않으나 투박하고 튼실한 화장대가 완성되었다. 다리 네 개는 거친 소나무 그대로이고, 거울 아래는 판판한 널빤지가 잇대어 있었다.

"오빠, 이때꺼지 이거 만들었나? 누끼고?"

을수는 아무 말도 하지 않았다.

하늘이 황갈색에서 주황빛으로 바뀌고 있었다. 미선은 오른쪽으로 두어 걸음 걸어가 돌담 너머로 늪을 내려다보았다. 늪도 산과 하늘과 한 덩어리가 되어 옅은 주황색으로 변하고 있었다. 수초나 자운영꽃밭이나 하늘을 나는 까치는 검은색으로 도드라져 갔다. 미선은 사립문을 닫고 나면 서쪽을 오랫동안 바라보았다. 자신이 누군가를, 무엇인가를 기다리고 있다는 것은 알았으나 그게 누구인지, 무엇인지는 알지 못했다. 그게 혹 을수가 아니었을까 하는 생각이 오늘은 문득 들었다. 하늘이 주황빛으로 바뀌면 미선은 여기가 아닌, 다른 곳으로 가고 싶었다. 어디론가 가야만 할 것 같이 사립문 밖으로 뛰쳐나가기도 했다. 구릉 위를 구르다시피 달려 내려갔다. 그러나 아무리 달려도 들녘 한복판이나 늪가일 뿐이었다. 펄펄 뛰는 마음을 늪 속에 던져두고 돌아섰다. 저녁을 지어먹고 안방에서 바느질을 할 때면 문득 들일을 나갔던 어머니가 돌아올 것 같아 문을 벌컥 열어젖히기도 했다. 엄마, 와 이제오노? 내가 얼매나 무섭꼬 심심했다꼬, 하고 앙살이라도 부리고 싶었다. 마당에는 거위와 개뿐이었다. 어머니가 영영 오지 않는다는 것을 알아채면 숨이 막혔다. 들일을 나갔다가 깜깜한 집으로 기어들어오면 한동안 숨을 쉬지 못할 때가 있었다. 늪으로 뛰어들면 늪이 덥석 받아줄 것 같았다. 늪으로 달려가다 이래도 나를 붙들 사람 하나 없구나, 싶어 털썩 주저앉았다. 방으로 기어들어가 이불을 뒤집어쓰고 잠을 잤다. 시커멓게 입을 벌리고 있던 늪이 푸른빛으로 변해 있는 것을 보며 간밤의 일을 잊었다.

작년 봄부터 생리가 끊어지더니 몸이 묵지근하고 피로했다. 어깨는 쌀 한 가마를 얹어놓은 듯 무겁고, 손톱의 미세한 금들이 겁이 나 병원을 찾았더니 유방암이라고 했다. 남자를 겪어본 적 없어 온전히 새것으로 남아 있을 줄 알았던 몸을 암이 파먹었다는 사실이 믿어지지 않았다. 오른쪽 가슴의 삼분의 일을 썩은 사과처럼 도려냈다. 미선은 크게 흔들렸다. 쓰지 않고 아껴두었더니 썩어버렸구나, 하며 자신의 생활을 원망했다. 입원해 있던 병실에서도 미선만 혼자였다. 집으로 돌아와도 미선 곁에는 늪과 산과 들녘뿐이었다. 미선은 가방을 챙겨 집을 나갔다. 찾아갈 사람도 없었다. 다시 돌아와 색동수를 놓고, 색동조각보를 만들었다.

"오빠, 올 저녁에는 소주 한잔하자."

미선은 을수에게 함께 살자고 말할 생각이었다. 팔뚝으로 땀을 훔치는 을수의 눈빛이 흔들리는 것을 미선은 놓치지 않았다. 을수의 남방셔츠와 바지를 사야겠다고 생각했다.

하늘은 주황빛으로 물들어 있고, 산등성이와 늪가는 파란색이었다. 물컹한 홍시 같던 해가 탱글탱글해지면서 빨간색을 띠고, 늪은 차츰 보라색으로 변해가고 있었다. 늪가를 걸어가던 미선은 자운영꽃밭에 서 있는 화연을 보았다. 미선의 걸음이 빨라졌다. 개와 거위도 더 빨리 따라갔다.

산은 보랏빛으로 웅크려들었다. 옅은 노란색의 하늘에는 붉은색이 희미하게 번져 있었다. 늪가의 미루나무나 버드나무나 수초나 풀은 제 색을 찾아 녹색으로 가라앉고 있었다. 늪은 바다달팽이 분비물로 물들인 천이 서서히 보라색으로 바뀌어갈 때 같았다.

화연은 가방을 멘 채 늪 쪽으로 걸어가고 있는 을수를 보고 있었다. 어디로 가는 거지? 화연의 눈에는 을수가 검은 늪 속으로 걸어 들어가는 것 같았다.

미선은 마루로 뛰어올라가서 안방 문을 벌컥 열어젖혔다. 구릉을 올라올 때부터 이상하게 들판과 늪이 더 넓어 보였다. 방 한쪽에는 화장대와 나무의자가 놓여 있었다. 미선은 얼른 뛰쳐나와 마루 밑을 보았다. 을수가 신고 갔던 농구화가 보이지 않았다.

뒤란도 말짱하게 치워져 있었다. 허청허청 걸어온 미선은 툇마루에 털썩 주저앉았다. 왕골바구니가 눈에 띄자 미선은 무릎걸음으로 마루 위를 기어갔다. 색동조각보가 없었다.

산을 먹어치운 검은 어둠이 잿빛 가죽처럼 번들거리는 늪도 집어삼켰다. 아무것도 보이지 않았다. 곧 늪이 푸른색을 띠어 갔다. 산등성이와 미루나무와 버드나무의 그림자는 깊숙이, 또렷하게 잠겨 있었다. 나뭇가지 속을 헤집고 다니던 비오리가 이따금 꽥꽥거렸다. 울고 있는 미선을 위로하는 듯이.

거인의 손가락

네 엄마 강주 연못에 있대. 거기 꽃집에서 일한대. 수업 시작 전에 친구가 한 말이 또 생각났다. 나는 머리를 흔들고, 나무들을 보았다. 소나무 줄기마다 담쟁이덩굴이 친친 휘감겨 있었다. 마치 뱀들이 기어 올라가는 것 같았다. 담쟁이덩굴은 기댈 곳만 있으면 아무 데나 기대서 자랐다. 전깃줄이나 전봇대나 담벼락이나 막대기나 나무나 가리지 않았다. 왜 담쟁이덩굴은 아무 데나 달라붙는 것일까. 그게 궁금해 사층 선생님에게 물어봤더니 뿌리가 없어서라고 했다. 그래서 담쟁이는 버팀목이 있어야만 살 수 있는 불완전한 식물이라고 했다. 사층 선생님은 모르는 게 없었다. 책가방은 소나무 밑에 팽개쳐져 있었다. 나는 소나무들 속을 지그재그로 빠져나오면서 징그러운 뱀들을 손으로 잡아 뜯었다. 커다란 상수리나무들 사이로 학교건물이 내려다보였다. 쓰레기를 태우는 소각장에서는 연기가 피어오르고 있었다. 축구공 차는 소리가 한 번씩 들려오기도 했다.

잘 닦아놓은 모래땅에서는 할아버지 할머니들이 게이트볼을 치고 있었다. 입술이 빨간 할머니가 커피포트를 옆에 놓고 커피를 팔고 있었다. 몸이 빼빼 마른 할아버지가 공을 탁탁 칠 때마다 그 할머니가 웃었다. 엄마가 생각났다. 엄마는 지훈이 입학식 날 집을 나가서는 이학년이 된 지금까지도 돌아오지 않았다. 나는 빠르게 통나무 계단을 올랐다. 엄마한테는 안 갈 거야. 약수터 앞을 지나자 연못이 보였다. 연못 한가운데서는 푸른 용이 지구의 같은 것을 친친 휘감은 채 금붕어나 비단잉어를 내려다보고 있었다. 얘, 이 구슬 가지고 놀래? 용이 입에 물고 있는 여의주는 왕구슬처럼 보였다. 지구의처럼 생긴 것은 사층 선생님의 둥근 배 같았다. 허리를 꼬부려 연못을 들여다보았다. 내 손가락만 한 금붕어가 엄마 금붕어를 졸졸 따라다녔다.

"네가 아니었으면 이 고생도 없을 텐데."

어느 날 엄마는 내게 말했다. 엄마는 보따리를 싸 친구 집으로 갔으나 내가 생긴 것을 알자 다시 돌아왔다고 했다. 농고를 졸업하고 도시로 간 아빠는 하는 일마다 안 돼 할머니 집으로 돌아와 농사일을 거들었다. '농촌 총각'이 된 아빠는 선을 오십 번도 더 보았지만 결혼이 되지 않자 대학을 나와 오퍼상을 한다고 속여 엄마와 결혼했다. 신혼여행을 다녀오고, 허겁지겁 혼인신고를 하고 나자 아빠는 가면을 벗어던졌다. 내가 생기지 않았다면 엄마는 가면 벗은 얼굴에 침을 뱉고 돌아설 수 있었을 것이다. 내가 엄마 발목을 잡았다.

사거리 쪽에는 글짓기 학원, 영어학원, 수학학원, 논술교실, 피아노 학원이 밀집해 있었다. 새로 지은 시청 건물의 유리 외벽이 빛을 번쩍번쩍 쏘았다. 대로변을 건너자 탑 마트, 하이마트, 매림 초밥, 레드 단란 주점, 은하수 노래방, 강천 모텔이 보였다. 강천에는 하루가 다르게 건물들이 우뚝우뚝 치솟았다. 들판에는 공장이 들어섰고, 미나리 밭을 메워 상가건물을 세웠고, 동네를 이리저리 뚫어 길을 냈다. 그 길에는 술집, 횟집, 밥집, 미장원, 찜질방, 휴대전화 가게, 메이커 빵집 등속이 들어찼다. 뚫린 길에는 땅따먹기를 하는 것처럼 줄을 그어 시청에서 주차비를 받아 갔다. 이곳 강천은 자그마한 읍이었는데 갑자기 시가 되고 산업도시가 되자 외국인들이 메뚜기 떼처럼 몰려오고, 국제결혼 때문에 혼혈아도 많고, 아주 복잡한 일이 많이 생긴다고 했다.

목련원룸으로 들어와 곧장 사층으로 올라갔다. 초인종을 누르자 사층 선생님이 문 열렸다고 소리쳤다. 뒤쪽 라인이라 조용하고, 남향이라 햇볕이 방안 깊숙이 들어차 있었다. 나는 아주 잠깐 방안이 노란 유자 속 같다고 생각했다. 우리 방보다 평수가 넓고, 가구라거나 장식품은 없어도 선생님처럼 깨끗해 보였다. 햇볕을 쬐며 책을 읽고 있는 선생님이 노른에 앉아 있는 황소 같았다.

"선생님, 오늘은 일이 생겨서 공부를 못 하겠어요."

선생님이 뚱뚱한 몸을 일으켜 나에게로 왔다.

"무슨 일이야? 그렇게 마음대로 빠지면 안 돼."

엄격하지만 나를 걱정하는 마음이 담겨 있었다. 옛날의 엄마 목소리 같았다.

"엄마 소식을 알게 되어서, 거기에 가봐야 돼요."

나도 모르게 불쑥 그렇게 말해버렸다.

"어머, 그러니?"

그때 전화벨이 울리고, 복도가 시끄럽더니 소라와 범수가 들어왔다. 지훈은 없었다. 소라는 헬로우 키티 원피스에 까만 구두를 신고 있었다. 까만 구두를 나는 우리 집 싱크대 밑에서 본 바퀴벌레 같다고 생각해버렸다. 선생님이 살을 덜렁거리며 뛰어가 수화기를 들었다.

"네. 학교 뒤 공원의, 비둘기 할아버지요? 그래요. 알았어요."

선생님 얼굴이 아주 복잡했다. 정신도 없는 것 같았다. 선생님에게 복잡한 일이 안 생겼으면 좋겠다. 선생님은 나와 지훈에게 돈도 받지 않고 공부를 가르쳐주고 있었다.

초봄에 학교에서 돌아오니까 소라가 사층에서 내려오더니, 선생님이 너도 공부하러 오래, 라고 했다. 나는 아빠한테 물어보고 가겠다고 했다. 어떤 행동을 하기 전에 꼭 아빠에게 전화로 물어보아야 했다. 그렇게 하지 않으면 댑싸리로 만든 매를 맞았다. 아빠는 지훈이도 데리고 가라고 했다. 나는 지훈을 도꼬마리처럼 달고 갔다. 선생님은 지훈도 받아주었다. 지훈은 이학년인데도 한글을 모른다. 선생님이 '공책'을 써보라고 했다. 지훈은 못 썼다. 선생님은 공책을 들어 보이며 이것을 보고 쓰면 되지 않느냐고 했다. 국어, 공책이라고 씌어 있는 것을 보자 지훈은 '국어'라고 썼다. 소라와 범수가 배꼽을 잡고 웃었다. 나는 창피했다. 선생님 코밑에 땀이 맺혔다.

"내가 너를 한 자라도 가르치지 않으면 넌 한글도 모르겠지."

선생님은 나에게 지훈을 꼭꼭 데리고 오라고 했다. 선생님 코밑에 맺힌 땀을 닦아주고 싶었지만 그렇게 하지 못했다.

집으로 가기 싫었지만 더 이상 할 일이 없었다. 무엇을 해야 할지 몰랐다. 왜 쓸데없이 사층 선생님께 공부를 하지 않겠다고 했을까. 나도 가끔 나를 잘 모를 것 같고, 이해가 가지 않을 때가 있었다.

터덜터덜 계단을 내려와 앞쪽 라인이고, 길가 쪽인 202호, 우리 집으로 왔다. ㄷ자형으로 된 목련원룸의 앞쪽 라인에는 우리처럼 돈 없는 사람들만 살았다. 이 새끼는 어딜 간 거야. 나는 괜히 큰 소리로 지훈을 욕했다. 지훈은 아빠가 가져다놓은 빵을 먹으며 비디오를 보고 있었다.

"내가 수업 마치고 너네 교실에 가니까 넌 벌써 토끼고 없었어. 이디 갔었이?"

지훈은 공룡이 도시 한가운데서 건물을 장난감처럼 부수어버리는 화면만 보았다. 나는 이럴 때 너무 외로웠다. 아무리 지훈이가 누나, 누나 하면서 나를 엄마처럼 따라도 그때뿐이었다. 내가 감기가 걸려 콜록거려도, 밥맛이 없어 밥을 먹지 않아도 지훈은 알지 못했다.

"어디 갔다 온 거야?"

지훈은 화면에서 눈을 떼고 나를 보았으나 아무 말도 하지 않았다.

"왜 사층 선생님 집에는 안 가?"

나는 으르렁거렸다. 지훈은 겁먹은 얼굴이 되었다.

"어디 갔다 왔어?"

이번에는 엄마처럼 애정이 담뿍 담긴 목소리로 물었다. 지훈의 입이 열리지 않았다. 때려야만 지훈의 입이 열렸다. 그렇지만 오늘은 참기로 했다. 내 머릿속이 벌떼가 들어앉은 것처럼 수선스러웠으니까. 지훈이에게서 지린내가 났다. 일단 지훈을 욕실로 데리고 가서 사타구니와 불알을 깨끗이 씻겼다. 청설모가 가지고 놀던 솔방울같이 움츠려드는 불알을 보자 문득 울고 싶어졌다. 내 눈에서 눈물이 흘렀다. 지훈은 왜 우는지 묻지도 않았다. 지훈의 엉덩이를 꼬집었다. 지훈은 엉덩이를 움츠리지도, 아프다는 소리도 하지 않았다. 이럴 때 지훈은 바보 같았다. 진짜 바보면 큰일이었다.

"내가 저것을 떼려고 오만 가지 약을 다 먹었는데, 오 개월이 넘어버려서 그런지 떨어지지 않더라."

지훈이가 또다시 엄마의 발목을 잡았다. 젖을 떼자 엄마는 집을 나갔다. 지훈이 네 살이 되었을 때 엄마는 돌아왔다. 엄마는 텔레비전 공장에 다니며 열심히 일했다. 그러나 엄마, 아빠는 변하지 않았다. 심심하면, 돈 말만 나오면, 엄마 아빠는 싸움을 벌였다. 엄마는 시끄러운 새처럼 악다구니를 썼고, 아빠는 시합을 앞둔 권투선수처럼 엄마 몸을 퍽퍽 때렸다. 그것도 모자라 쓰러져 있는 엄마의 몸뚱이를 발로 자근자근 밟았다. 자루가 터지듯 엄마 몸에서 피가 흘렀다. 그런 뒷날이면 엄마는 집을 나갔다. 그렇게 엄마는 보따리를 싸가지고 나가고 돌아오기를 반복했다.

"야, 뭔 말이든지 해. 아프다고 소리를 치든지."

"누나, 나 공룡박물관에 가고 싶다. 거기 가면 공룡들이 별게별게 다 있대."

나도 안다. 공룡박물관이 새로 생겨서 친구들도 거의 다 한 번씩은 다녀왔다.

"너, 어디 갔다 왔어?"

나는 지훈에게 귓속말로 물었다. 손에서도 이상한 냄새가 나는 것 같았다. 지훈은 말을 하지 않았다. 그러자 내 속에서 화가 검은 망토처럼 펄럭였다. 나는 빗자루로 지훈을 팼다. 지훈은 비쭉비쭉 울었다. 나는 이번에는 소리 내어 울라며 빗자루로 정강이를 때렸다. 지훈은 두 손을 싹싹 빌었다.

"누나, 잘못했어. 누나, 잘못했어. 용서해 줘."

"어디 갔었어?"

나는 지훈에게 계속 그 말만 물었다. 사실 그게 알고 싶지도 않고, 궁금하지도 않았다. 초인종이 울리자 지훈은 새총의 돌처럼 팅겨나갔다.

"누구야?"

지훈은 시무룩한 얼굴로 아무도 없다고 했다. 나는 지훈에게 옷 입으라고 소리쳤다.

나도 집에 넘쳐나는 빵으로 저녁을 때웠다. 그 다음 아무 할 일이 없었다. 벽에 기대앉았다. 눈을 감았다. 엄마 얼굴이 떠올랐다. 머리를 흔들어 엄마 얼굴을 지웠다.

"숙제 다 했어?"

지훈은 숙제라는 말이 무엇인지 모른다는 얼굴로 또 텔레비전 화면만 보았다. 사실 나도 숙제를 하고 싶은 마음이 없었다. 숙제를 해가지 않으면 손바닥을 열 대쯤 맞아야 했다. 출석부로 머리를 때릴 때는 손바닥을 맞는 것보다 덜 아팠지만 훨씬 치욕스러웠다. 그래도 숙제를 해갈 마음은 없었다.

내가 이불과 요를 펴고 나서 불을 꺼버리자 지훈도 텔레비전을 끄고 무릎걸음으로 다가와 내 옆에 누웠다. 지훈은 눕자마자 코를 드르렁드르렁 골았다. 눈을 꾹 감고 잠을 청했으나 잠이 오지 않았다. 강천모텔 앞의 빨갛고 노랗고 파란 인공 야자나무 때문에 밤에 불을 꺼도 목련원룸의 앞쪽 라인은 어둡지 않았다. 햇볕도 잘 들지 않아 빨래도 잘 마르지 않았다. 돌아누워 다시 잠을 청했으나 눈이 더 말똥말똥해졌다. 지훈이가 한 다리를 내 배 위로 올려놓았다. 팔을 뻗더니 내 품속을 파고들었다. 나는 지훈의 다리를 만지면서 잠이 들었다.

사층 선생님 대신 방글라데시인인지 베트남인인지 모르겠는 남자가 나왔다. 선생님은 지금 볼일이 있어서 어디를 갔다고 서툰 한국말을 했다. 소라와 범수도 보이지 않았다. 나는 삼층으로 내려가는 계단에 쪼그리고 앉았다. 발소리가 들릴 때마다 쇠 난간에 얼굴을 집어넣어 아래를 살폈으나 선생님은 아니었다. 나는 자꾸 실망했다.

집으로 와서 벽에 대고 물구나무서기를 했다. 아무도 없는 빈방이 거꾸로 보였다. 벽과 같은 색깔의 천장 때문인지 방은 두 배로 커 보였다. 천장에 엄마 얼굴이 거꾸로 떠올랐다. 확대경을 들이댄 것처럼 엄마 얼굴이 엄청 컸다. 나는 벽에서 떨어졌다. 몸이 앞으로 고꾸라졌다. 쿵, 바닥에 몸을 찧었다. 시계는 몇 발짝 움직이지 않았다. 지훈이는 왜 아직까지 오지 않는 것일까. 들어오기만 하면 엉덩이를 차버리겠다.

전화벨이 울렸다. 벨만 울리면 마음이 급해졌다. 엄마는 아니야. 아무리 그러지 말자고 나를 달래도 소용없었다. 뛰어가다가

쭈르륵 미끄러졌다. 더러운 집구석, 이라고 아빠처럼 욕을 하며 방바닥을 째려보았다. 방 한쪽이 비스듬히 기울어져 있어 신경쓰지 않으면 엉덩방아를 찧었다. 비가 조금만 내려도 벽에는 지도가 생겼다. 끊어졌던 전화가 다시 왔다. 아빠였다. 아빠는 집에 가기 힘들다며 문을 잘 잠그고 자라고 했다. 왜 집에 오기 힘든지 묻지 않았다. 아빠는 일주일에 두 번쯤 빵을 들고 집에 와서는 지훈이와 내가 벗어둔 빨래를 있는 대로 몽땅 집어넣어 세탁기를 돌리고 멸치를 볶고 김치를 담가놓고 갔다. 아빠는 엄마를 잡으러 다니거나 바비인형들과 놀 것이다. 아빠는 이번 달 용돈도 주지 않았다.

현관문을 열고 복도로 나갔다. 사층으로 올라가 초인종을 눌렀다. 아무 소리도 들리지 않았다. 삼층으로 내려오는 계단에 쪼그리고 앉았다. 계단을 올라오는 발소리가 들릴 때마다 쇠 난간에 목을 집어넣어 아래를 살폈으나 사층 선생님은 아니었다. 나는 자꾸 실망했다. 사층 선생님이 보고 싶었다.

선생님은 신문기자였는데 안 써야 되는 기사를 써 목이 잘렸다고 했다. 좀 쉬려고 고향으로 내려왔으나 선생님 아버지가 집에는 발도 못 들여놓게 했다. 그래서 선생님은 이 원룸을 빌려 쉬었다. 그런데 효순이, 미선이 사건이 터졌을 때부터 인권사무실을 차린 성당에서 선생님의 존재를 알고는 도움을 청해 왔다. 성당에는 텔레비전공장이나 주스공장에서 일하는 외국인들도 찾아왔다. 선생님은 더 이상 쉴 수가 없다는 것을 알았다. 인권사무실 일을 하지 않을 수가 없었다. 선생님 아버지가 틈만 나면 서울로 쫓아버리려고 했다. 선생님은 쫓겨 갈 수가 없었다.

206호 삼촌이 마트의 노란 비닐봉투를 들고 계단을 올라오고 있었다. 나는 아까와는 달리 반만 실망했다. 삼촌이 반쯤은 반가웠다. 비닐봉투를 힐끗 훔쳐보았다. 양파 망이 보이면서 대체적으로 우둘투둘하고, 불룩했다. 배가 고팠다. 삼촌이 말했다.

"카레 해 먹을 건데, 같이 먹을래?"

나는 망설였다. 엄마와 사층 선생님에게 시달려서인지 머리가 아팠다. 배가 고파서 머리가 아픈지도 몰랐다. 삼촌이 열쇠로 문을 따고 안으로 들어갔다. 206호 삼촌은 항공대학에 다녔다. 공터에서 모형비행기 띄우는 것을 가끔 보았다. 오빠가 맞는지 삼촌이 맞는지 헷갈려서 한 번은 오빠, 라고 했다가 한 번은 삼촌, 이라고 했지만 손을 뻗어 내 뺨을 한 번 만져준 뒤로는 삼촌이라고 부르기로 했다.

문이 닫히기 전에 나는 206호로 들어갔다. 206호도 뒤쪽 라인이라 차 소리도 들리지 않고, 색색의 불빛이 번들거리지도 않았다. 벽에는 비행기가 그려진 커다란 브로마이드가 붙어 있었다. 군용항공기, 다발비행기, 점보제트, F-4B 라는 이름을 단 비행기들이었다.

나도 삼촌과 함께 감자 껍질을 벗기고 당근을 썰었다. 삼촌은 팝송을 틀었다. 내가 알아들을 수 있는 것은 알 러브 유 정도였다.

나도 아무렇게나 따라 흥얼거렸다. 카레 냄새가 방안까지 퍼졌다. 마음이 따뜻해져 갔다. 삼촌이 만든 카레는 맛있었다. 재료를 비싼 것을 썼기 때문일 것이다. 학교 식당에는 싼 재료를 써서 음식이 맛이 없고, 자주 배탈이 났다.

빈 그릇을 씻는데 삼촌이 뒤에서 나를 껴안았다. 나는 놀라 뒤를 돌아보았다. 삼촌이 내 어깨에 코를 묻으며 말했다.

"괜찮아."

삼촌 콧김이 내 목을 간질였다. 나는 다시 몸을 돌려 그릇을 씻었다. 삼촌이 나를 더 꼭 껴안았다. 뿌리쳐야 하는데도 그 손길이 내가 아플 때 엄마가 껴안아주던 손길처럼 따뜻해서 가만히 있었다.

"이리와 봐."

삼촌이 내 손을 꼭 잡고 방으로 갔다. 나는 그냥 따라갔다. 삼촌이 나를 꼭 껴안더니 내 스웨터에 손을 집어넣었다. 젖을 만졌다. 처음에는 간지러워서 웃음이 나왔으나 꼭 난로 곁에 있는 것처럼 몸이 따뜻해서 웃지 않았다.

"너는 오학년이나 되는데도, 참 작다."

삼촌 손이 내 젖을 자꾸만 조몰락거렸다. 삼촌 몸이 내 몸을 밀었다. 삼촌이 내 스웨터를 올리더니 젖에 입술을 댔다. 삼촌이 내 젖을 쪽쪽 빨았다. 벌레가 꼭꼭 무는 것처럼 몸이 간질간질했다. 그렇지만 삼촌 몸은 따뜻했다. 삼촌 손이 내 팬티를 끌어내렸다. 나는 벌떡 일어났다. 가슴이 두방망이질 쳤다. 삼촌이 다시 내 몸에 손을 댔다. 얼른 삼촌 손등을 세게 꼬집고는 복도로 나왔다. 엄마한테 혼날 것 같았다. 엄마한테 댑싸리로 만든 매로 실컷 두들겨 맞고, 그리고 나서 엄마 품에 안겨 엉엉 울고 싶었다. 사층 선생님은 오지 않았다. 집으로 가지 않고, 밖으로 나왔다.

목련원룸에도 담쟁이덩굴이 거인의 손가락처럼 외벽을 움켜쥔 채 아래로 뻗어 내려오고 있었다. 더 길게 뻗어 나온 덩굴손은 화단의 전나무와 회양목에게까지 타오르고 있었다. 외벽의 담쟁이덩굴이 바람을 먹고 들썩였다 잦아들었다를 반복했다.

차들이 씽씽 달리는 소리에 귀가 아팠다. 거리는 깜깜했다. 그래도 그냥 걸었다. 끊어진 철길이 보였다. 녹슨 선로가 쇠몽둥이 두 개 같았다. 고갯마루를 지났다. 엄마로부터, 지훈이로부터 멀어져 갔다. 다리가 쑤셨지만 진달래고개를 넘고 또 걸어 올라갔다. 사람은 보이지 않고 차만 지나다녔다. 무서웠지만 그냥 걸었다. 사층 선생님으로부터도 멀어져갔다. 공군부대 앞에는 두 군인이 총을 들고 서 있었다.

"너, 어디 가?"

군청색 비닐 옷에 달린 모자를 둘러쓰고 있어서 꼭 박쥐같은 군인이 물었다. 나는 우물쭈물했다.

"저기 넘어가면 강주인데, 차 타고 가야지. 이 밤에 거기까지 걸어가겠다는 거야?"

두 군인이 총을 들었다 놓았다. 나는 몸을 돌려 뛰었다. 총이 무서운지 군인이 무서운지 자꾸 깜깜해져 가는 밤이 무서운지 알지 못했다.

또각또각, 뾰족구두 굽 소리에 잠이 깼다. 오리인형 시계를 보니까 새벽 세 시였다. 204호의 바비인형들이 올라오는 소리였다. 바비인형들에게 우리 아빠는 언제 오는지 물어보고 싶었다. 러시아에서 온 팔다리가 길고, 허리가 잘록한 세 여자는 술집에서 일했다. 범수는 너무 예뻐서 환장하겠다고 하다가 사층 선생님한테 머리통을 얻어맞았다. 지훈이는 코를 드르렁드르렁 골았다. 이까지 뽀드득 갈았다. 나는 베란다로 나갔다. 열려 있는 베란다 문으로 바람이 들어왔다. 강천모텔 앞의 노랗고 빨갛고 파란 인공 야자나무는 더 크게 보였다. 차에서 내린 아줌마와 아저씨가 강천모텔로 들어갔다.

베란다 난간에서 몸을 떼던 나는 세탁기 위의 선반에서 홍삼이라는 글자가 박힌 금색 박스를 보았다. 박스 안에는 내 주먹만 한 새알 두 개가 있었다. 지훈을 두들겨 깨웠다. 공룡박물관에 가서 티라노사우루스를 보고 있는지 웃던 지훈은 약간 짜증을 내며 일어나 앉았다. 박스를 지훈이 앞에 던졌다. 지훈은 박스를 끌어안았다.

"너, 설마 학교도 안 가는 것은 아니지?"

지훈은 아무 말도 하지 않았다.

"새알은 주워서 뭐할 건데?"

지훈이 또 아무 말도 하지 않을 것 같아 빗자루를 집어 들었다.

"누나, 학교는 간다. 수업 끝나고 간단 말이야. 공군부대 있지? 그 뒤에 산이 있는데, 사람들이 맘대로 못 들어간다. 근데, 거기에 좋은 게 너무너무 많다."

"이게 죽으려고 환장했어. 대포소리에 귀청이 터지는 것 같던데."

그 말을 하는 순간, 지훈이 내 말을 잘 알아듣지 못하고, 다시 소리를 지르면 왼쪽 귀를 기울이던 것이 생각났다.

"그렇게 무서운 데를 왜 가는 거야? 새알은 뭐 때매 줍는데?"

"재미있어서."

지훈은 그 말을 하고는 요 위에 눕더니 한쪽으로 몸을 말았다. 그러고는 드르렁드르렁 코를 골았다. 다시 깨우려다가 그만 참았다. 엄마 생각이 났다. 다 엄마 때문이야. 괜히 눈물이 나올 것 같아 콧날을 마구 씰룩였다.

연못 입구에는 꽃집이 두 군데 있었다. 한군데는 젊은 총각이 꽃을 팔았다. 나는 옆의 꽃집으로 갔다. 엄마는 물뿌리개로 꽃에 물을 주고 있었다. 꽃 속에 있는 엄마는 내가 알던 엄마 같지 않았다. 아이비, 러브체인, 호야, 부레옥잠, 개구리밥을 이곳에서도 보게 될 줄은 몰랐다. 엄마는 내 엄마가 아니라 화원의 주인 같았다. 단 하루도 잊지 못한 그 엄마가 아닌 것 같았다. 꽃 속에 있어서인지 엄마는 이 년 전보다 훨씬 예뻤다. 물뿌리개를 땅에 내려놓던 엄마는 입구에서 자신을 골똘하게 지켜보는 나를 보자 얼굴이 노랗게 변했다. 나는 그 자리에 꼼짝 하지 않고 서 있었다. 자가용이 서더니 꽃무늬 스타킹에 뾰족구두를 신은 여자가 내렸다. 엄마 가게에 꽃을 사러왔다. 호접란을 권하던 엄마가 나에게로 왔다. 연못에 가 있으라고 했다. 나는 꼼짝하지 않았다. 엄마가 앞치마에서 만 원을 꺼내 나에게 주었다. 나는 그 돈을 엄마의 앞치마에 넣어주었다. 엄마의 얼굴이 또 노랗게 변했다. 엄마가 불쌍했다. 나는 연못을 향해 걸음을 옮겼다.

여름 연못에는 분홍 연꽃이 등불을 켠 것처럼 피어 있었다. 오리가 개구리밥 사이를 헤엄치고 다녔다. 나는 돌멩이를 집어 오리를 향해 던졌다. 돌멩이는 우산 같은 넓은 연도 맞히지 못하고 물에 빠져버렸다.

"어떻게 알았어? 아빠도 알아?"

내 뒤에서 엄마는 그것부터 물었다. 나는 아무 말도 하지 않았다. 엄마가 내 옆에 와서 앉자 나도 모르게 말했다.

"지훈이는 공부도 못해. 맨날 천날 공군부대 뒤 산이나 쑤시고 다녀. 나도 그래. 나도 공부도 싫고……."

엄마의 말이 괘씸하고, 화가 나는데도, 겨우 여기 있냐고 따지고 싶었는데 내 목소리는 어리광에 가까웠다. 자존심이 상했다. 그런데도 엄마에게 빨리 집에 가자고 떼를 썼다. 엄마의 표정이 꼿꼿해졌다. 나는 다시 자존심이 상했다.

"은정아, 내가 돈 많이 벌면······."

"꽃집에서 일하면서 언제 돈 많이 벌어?"

나는 꽥 소리를 질렀다.

"돈은 아빠가 벌잖아. 아빠는 밤에도 빵 굽는다고 집에 안 와."

갑자기 엄마의 눈길이 표독스러워졌다.

"사층 선생님이 돈은 중요한 것이 아니래."

엄마가 멈칫, 나를 바라보았다. 나도 엄마를 바라보았다. 엄마가 내 눈을 외면했다. 엄마가 말했다.

"그래, 맞아. 선생님 말이 맞아. 마음만 맞고, 마음만 편안하다면 하꼬방에 살아도 되지. 네 아빠하고 나하고는 애초에 안 되는 사람들이었다."

엄마가 멀게 느껴졌다. 엄마가 나를 보고 있지만 엄마 눈 속에는 내가 없었다. 엄마 마음속에도 내가 없는 것 같았다.

"은정아, 나는 요즈음, 마음이 너무 편안하다. 너네 둘을 생각하면 가슴 한 쪽이 시리지만······, 그건, 또······."

엄마가 조금 울먹거렸다.

"왜 마음이 편안한데?"

나는 따졌다.

"그냥, 하고 싶었던 공부도 하고."

"공부? 뭔 공부?"

"학원에 다녀. 꽃집 주인을 잘 만나서."

꽃집 주인? 그럼 나하고 지훈이가 보고 싶어서 우리 가까이 온 것이 아닌 것은 확실했다.

"엄마, 대학도 갈 거야?"

내 목소리가 떨렸다.

"방송통신대 생각하고 있어. 내가 못 배웠기 때문에……. 은정아, 너도 공부 열심히 해. 대학도 간다면 내가 보내줄 거야."

엄마가 세상에서 제일 부러워한 게 공부를 많이 한 사람이었다. 그래서 대학 나왔다는 아빠 말에 덜컥 결혼을 결정했는지 모른다고 괴로운 눈물을 흘렸다.

"여기 버스 타고 삼십 분이면 올 수 있어. 아빠한테 들키면 어쩌려고 그래?"

왠지 심술이 돋는 기분이어서 목소리까지 갈라졌다.

"상관없어. 절대로 도장 찍어줄 인간이 아니지만, ……이미 끝났어."

"뭐가 끝나? 엄마 맘대로 끝낼 수 있는 거야?"

"네 아빠하고는 절대로 안 돼. 시간 낭비야. 안 되는 거는 일찌감치 끝냈어야 서로 고생을 안 하는 건데……."

엄마는 고개를 절레절레 흔들며 진저리를 쳤다. 그런 엄마가 보기 싫었다.

"지훈이 잘 보살펴. 불쌍하지만……."

엄마는 입술을 깨물었다. 나는 엄마 얼굴을 빤히 바라보았다. 엄마가 내 눈을 외면했다. 젖먹이를 몽실이에게 맡겨놓고 새 아빠에게 잠을 자러 가던 엄마, 그 엄마 같았다.

"이제 엄마 찾아오지 마. 난 이제 집에는 안 가. 공부 열심히 해. 열심히만 하면 돈은 내가 댈 거야."

엄마 목소리는 흔들렸으나 물기는 없었다. 나는 우두커니 서 있었다. 아이들이 다 돌아간 놀이터에 나 혼자 남겨진 것 같았다. 모래집을 열심히 만들며 노는 나만 남겨놓고 모두들 어디론가 내뺀 것 같았다.

나는 뒤도 안 돌아보고 연못을 빠져나왔다. 엄마가 달려오더니 내게 돈을 쥐어주었다. 나는 돈을 받았다.

집으로 온 나는 그냥 방에 앉아 있었다. 눈물이 나왔다. 사실 울 것도 없는데 내 눈에서는 내 허락도 없이 눈물이 흘렀다. 사층 선생님 집에도 가지 않았다. 어제도 사층 선생님 집 현관문은 열리지 않았다. 소라는 영어학원에도 등록했다고 하고, 범수는 검도장에도 다니기로 했다고 했다. 눈물을 닦고, 복도로 나왔다.

206호 초인종을 눌렀다. 나를 본 206호 삼촌이 손바닥으로 얼굴을 한 번 쓸었다 놓았다. 삼촌이 냉장고에서 아이스크림을 꺼내와 내밀었다. 나는 받지 않았다.

"왜 풀이 죽었니? 408호에 공부하러 안 가? 그 여자 진짜 뚱뚱히데. 요감적인 데는 하나도 없고 그냥 덩치 큰 산짐승 같더라. 그 여자가 공부를 제대로 가르치기는 하니? 내가 공부 가르쳐줄까?"

삼촌이 내 손을 잡았다. 나는 손을 뿌리쳤다.

"삼촌보다 백배나 똑똑하니까 걱정 마요. 뚱뚱하면 어때요? 삐삐한 삼촌이나 울 엄마보다 백배나 나으니까 걱정 마요. 나도 크면 우리 선생님 같은 사람이 될 거예요."

"돼라, 누가 말리니?"

삼촌이 빈정거렸다. 삼촌의 오리 주둥이 같은 입을 때려주고 싶었다. 그렇게 하지 못하니까 그런지 눈물이 났다. 나는 눈물을 줄줄 흘렸다.

"왜 자꾸 우는 거야?"

삼촌이 손을 뻗어 내 눈물을 닦아주었다. 삼촌 손이 손난로처럼 따뜻했다. 삼촌 팔이 내 목을 털실목도리처럼 감쌌다.

"괜찮아, 괜찮아."

"뭐가 괜찮아요?"

나는 뚱하게 물었다. 삼촌은 씩 웃더니 내 손을 잡았다. 나는 삼촌을 따라갔다. 삼촌이 나를 침대 위로 달랑 들어올렸다. 삼촌이 내 원피스 속으로 손을 집어넣어 젖을 만졌다. 싫다고, 좋다고도 생각하기 싫었다. 삼촌 손이 손난로처럼 따뜻하게 여겨지는 게 이상할 뿐이었다. 삼촌이 내 원피스를 벗겼다. 삼촌이 내 단지에 고추를 댔다. 단지는 몸 중에서 가장 보물단지라는 말에서 떼 온 것이라며 소중하게 여겨야 한다던 엄마 말이 생각났다. 이제 엄마와는 완전히 끝났다. 나를 혼낼 사람은 없었다. 내 두 손은 거인의 손가락처럼 삼촌의 어깨를 움켜쥐었다. 삼촌은 잘 들어가지 않자 땀을 뻘뻘 흘리며 낑낑거렸다.

초인종이 울렸다. 내가 몸을 일으키려고 하자 삼촌이 공룡처럼 내 몸을 찍어 눌렀다.

"그냥 있으면 알아서 돌아가."

계속 초인종이 울렸다. 예수님을 믿으라는 아줌마들이거나 동네 아이들의 장난질일 것이다. 삼촌 고추가 꼬챙이처럼 내 단지를 푹 찔렀다. 나는 악, 하고 소리치며 벌떡 일어났다. 나는 다시 삼촌 밑에 깔렸다. 삼촌은 갑자기 성이 난 것 같았다. 은정아, 은정아, 현관문을 마구 두들기는 소리가 났다. 사층 선생님 목소리였다. 삼촌 몸이 내 몸을 더 꽉 찍어 눌렀다. 나는 이로 삼촌 손등을 세게 물어뜯었다. 삼촌이 떨어져나갔다.

"은정아, 어서 문 열어봐."

사층 선생님이 거푸 소리쳤다. 얼른 옷을 주워 입은 삼촌이 머리를 흔들며 나가지 말라는 신호를 보냈다. 내가 현관문을 열자마자 선생님이 물었다.

"은정아, 너 어디 아프니? 왜 공부하러 안 와? 지훈이가 그러는데, 네가 여기 자주 들락거린다며? 여기는 왜 오니?"

선생님이 내 원피스를 봤다. 나는 원피스를 뒤집어 입었다. 원피스는 얇았다.

"어제 두 번이나 갔는데, 선생님이 없어서, 요새는 공부를 안 하는 줄 알았어요."

나는 거짓말을 했다.

"내일부터 공부하러 갈게요."

그런데도 선생님은 가지 않고 목을 길게 빼고 방을 휘둘러보았다. 마구 구겨져 있는 침대시트와 방바닥에 떨어져 있는 베개를 유심히 보던 선생님이 베란다에 숨어 있는 삼촌을 발견하자 내 등을 찰싹찰싹 때렸다. 내가 놀란 얼굴로 선생님을 올려다보자 선생님은 후닥닥 안으로 뛰어 들어갔다.

선생님이 삼촌 뺨을 짝, 짝, 갈겼다. 선생님은 고추장독 속에 빠진 것처럼 얼굴이 시뻘겋고, 삼촌은 숙제를 안 해온 학생 같았다. 선생님은 모형비행기를 베란다로 집어던졌다. 삼촌은 몸을 모로 세워 피했다. 선생님은 콧김을 내뿜으며 화를 삭이고는 삼촌에게 놀이터의 미끄럼틀로 내려오라고 했다. 돌아서는 선생님의 눈이 촉촉한 것을 나는 보았다. 나는 그냥 따뜻한 것이 좋았을 뿐인데.

나는 국어책과 산수책과 연습장과 필통을 보조가방에 챙겨 복도로 나왔다. 206호 문은 닫혀 있었다. 안경 낀 공인중개사 여자만이 206호를 들락거렸다. 사층으로 올라가 손가락으로 408호 초인종을 눌렀다. 현관문이 열리고 선생님이 얼굴을 내밀자 내 얼굴이 빨개졌다.

"학교 안 갔어?"

"배가 아파서 조퇴했어요."

"배가 어떻게 아픈데?"

"탕수육이 잘못됐나 봐요. 싼 재료를 쓰거든요."

선생님 얼굴이 복잡해졌다. 나는 선생님에게 공부를 가르쳐달라고 했다. 이제부터라도 공부를 열심히 하고 싶다고 했다. 선생님 얼굴이 밝아졌다. 나는 안심했다.

"그래, 알았어."

"책도 열심히 읽을 거예요. 빨강머리 앤이나 작은 아씨들, 소공녀, 다 읽을 거예요."

선생님은 나를 대견해하며 흐뭇하게 웃었다. 나는 자랑스럽게 웃었다. 선생님과 오래 함께 있고 싶었다. 소라와 범수가 늦게 오기를 빌었다. 전화벨이 울렸다. 선생님이 살을 덜렁거리며 뛰어가 수화기를 집어 들었다.

"얀? 찾았다고요? 어디서요?"

선생님이 말을 멈추고 나를 잠깐 바라보았다. 나는 방안을 둘러보았다. 컴퓨터 위에는 내 주먹만 한 새알 두 개가 놓여 있었다.

선생님은 남방셔츠를 찾아 입고, 열쇠를 손에 쥐더니 현관으로 나갔다. 선생님과는 오래 함께 있을 수가 없었다. 뿌리 없이 떠도는 외국인들이 선생님을 놓아주지 않았다.

"선생님은 나가봐야겠다. 공부는 다음에 하자."

나에게도 어서 나오라는 말이었다. 나는 주춤주춤 현관으로 걸어 나갔다. 문을 잠근 선생님은 계단을 뛰어 내려갔다. 나는 삼층으로 내려가는 계단에 털썩 주저앉았다. 아이들이 다 돌아간 놀이터에 혼자 남겨진 것 같았다.

집으로는 가기 싫어 밖으로 나왔다. 선생님은 오른쪽으로 뻗은 도로 위를 뛰어가고 있었다. 나는 갈 데가 없었다. 그래서 목련원룸 외벽에 대고 물구나무서기를 했다. 택시에 올라타는 선생님이 거꾸로 보였다.

안경

꽃은 청록색 군락 속에서 제 존재를 알리듯이 또렷또렷했다. 밋밋한 것들 속에 붉은 것을 하나하나 박은 듯도 했다. 한순간 꽃잎이 아득히 멀어지더니 피를 뚝뚝 흘려놓은 것처럼 점점이 흩어졌다. 실제로 생피 냄새가 나는 것 같아 미란은 코를 벌름거렸다. 뜨겁게 익어가면서 내뿜는 풀냄새, 흙냄새 외에는 나지 않았다. 점묘법처럼 흩어져 있던 꽃잎이 또다시 한데 모여들더니 코를 칠 듯이 출렁거리며 다가왔다. 오교수와 함께 양귀비가루를 먹었을 때처럼 눈앞이 뿌옇게 흐려졌다. 뻘건 대낮에 환각에 빠져들 것만 같았다. 양산을 기울여 앞을 막았다. 양산 그림자가 눈과 코 주위를 덮었다. 대지 50만 평이 넘는 양귀비 테마파크에는 아무도 없었다. 내년쯤에 완전히 개방을 하면 꽃마차를 끌게 될 아직은 말라비틀어긴 조랑말 두 마리만이 메밀밭 한쪽에서 머리를 먹고 있을 뿐이었다. 건너편 국도에도 땡볕이 뜨겁게 내리쬐었다. 땡볕을 정면으로 받고 있는 꽃밭은 붉은 짐승이 엎드려 있는 것 같았다. 금방이라도 국도로 기어갈 것만 같았다.

새벽에 오교수의 집에서 나온 미란은 양귀비 밭으로 왔다. 밭에 들어가 오줌을 누었다. 오줌은 질금질금 나왔다. 오교수의 손가락이 들어갔다 나온 성기는 찢긴 꽃잎처럼 너덜거렸다. 벌겋게 해졌는지 오줌이 닿자 쓰렸다. 등 뒤로 젖혀져 있던 제법 큰 편인 항아리형의 숄더백을 앞으로 당겨 입을 벌렸다. 잿빛 털로 뒤덮인 가죽을 꺼냈다. 접혀져 있는 것을 펼쳤다. 멧돼지 가죽을 통째로 벗겨낸 것이다. 잿빛에 갈색이 간혹 섞인 숭숭한 털, 검고 끝이 뾰족한 발톱이 두 개씩 박힌 커다란 발, 코털까지 박힌 길고 뭉뚝한 코를 가진 멧돼지는 미란의 몸만 빌린다면 아무나 들이박거나 물어뜯을 것처럼 여전히 야생미가 뚝뚝 흘렀다. 미란은 가죽을 뒤집어썼다. 뻥 뚫린 눈구멍에 눈을 맞추자 정수리 부분이 일어서면서 두 귀가 빳빳하게 섰다. 길고 뭉뚝한 코 부분은 빈 자루처럼 홀쭉했다. 팔과 다리를 끼우고, 몸을 맞추었다. 멧돼지는 콧구멍으로 흙을 툭툭 건드리며 걸었다. 날카로운 발톱이 땅을 거칠게 파헤쳤다. 양귀비꽃들이 주춤주춤 뒤로 물러났다. 멧돼지는 앞발을 치켜들고 야아, 하고 포효했다. 건조하게 말라 있는 듯한 살이 오교수의 손길이 닿으면 촉촉하게 되살아나 물기를 머금었다. 점점 집요해지던 오교수의 손길이 떠오르자 멧돼지는 뒷발로 막 뛰었다. 양귀비꽃들이 픽픽 쓰러졌다. 국도 위를 달리는 한 남자를 본 것은 그때였다. 사냥개가 쫓아오기라도 하듯 남자는 죽을힘을 다해 달아나고 있었다. 야구모자를 푹 눌러쓴 사내가 쫓아오고 있었다. 야구모자가 팔을 뻗어 남자의 뒷덜미를 낚아챘다. 뒤로 벌렁 자빠진 남자는 그 자리에서 몇 바퀴 돌았다. 야구모자와 남자가 뒤엉켜 엎치락뒤치락했다. 우락부락하게 생긴 또 다른 남자가 나타나 남자의 머리통을 가격한 것은 아주 순식간이었다. 멧돼지는 눈을 껌벅거렸다. 가죽을 쓰면 진짜 멧돼지가 된 듯 사물이 나른하면서 뭉개진 것처럼 다가올 때가 있었다. 환각을 돌로 깨듯 우락부락의 손에 들린 작은 손도끼가 눈으로 뛰어들었다. 멧돼지는 양귀비 밭에 털썩 주저앉았다. 야구모자와 우락부락이 쓰러진 남자를 풀 더미 속으로 질질 끌고 갔다. 멧돼지는 눈을 꾹 감고 숨을 골랐다. 붉은색이 눈앞을 서서히 채웠다. 가득 찬 붉은색은 한 남자의 얼굴이었다. 남자는 농약병을 들이켰다. 농약병이 붉은색을 다 채우더니 그라목숀이라는 글자가 또렷하게 읽혔다. 멧돼지는 번쩍 눈을 떴다. 그러자 여시골 마의 고개에서 흰 승용차가 굴러떨어지는 장면이 날카롭게 눈에 박혔다. 저렇게 사고가 일어나는구나. 오늘은 무슨 날이기에 두 번이나 놀라운 광경을 볼까. 여시골에서 누가 두 팔을 들고 힘껏 집어던진 것처럼 승용차는 서너 바퀴 굴렀고, 뒤집힌 거북이처럼 버둥거리며 국도로 떨어졌다. 며칠 전에도 SM5 승용차 한 대가 굴러떨어진 사고다발지역이기는 했다. 붉은

불길이 치솟았다. 순간 아까 가수 상태에서 본 붉은 얼굴에 이어 지방뉴스 시간에 본 군수 얼굴이 그린 듯 또렷하게 떠올랐다. 왜 이 순간 그 얼굴이 떠오르는지 알 수 없었다. 활활 탈 것 같았으나 불은 앞 범퍼만 태우다 꺼졌다. 달려가야 할지 어째야 할지 몰라 양귀비 밭에 엉거주춤하게 서 있는 사이 앰뷸런스가 달려왔다. 주홍색 유니폼을 입은 두 사람이 승용차 속의 사람을 끄집어내어 앰뷸런스에 실었다. 앰뷸런스가 떠나고 나자 레커차가 왔다. 승용차에 이빨을 박아 넣는 레커차는 죽은 짐승을 덥석 무는 하이에나였다. 양귀비 밭은 비뚤비뚤한 발자국에, 대궁들은 마구 휘어졌고, 꽃은 찢겨 너덜거렸다. 밭둑으로 나온 멧돼지는 도로 들어가 대궁을 일으켜 세웠다. 두 주먹을 불끈 쥔 청년이 양귀비 밭 사이로 난 농로 위를 걸어오고 있었다. 청년은 멧돼지를 보고도 앞으로만 걸어갔다.

　새벽의 일을 털어버리려는 듯 미란은 양귀비 밭으로 들어갔다. 붉은 양귀비들이 미란을 에워쌌다. 미란은 양귀비꽃에 갇혔다. 흙냄새나 풀냄새는 났으나 꽃냄새는 나지 않았다. 이때까지 양귀비 꽃에서 별다른 향기를 못 맡았다는 걸 자각했다. 꽃잎에 코를 바짝 대었다. 향기는 밋밋했다. 꽃잎이 크면 향기가 없다고 했던가. 꽃잎은 지름이 십 센티쯤이었다. 갑자기 네 장의 꽃잎들이 서로 흑자색 꽃술을 숨기려고 발광했다. 움직임이 멈추자 꽃은 긴 대궁 끝에 위태롭게 매달렸다. 미란은 손으로 꽃을 만졌다. 네 장의 꽃잎을 짓이기듯이 차례로 만졌다. 얇은 꽃잎은 주름이 선명해지면서 축촉하게 물기를 머금었다. 거기서 조금 더 만지면 꽃잎은 완전히 시들어버린다. 길이가 일 미터 정도인 대궁 끝에는 고깔모자처럼 생긴 푸릇한 열매가 달려 있었다. 열매가 덜 익었을 때 칼집을 내면 흰 유즙이 방울방울 맺히면서 굳지만 관상용으로 심는 양귀비 열매는 생아편 부분을 빼버리고 심으니까 유즙이 없었다. 오교수의 집 뒤뜰 독일가문비나무 아래에는 흰 양귀비꽃이 자랐다. 스무 그루 이상 심으면 단속에 걸린다고 했으나 서른 그루가 넘었다. 오교수는 두통과 불면증에 시달릴 때면 가루를 먹었다. 오교수는 미란에게 칼을 쥐어주며 열매에 칼집을 내라고 했다. 칼집을 깊이 내면 유즙이 안으로 스며들 수도 있으니까 살짝 스치듯이 내야 한다고 일러주기도 했다. 유즙이 딱딱하게 굳으면 빻아서 가루로 만들었다. 배가 아플 때나 두통이 있을 때나 몸살기가 있을 때 먹으면 효과가 좋지만 많이 먹으면 효과가 뛰어날 거라고 믿었다가 목숨을 잃는 사람도 있었다.

청년이 두 주먹을 불끈 쥔 채 농로 위를 걸어가고 있었다. 도보 행진 중이듯 절도 있는 걸음걸이였다. 챙 넓은 모자를 쓴 여자가 양귀비 밭 속으로 느릿느릿 걸어 들어갔다. 양귀비꽃에 갇힌 여자는 나른한 표정으로 청년을 바라보았다.

미란과 청년은 농로 위에서 마주쳤으나 청년은 무작정 앞으로만 걸어갔다. 미란이 두어 발짝 옆으로 비켜섰다. 얼굴이 검붉게 익은 청년은 범선과 종려나무가 있는 바틱 셔츠를 입고 있었다. 군에서 제대를 하고 온 청년은 복학을 하는 대신 새벽부터 저녁까지 걷기만 했고, 거의 이틀에 한 번꼴로 셔츠를 갈아입었다. 가게에서 셔츠를 외상으로 가져오면 청년의 어머니가 갚았다. 청년은 셔츠가 더러워지면 빨지 않고 불에 태워 없앴다. 군에서 무슨 일을 당했는지 궁금했지만 별다른 치료방법이 없어 그냥 내버려둘 수밖에 없었다. 경운기가 종아리를 칠 듯이 바짝 다가와도 청년은 두 주먹을 불끈 쥔 채 앞으로만 걸어갔다.

양귀비 밭 사이로 군데군데 붉은 양파 자루들이 세워져 있었다. 자신의 땅이 국유지로 들어가는 걸 반대한 농부들은 양귀비 밭 사이에서도 양파나 마늘이나 콩을 경작했다. 수건을 푹 눌러쓴 아주머니 몇이 양파를 거두고 있었다. 어머니가 있을까 봐 미란의 몸이 움츠려들었다. 어머니는 보이지 않았다. 어머니도 일당 사만원을 받고 양파 경작지에 나가 일했다. 양파를 캐는 것보다 알이 변변찮은 것들을 굵고 실한 것으로 삥 둘러싸면서 망에 집어넣는 게 더 힘들다고 했다. 만지기만 해도 부서져버릴 것 같은 얇은 분홍 꽃밭 사이에는 양배추들이 자라고 있었다. 밭둑에는 팻말이 꽂혀 있었다.

땅 주인이 허락하지 않아 양귀비를 경작하지 못했습니다. 테마파크 개장 시기에 맞추어 꼭 경작하도록 하겠습니다. 널리 양해 바랍니다.

휴대전화 벨이 울렸다.

"오후에 집으로 오너라."

오늘은 시를 읽어주는 날이 아니었다. 미란이 우물쭈물하자 오교수가 말했다.

"어제 그 시집, 마저 끝내기로 하자. 박군수가 교통사고로 죽었다는구나."

"네?"

"아까 정오 뉴스 시간에 나왔는데 무슨 고개에서 굴렀다고 하더구나. 아까운 친구가 죽었어."

미란은 양산을 접고 있는 자신의 손을 물끄러미 내려다보다 아이와 양귀비 밭에서 사진을 찍고 있는 여자에게 정말 군수가 죽었냐고 물어보았다. 아장아장 걸으며 꽃대를 쓰러뜨리는 아이의 목덜미를 움켜쥐며 여자는 고개를 끄덕였다. 그냥 물었을 뿐인데 알고 있어 속으로 놀랐다. 그렇게 여시골에 길을 내달라는데 왜 반대하냐고! 그러니까 여시에게 잡혀 먹히지. 틀림없이 여시가 잡아갔을 거야. 어떤 여시요? 하고 미란은 물었다. 여자의 얼굴이 굳어졌다. 아, 어떤 여시이긴 말 그대로 여시지. 여자는 양귀비꽃 속에서 찍는 사진이 정말 좋다고 너스레를 떨며 미란에게 카메라를 건넸다. 그러고는 잠깐 기다리라며 아이를 안은 채 한 손에는 활짝 편 양산을 들었다. 모네의 그림처럼 자신들 뒤로 양귀비꽃이 대각선으로 나오게 하고, 꽃은 점점이 흩뿌려진 것처럼 찍어달라

며 품을 잡던 여자는 끝마무리로 나른한 표정을 지었다. 내가 사
진사야, 뭐야. 미란은 셔터를 눌러주고 걸음을 옮겼다. 붉은 양귀
비꽃들이 농로 위를 걷고 있는 청년의 하반신을 싹둑 잘랐다.

미란은 국도변을 걸어 올라갔다. 건너편 기암괴석에는 망이 쳐
져 있고, 망 윗부분은 찢겨 너덜거렸다. 한구석에는 낙석주의와
야생동물주의라는 팻말도 꽂혀 있었다. 기암괴석 위는 솔숲이고,
그 너머는 여시골이었다. 여시골 지름길을 타면 국도를 이용할 때
보다 이십 분이 단축되었다. 길이 고불고불한 데다 기암괴석이 받
치고 있는 쪽은 곡선으로 확 휘어졌으나 이십 분의 유혹을 뿌리치
기는 힘들었다.

길을 넓히고 포장해 달라는 민원이 끊임없이 이어지지만 군수
가 반대했다. 여시골에는 유적지로 지정된 고인돌과 수령이 삼백
년이 넘는 침엽수림이 가득 차 있어 훼손할 수가 없다고 했다. 군
수는 사유지를 사들여 양귀비 테마파크를 만드는 것도 반대했다.
농토에서는 농사를 지어야 한다는 게 군수의 주장이었다. 군수는
산을 뚫어 터널을 만드는 것도, 드라마나 역사극 세트장 짓는 것
도 반대했다. 아무것도 모르는 무식한 촌놈을 앉혀놓아 발전을 하
지 못한다고 욕을 했으나 군수는 농민들에게 파프리카나 참다래
나 자색고구마나 노란방울토마토를 수확하게 했으며 삼베를 다시
짜게 해 농가소득을 올려준 신지식인이었다.

미란은 땅바닥을 살폈다. 특별히 사고가 났던 흔적은 없었다.

순간 야구모자가 쓰러뜨린 사람과 여시골에서 굴러떨어진 승용차의 주인이 동일인이라는 생각이 들었다. 동일인인지 모른다고 생각한 것은 오교수의 전화를 받았을 때 이미 했었다는 것도 알아챘다.

미란은 빠른 걸음으로 국도변을 올라갔다. 등 뒤에서 굉음이 울려 몸을 움츠렸다. 철근을 실은 대형 화물차가 몸을 칠 듯이 아슬아슬하게 지나갔다. 건너편으로 와서 살펴보았으나 핏방울은 없었다. 아직까지 남아있을 리가 없다는 생각을 하면서도 풀숲으로도 가보았다.

기암괴석 밑을 돌아 산 출구 쪽으로 올라갔다. 산을 거꾸로 올라가는 셈이었다. 산자락을 따라 승용차 한 대가 지나갈 수 있을 만한 좁은 흙길이 나 있었다. 흙길 오른편에는 상수리나무, 편백나무, 느티나무, 회화나무가 들어차 있었다. 사람이 거꾸로 처박힌 형상의 나무와 뿌리가 뽑힌 채 쓰러져 있는 나무가 눈에 띄기도 했다. 콧날을 벌름거려 아카시아 향내를 맡았다. 뻐꾸기 우는 소리와 함께 미란을 약간 나른하게 했다.

산 중턱을 넘어서자 검은색 그랜저가 흙길을 달려오는 게 보였다. 얼굴로 달려드는 흙먼지를 털어내는 자신을 백미러로 지켜보는 눈이 느껴졌다. 등이 오싹했다. 곡선으로 휘어진 곳으로 가보았다. 소나무 두어 그루가 부러지고, 풀이 짓밟혀 있을 뿐이었다. 새벽에 목격하지 않았다면 사고가 났다고 짐작조차 할 수 없을 것

이다. 다시 흙길을 건너 고인돌이 있는 곳으로 갔다. 고인돌 뒤로
는 진흙더미나 풀더미 같은 무덤들이 웅크리고 있었다. 고인돌은
위가 편편했고, 옆은 칼로 조각한 듯 똑발랐다. 오교수 집으로 갈
때 가끔 이 길을 이용했다. 고인돌 위에 올라앉으면 거북이 등껍
데기 속에 들어앉은 듯 기분이 좋았고, 오교수 집에 가기 싫은 마
음도 서서히 옅어져갔다. 미란은 아나운서가 되려고 했으나 낙방
을 하자 실력을 더 쌓으려고 타지로 가 고시원에서 생활하며 아카
데미 학원에도 다녔다. 오교수 말대로 하얗고 깨끗하고 투실한 달
항아리 같은 목소리를 가졌지만 세 번이나 낙방을 한 것은 지방
대학 출신에다 각지고 튀어나온 광대뼈에다 폐쇄적인 분위기 때
문이라는 걸 알게 되었다. 고인돌 위에 올라앉자 이것만은 새벽
의 일을 다 보고 있었을 거라는 생각이 들었다. 내가 생각하고 있
는 게 전부 맞는 거지? 왜 나한테 물어. 난 아무것도 보지 않았어.
뭐, 아무것도 보지 않았다고? 거짓말 마. 넌 뭘 봤는데, 너도 봤잖
아. 그러니까 너도 보긴 봤구나, 네가 본 걸 말해봐! 미란은 화를
내며 고인돌과 말다툼을 했다. 산 입구에 꽂혀 있는 야생동물 포
획금지라는 팻말을 뽑아 멀리 던져버렸다.

  미란이 서재로 들어서자 황병기의 침향무를 듣고 있던 오교수
가 뒤를 돌아보았다. 그의 검은 안경에 잔양이 반사되어 미란의
눈을 찔렀다. 한 걸음 비켜서자 검은 안경은 미란의 모습을 고스

란히 비쳐주었다. 검은 안경으로 미란을 가둔 오교수는 녹음기 버튼을 누르며 시작하자고 했다. 미란은 멧돼지 가죽이 든 숄더백에서 A4묶음을 꺼내 낭송했다. 아침에 밀쳐버린 밥상이 산에서 내려와 집으로 갔을 때도 그대로 놓여 있었지만 역시 목구멍으로 넘어가지 않아 또 밀쳐버리고 마루기둥에 기대 소리 내어 읽고 읽은 시들이었다. 오교수는 만년필로 빠르게 글을 적어 나갔다. 오교수의 검은 안경 속에 간간이 낭송을 하고 있는 미란이 들어 있었다. 서재 왼쪽 창가로는 독일가문비나무가 보였다. 뒤뜰과 독일가문비나무 우듬지는 그늘에 갇혔고, 붉은 잔양이 흰 양귀비꽃을 붉은 양귀비꽃으로 만들었다. 뒤뜰 건너편 안방 창도 불이 붙은 듯 탔다.

"교통사고가 나기 전에 국도에서 남자 둘이서 손도끼 같은 걸로 군수 머리를 내리치는 걸 봤어요."

낭송을 끝낸 미란은 말했다. 말하는 순간에도 그가 박군수인지 확신은 서지 않았다. 검은 안경이 오교수의 표정을 감추고 있었으나 별 동요가 없는 듯했다.

"어디서 그걸 봤단 말이냐?"

"양귀비 테마파크에서요."

"그쪽은 널 못 봤니?"

"못 봤을 거예요. 봐도 짐승 한 마리 봤겠죠. 경찰서에 신고를 해야겠어요."

"네가 먼저 그 일을 할 필요는 없어. 그게 맞는다면 너만 본 것이 아닐 거다. 기다려보자."

오교수는 손바닥으로 미란의 어깨를 만졌다. 유성이 얼마나 아름다운지, 아무에게도 보여준 적 없는 어깨의 상처, 그 오래 아물지 못하는 흉터를 맹인에게 만지게 하고 싶다.* 는 시를 떠올리며 미란은 오교수의 손을 물끄러미 내려다보았다.

선배가 준 약도를 보며 오선학 교수 방을 찾아낸 미란은 심호흡을 하며 노크를 했다. 볼이 사과처럼 빨간 여자아이가 문을 열어주었다. 가죽의자를 돌려 앉은 채 창 쪽을 향해 있던 오교수가 대뜸 말했다. 외워보시오. 미란은 잘 알아듣지 못했다. 알고 있는 시를 한번 외워보시오. 오교수는 조금 더 친절하게 말했다. 이번에는 오교수의 말을 알아들었으나 당황한 머릿속에는 시가 들어있지 않았다. 노란 스웨터를 입은 여자아이는 오교수의 목소리가 든 녹음기를 틀어놓고 노트북 자판을 두들겼다. 오교수가 중도실명을 해도 계속 교단에 설 수 있는 것은 그가 이름 없는 지방대학을 살리고 있어서라고 하던 선배의 말이 생각났다. 오교수가 가죽의자를 핑그르르 돌려 미란을 바라보았다. 검은 안경을 쓴 오교수는 아무것도 보지 않는데 미란은 오교수가 자신을 정면으로 바라보았다고 느꼈다. 자신의 얼굴을 비추어보면 고스란히 그대로 드러날 것 같은 맑은 물 같은 얼굴, 그래서 무서운 얼굴이라고 생각했다. 그냥 편안하게 외워보세요. 자신이 해야 하는 일이 무엇인지 깨달은 미란은 마음을 차분하게 가라앉혀 오교수의 아무것도 보고 있지 않은, 간혹 등을 서늘하게 하는 얼굴을 바라보며 시를 외웠다. 죽은 채로 이렇게 살겠다, 불끈 쥔 주먹 같은, 숯 검덩이 가슴 같은, 아니, 시커멓게 타버린 눈물 같은 솔방울 몇 개 달고, 철 안든 대나무 곁에 서 있다.**

미란은 삼 년째 놀고 있었다. 어머니는 대학만 나오면 좋은 곳에 취직을 할 수 있을 거라고 믿고 등록금을 낼 때마다 이제 다섯 번만 더 내면, 이제 세 번만 더 내면, 이제 한 번만 더 내면 고생 끝이라는 말을 했다. 등록금을 다 내고 나자 진짜 고생이 시작되었다. 삼 년을 썩는 동안 미란은 자신의 것이 아닌 남의 것은 탐내지 않기로 했고, 불가능한 것이나 미래를 기다리지 않았고, 좋고 아름다운 것은 앞날에 남았으리라는 말도 쓰레기통에 처박아버렸다.

좋아요. 미란 씨가 내 일을 하는 데는 적격입니다. 나는 학생들을 가르치고, 평론을 씁니다. 평론서가 더 유명하죠. 강의준비는 근로 장학생이 도와줍니다. 시 낭송도 하죠. 그런데 그 애들은 시를 모르거나, 인생을 모르니까 아무리 그럴싸하게 낭송을 해도 내게 별 감동을 주지 못하거나 완전히 이해할 수 없게 해요. 방송국의 아나운서를 사서 할 때도 있기는 하지만 그것도 너무 매끄럽기만 한 여자를 만질 때처럼 내게 감동을 주지 못할 때가 많아요. 매끄러운 피아노를 만졌을 때처럼 말이오. 나는 거친 나뭇결까지 느껴야 하는데. 미란 씨의 목소리는 뭐랄까, 달항아리 같다고 할까요. 아무 그림도 없이 깨끗하고 하얗지만 만지면 어쩐지 투실할 것 같은 항아리 말입니다. 그리고 집중하게 하는 힘이 있어요. 자신이 할 일이 너무 간단해서 미란은 그것만 하냐고 물었다. 내일은 수업이 세 시간밖에 없으니까 이걸 다 할 수 있을 겁니다. 미리 읽어 오시면 좋고요. 오교수는 책 한 권을 미란 앞의 탁자 위로 던졌다. 오교수의 검은 안경 속에는 집어들어야 할지 말아야 할지 몰라 곤혹스러워 하는 미란이 들어 있었다. 미란은 속으로 한숨을 쉰 뒤 책을 집어 들었다. 날 보고 오교수의 안경이 되라니. 그것도 도수만 높은 안경이 되라니. 그러나 미란은 시를 낭송했고, 어머니한테는 조교 비슷한 일자리를 구했다고 했다. 오교수가 집으로 부른 뒤부터는 논문심사나 평론서 때문에 일이 많다고 했다. 미란은 가끔 생각했다. 오교수가 앞이 보이는 사람이라면 자신을 고용했을까 하고.

새벽에 오교수의 집에서 나온 미란은 양귀비 밭으로 갔다. 꽃속에서 오줌을 누었다. 오줌은 질금질금 나왔다. 찢긴 성기는 붉은 줄이라도 생긴 듯이 쓰리고 아팠다. 양귀비는 촉촉하게 물기를 머금을 때까지만 만져야 했다. 거기서 더 만지면 시들어버렸다. 미란은 숄더백에서 멧돼지 가죽을 꺼내 뒤집어썼다.

처음 오교수의 집에서 나왔을 때 미란은 아무 곳으로나 걸었다. 아직 깨어나지 않은 새벽 산 위에는 시커먼 구름이 엉켜 있었는데 왼팔과 주먹에 힘을 잔뜩 준 채 울부짖고 있는 거인 같기도 하고 누군가를 들이박으려고 맹렬하게 달려가는 힘센 멧돼지 같기도 했다. 오교수의 수족이 되어 태국에 갔을 때 시장에서 멧돼지 가죽을 보자 그날 새벽에 본 시커먼 구름과 거인과 멧돼지가 불화살이 꽂히듯 딱 떠올랐다. 망설이지 않고 비싼 값에 가죽을 샀다. 호텔에서 멧돼지 가죽을 쓰고 물어뜯을 듯이 오교수에게 달려들어 보았다. 오교수가 겁먹은 목소리로 무슨 일이냐고 물었다. 분노가 삭았다. 아니 새어나오는 분노를 멧돼지 가죽으로 덮어버렸는지도, 나약한 자신이 멧돼지 속으로 숨어버렸는지도 모른다는 생각을 미란은 지금까지도 버리지 못했다.

멧돼지는 길고 뭉뚝한 코로 흙을 파 올렸다. 흙이 콧구멍을 막았고, 흙먼지가 눈앞을 흐리게 했다. 양귀비꽃은 붉은 나비들 같았다. 찬 공기가 양귀비 밭을 훑고 가는지 붉은 나비들이 파르르 날갯짓을 했다. 그 날갯짓에 어쩐지 허영이 느껴져 멧돼지는 코부분을 치켜들고 그 밑의 입을 벌려 나비 한 마리를 물었다. 건너편 국도에는 횟감을 실은 활어차나 양파를 실은 트럭이 간혹 지나다닐 뿐이었다. 내일은 박군수의 장례식이었다. 멧돼지는 바쁘게 걸었다. 날카로운 발톱이 땅을 파헤쳤고, 양귀비꽃이 픽픽 쓰러졌다. 멧돼지는 걸음을 멈추었다. 오전까지 기다려보고 그때까지도 아무런 소식이 들려오지 않는다면 경찰서에 가야겠다고 결심했다. 멧돼지는 기분이 좋아졌다. 그래서 양귀비꽃 속을 조심스럽게 걸었다. 양귀비꽃들도 부드럽게 멧돼지를 감쌌다. 메밀밭 속에서 먹이를 뜯고 있던 조랑말 중 한 마리가 멧돼지를 보자 앞발을 치켜들며 제법 용맹스럽게 울었다. 멧돼지는 두 귀를 뒤로 젖히고 껄껄 웃었다.

청년은 미란의 어깨에 걸린 숄더백과 몸이 부딪쳤는데도 검붉은 얼굴을 쳐들고 앞으로 걸어갔다. 숄더백을 추켜올리며 미란은 청년에게 물었다. 넌 보지 못했니? 넌 아무것도 보지 못했니? 청년은 웃을 듯 말 듯한 얼굴로 앞으로 걸어갔다. 청년의 바틱 셔츠 자락이 펄럭였다. 범선의 돛이 부풀어 올랐고, 종려나무의 잎사귀들도 앞쪽으로 쏠렸다.

어제 그 자리에는 아무런 흔적이 없었다. 그럴 줄 알고 있었지만 미란은 새삼 배반감을 느꼈다. 고개를 꺾고 기암괴석 위를 올려다보았다. 어제와 달라진 건 그림자 각도뿐이었다. 팔목을 들어 시계를 보았다. 오후 두 시였다. 어떻게 의문을 제기하는 사람 하나 없을까. 미란은 답답했다. 빠른 걸음으로 산으로 올라갔다. 여시골 마의 고개에도 아무 흔적이 없었다. 알고 있었던 일이지만 거푸 배반감을 느꼈다. 내가 본 것은 무엇일까. 내가 본 것이 박군수가 맞는 것일까. 어머니도 박군수가 죽은 것을 알고 있었다. 어제 양파 경작지에서 들었다고 했다. 미란은 어머니에게도 말했다. 어머니도 오교수처럼 펄쩍 뛰었다. 잘못 나섰다간 네가 그 꼴을 당하는 수가 있다. 내 말 명심해라. 알겠나? 그렇지만 엄마, 억울하게 죽었을 수도 있잖아요. 시끄럽대도! 아가리 함부로 놀리지 마라. 너도 진숙이처럼 추리닝 입은 채로 나가 못 돌아오고 싶나? 알아들었나? 내 말?

미란은 고인돌 위에 올라앉았다. 정말 넌 아무것도 보지 못했니? 말 좀 해봐, 응? 응, 난 아무것도 보지 않았어. 아무것도 보지 않았다고, 넌 겁쟁이구나. 너야말로 겁쟁이 아니니? 미란은 벌떡 일어섰다. 나무들과 무덤들이 땡볕 안에 갇혀 꼼짝 못했다. 미란은 도로 주저앉으며 멧돼지 가죽을 꺼내 썼다.

멧돼지는 앞발을 치켜들고 야아, 하고 포효했다. 함성소리는 편백나무, 상수리나무, 느티나무를 돌아 산등성이까지 쩌렁쩌렁 울렸다. 화답이라도 하듯 뻐꾸기가 울었다. 멧돼지는 조금 나른해졌다. 갑자기 흙먼지가 멧돼지의 콧구멍을 막았고 눈을 뒤덮었다. 멧돼지는 앞발로 앞을 헤치며 흙길을 살폈다. 검은색 그랜저가 지나가고 있었다. 백미러로 멧돼지를 지켜보고 있는 눈길이 느껴졌다. 저 차는 뭘까. 멧돼지는 고인돌 위에서 뛰어내렸다. 지나가던 빨간색 승용차 안에서 여자 운전자가 선글라스를 벗으며 멧돼지를 바라보았다. 멧돼지는 흙을 파 올리며 맹렬하게 뛰어갔으나 검은색 그랜저는 보이지 않았다.

국도변에는 수박이나 딸기를 파는 트럭들이 늘어서 있었다. 통닭을 파는 트럭에는 한 줄에 꿰인 닭들이 뱅글뱅글 돌아가며 기름을 뚝뚝 흘렸다. 미란은 물을 뿌리고 기는 살수차 꽁무니를 따라갔다. 땡볕이 뜨겁게 내리쬐었다. 밭둑의 호박잎이나 머위는 접힌 우산처럼 후줄근했다. 멀리 생기를 빼앗긴 양귀비꽃들이 보였다. 미란은 빠르게 걸었다. 트럭이 등을 칠 것 같았으나 돌아보지 않았다. 육교를 지나고, 다리를 지나자 경찰서가 보였다. 성큼성큼 경찰서로 걸어갔다.

경찰서 앞에서는 퉁방울 같은 눈을 가진 경찰이 셔츠단추를 한 칸씩 내려 비뚤어지게 잠근 중년남자를 호송차에 밀어넣고 있었다. 내가 왜 이걸 타! 난 아무 짓도 안했어. 호송차에서 뛰쳐나온 중년남자는 골목 쪽으로 달아났다. 서, 서, 안 서면 쏜다. 경찰은 오 분 내로 차에 타지 않으면 총을 쏘겠다고 위협했다. 중년남자의 등이 멈칫했으나, 내가 뭘 그렇게 잘못했다고 K시 경찰서까지 보내요? 라고 발악을 하며 달아났다. 서, 서라니까. 중년남자가 멈칫하며 돌아보는 순간 경찰이 가슴을 향해 가스총을 발사했다. 중년남자는 앞으로 폭 고꾸라졌다. 미란은 돌아섰다.

산등성이에 걸쳐진 붉은 해는 가장자리가 점점 얇아지면서 너덜거리더니 양귀비 같아졌다. 청년이 두 주먹을 불끈 쥔 채 농로 위를 걸어가고 있었다. 검붉게 익은 청년의 옆얼굴을 보며 미란은 물었다. 넌 왜 하루 종일 걷기만 하는 거니? 너에게 무슨 일이 있었던 거니? 왜 멀리 가지도 못하고 계속 여기만 뱅뱅 돌고 있는 거니? 그리고, 너는 정말 아무것도 보지 못했니? 청년의 눈이 자신의 얼굴을 훑었다는 느낌에 미란은 얼른 청년의 눈을 붙들었다.

그러나 청년은 앞으로 한 발짝 더 걸어간 뒤였다. 그제야 청년의 바틱 셔츠가 체크무늬 셔츠로 바뀐 것을 알아챘다. 미란은 양귀비 밭으로 들어갔다. 양귀비꽃은 점점이 흩어졌다가 출렁거리며 한 덩어리로 모여들기를 반복했다.

"들었니, 그 말?"

농로 위를 나른하게 걷던 두 여자 중 한 여자가 다른 여자에게 말했다. 미란의 귀가 커졌고, 얼굴이 밝아졌다.

"이 양귀비 밭에 멧돼지가 나타난대."

미란은 실망했다. 양귀비 밭에 주저앉고 싶었다.

"저기 저, 태풍에 쓰러진 것 같은 꽃대들도 멧돼지가 파헤쳐놓은 거래."

"어머, 무서워라. 멧돼지는 사람을 물어뜯기도 하잖아. 요새 정말 멧돼지가 있긴 있어?"

"왜 없어. 저기 산에서도 봤다고 하는데. 무덤 주위를 떠돈다고 하던데."

"아, 무섭다. 이곳도 이제 마음대로 못 다니겠어. 얼른 개장을 해야지. 군수가 죽었으니까 이젠 개장하겠지?"

미란은 배꼽을 쥐고 웃고 싶었다. 휴대전화 벨이 울렸다. 오교수였다.

새벽에 오교수의 집에서 나온 미란은 양귀비 밭으로 갔다. 꽃

속으로 들어가 오줌을 누었다. 오줌은 질금질금 나왔다. 성기는 완전히 시들어버린 꽃잎 같았다. 미란은 멧돼지 가죽을 뒤집어썼다. 양귀비꽃들이 멧돼지를 가두었다. 멧돼지는 길고 뭉뚝한 코로 흙을 파 올리고, 날카로운 발톱으로 땅을 찍으며 양귀비 밭을 돌아다녔다. 흙먼지가 부옇게 일었다. 멧돼지를 가두었던 양귀비 꽃들이 픽픽 쓰러졌다. 마치 멧돼지가 피를 뚝뚝 흘리고 지나가는 것 같다. 멧돼지는 앞발을 치켜들고 야아, 하고 포효했다. 테마파크가 쩌렁쩌렁 울렸다. 박군수의 장례식 날이었다. 어젯밤도 미란은 오교수와 함께 지냈다. 그가 왜 심란해하는지 알 수 없었다. 친구여서인가. 알면서도 모르는 척하는 게 힘들어서인가. 미란은 오교수에게 물었다. 혹 새로운 소식은 없는가. 누가 정수리를 찍는 것을 봤다고 경찰서에 신고를 한 사람은 없는가. 박군수의 사고에 의문을 제기하는 사람은 없는가. 오교수는 어두운 얼굴로 고개를 가로저었다. 조사만 해보면 교통사고가 아니라는 걸 금세 알 텐데요. 미란은 짜증을 냈다. 어떻게 의문을 제기하는 사람 하나 없을 수 있어요. 미란은 거푸 짜증을 냈다. 오교수는 착잡한 표정으로 미란을 검은 안경 안에 가두었다. 이맛살을 찡그린 미란이 검은 안경 속에 갇혀 있었다. 오교수는 손을 뻗어 미란의 어깨를 만졌다. 미란은 옆으로 비껴났다. 오교수는 손으로 허공을 저으며 어디 있는지 물었다. 미란은 대답하지 않았다. 오교수는 맹렬하게 손을 휘저었다. 미란은 위협을 느낀 동물처럼 오교수의 손 밑에 어깨를 대어주었다. 오교수는 손등으로 천천히 미란의 목을 쓰다듬었다. 좀 더 기다려보자. 당장 이 일이 밝혀지지 않더라도 언젠가는 진실이 밝혀진다. 미란은 가슴 쪽으로 오고 있는 오교수의 손을 도끼로 찍어버리고 싶었다. 멧돼지는 더 이상 미룰 수 없었다. 경찰서에 가면 오교수와의 관계가 밝혀질지도 모른다. 그래도 가야 한다. 그놈들이 능글능글한 낯빛으로 믿어주지 않고, 중요하지 않은 것을 물으며 사건의 본질을 흐려놓으려고 해도 가서 말해야 한다. 만약 경찰서에서 믿어주지 않는다면 유족한테라도 가서 알려야 한다. 그들 역시 믿으려 하지 않아도 말은 해주어야 한다. 이젠 좀 가벼워지고 싶었다. 멧돼지는 양귀비꽃 속을 바삐 걸었다. 마음이 바빠 뒷발로 막 뛰어갔다.

멧돼지는 무엇인가에 걸려 앞으로 팍 고꾸라졌다. 몸을 움츠리고 일어서려는 순간 두꺼운 그물망에 갇혔다는 것을 알았다. 멧돼지는 망에 동그랗게 갇힌 채 위로 끌려올라갔다. 관공서에서 나온 사람들이 기중기로 멧돼지가 갇힌 망을 끌어올리고 있었다. 멧돼지는 포획 당했다.

양귀비꽃은 아무것도 모른다는 듯 점점이 흩어졌다가 한 덩어리로 모여들며 나른하게 흔들렸다.

*박형준의 유성
**나초열의 청간정에서

돌

　검은 벨벳 같은 강물이 확 솟구쳐 오르더니 소용돌이치기 시작했다. 아까 돌을 주웠던 곳에 다시 올 줄은 몰랐다. 돌을 줍지 말걸 하는 후회가 잠시 밀려왔다. 아니 후회가 아니라 일이 복잡해지는 것이 싫었다. 아버지와 함께 가라앉기 시작한 시퍼런 물살이 쾌쾌한 악취와 화학약품 냄새를 내뿜었다. 나는 코를 찡그리지도, 뒤로 물러나지도 않았다. 허리를 굽히고 앉아 걸쭉한 물감처럼 변한 강물을 들여다보았다. 강물은 아무것도 보여주지 않으려는 듯 둔탁하게 번들거렸다. 왠지 안심이 되는 기분이었다. 시침 딱 떼고 게으르게 번들거리기만 하는 강물에게 점퍼주머니에 있던 돌도 던져주었다. 물은 아까와는 달리 돌만 날름 집어삼켰다. 물이 더럽기는 해도 청둥오리도 있고, 원앙도 있고, 잉어도 있다. 아버지와 잘 놀아줄 것이다. 내 차는 속력을 높여 모래밭 위를 달려갔다. 전조등 불빛에 쓰레기가 널려 있는 모래밭과 개흙더미 언저리가 드러났다. 볼품없이 말라비틀어지고 엉덩이에 개흙을 잔뜩 묻힌 누런 똥개가 불빛을 피해 달아났다. 쓰레기 더미에는 목이 확 틀어진 백로가 반쯤 파묻혀 있었다. 나는 속력을 더 높였다. 아까 돌을 주웠던 바로 그 장소가 눈에 들어왔다. 돌무더기가 둔탁한 광택을 뿜다 말았다. 돌 때문이야. 아니 해골무늬 때문이었어. 아니, 아니 메멘토 모리 어쩌고 한 것 때문이었어. 귀찮게, 왜 이리 복잡해진 거야. 확실히, 돌이 문제였어. 아니, 오늘 하루 일진이 너무 나빴어. 새벽부터 다른 날과는 달랐다. 아버지가 내 방문을 두드린 것부터가 잘못이었다.

안방 문 열리는 소리가 나고, 욕실로 가서 오줌을 싸고 고양이 세수를 하는 아버지 기척이 느껴졌다. 십 분만 더 뭉그적거리면 된다. 그동안 할 수 있는 게 뭘까. 아버지의 존재를 완전히 잊어버릴 수 있는 그런 게 뭐가 있을까. 곧 생각이랄 게 있나 싶어 팬티를 내리고 내 심벌을 침대시트에 문대기 시작했다. 팬티를 올리고 똑바로 누워도 철제문 닫히는 소리가 나지 않았다. 시계를 올려다 보았다. 정확하게 7시 10분이었다. 뭐야, 성가시게. 그때 아버지가 내 방의 문을 두드렸다. 개코를 가진 아버지가 냄새를 맡았나. 그럴 리가 없는데. 거푸 문 두드리는 소리가 났다. 나는 이불 밑으로 기어들어가 몸을 한껏 웅크렸다.

문 두드리는 소리가 두어 번 더 나더니 철제문이 쾅 닫혔다. 추유우, 이불 위로 얼굴을 내미니까 살 것 같았다. 냄새를 맡은 거 아냐. 그럴 리가 있나. 머리를 흔들어 불안을 털어버렸다. 불안은 찝찝한 것까지 싸가지고 도망갔다. 이제 밤 11시 40분까지 16시간 이 넘는 자유가 내게 주어졌다. 철제문으로 가 걸쇠를 걸고, 보조 키 꼭지를 눌렀다. 16시간의 자유와 33평의 자유에 자물쇠를 채울 필요는 없으나 이쯤은 감옥으로 만들어놓아야 안심이 되었다. 물소가죽 소파에 길게 드러누웠다. 내 체중만큼 물소가죽이 푹 꺼지면서 나를 안락하게 감쌌다. 이 물소가죽 소파는 정말 내 마음에 들었다.

햇살이 텔레비전 옆에 있는 돌 진열장까지 진입했다. 구형석, 선돌, 암형석, 호피석, 호박석, 호수석, 포스타석, 초코입석, 실청석이 진열장 안에 잘 보관되어 있었다. 제각기 뱀, 겨울풍경, 새, 표범, 구룡폭포라는 이름도 있었지만 나는 어떤 게 어떤 것인지 알지 못했다. 알고 싶지도 않았다. 아버지가 좋은 이름을 붙여보라고 해도 못 들은 척했다. 돌이 돌이지, 뭔 이름 싶어서였다. 두 개는 이름을 알았다. 검은 오석에 주황색 줄이 두 군데나 길게 나 있는 돌은 해가 지는 풍경 같다며 아버지가 황혼이라고 이름 지었다. 부산에 살 때 태종대에서 주운 것이다. 그건 참으로 그럴싸하게 황혼 같아서 내 머리에 와 박혔다. 또 하나는 사유석이었다. 친척 결혼식에 다녀온 아버지가 돌 하나를 내 앞에 들이댔다.

―이거 생각하는 사람 같지?

검은 오석에 가운데가 흰색이고, 그 안에 검은 형체가 얼룩처럼 져 있었다. 나는 아버지가 우스웠다. 돌에까지 그놈의 생각을 갖다 붙이다니. 아버지는 중학교만 졸업한 콤플렉스를 돌에다 풀었다.

—아버지, 로댕의 생각하는 사람은 오른팔로 턱을 괴고 앉아 있다고요.

—야, 로댕인지 오댕인지는 모르지만 하여튼 벽에 기대 생각에 잠겨 있는 것 같지 않니?

아버지는 우겼다.

—자동차 바퀴에 으깨어진 쥐네.

나는 귀찮아서 그렇게 말했다.

아버지는 돌을 들지 않은 손으로 내 머리통을 딱 갈겼다.

—똑 지놈 같이 생각한다니까.

머리통을 맞은 나는 신경질이 뻗쳐 목소리를 높였다.

—아버지, 돌에다 뭔 의미를 그렇게 집어넣으려고 그래요? 그래봤자 결국 돌이죠, 돌. 아무 의미도 없고, 아무 생각도 없는 돌!

—시끄럿, 누가 널더러 대학생이라고 하겠냐?

아버지는 그 돌에 좌대를 받쳐주고, 사유석이라고 이름 붙여 수석 전시회에 출품하였다. 동상을 받자 우리 집 가보가 되었다. 그래서 황혼과 사유석은 알게 되었다.

텔레비전에서는 리포터가 갈치 회를 초장에 찍어 입안에 쏙 집어넣고 있었다. 으음, 맛있어요. 전혀 비린내도 없고요, 끝내줘요. 아줌마 리포트는 전기라도 찌르르 흐르는 것처럼 몸을 떨었다. 저, 과장된 몸짓. 그냥 나처럼 집에서 텔레비전이나 보지, 뭘 자기 발전을 하겠다고. 집에서도 자기발전은 얼마든지 되는데. 나는 채널을 하나하나 올렸다. 구겨질까 봐 겁내는 것 같이 앉아 있어 확 구겨보고 싶은 여자 아나운서가 뉴스를 또박또박 읊어대고, 모자를 쓴 메리 포핀스가 고개를 좌우로 흔들며 침침체이를 부르고, 첨단시대에는 스토타지와 함께 넘는다는 선전 문구와 함께 푸른 사막을 달려가는 스토타지가 보이고, 검은 법복을 입은 목사가 두 손을 치켜들어가며 설교를 하고, 채널이 74개나 되니까 몹시 귀찮았다. 아버지는 내가 여덟 시쯤이면 벤처회사로 가서 신제품을 개발하려고 골머리를 앓고 있는 줄 알고 있었다. 석 달 전에 잔소리를 해대는 오너가 너무 꼴 보기 싫어 때려치웠다.

　─희준 씨, 그렇게 모든 게 귀찮아요? 내 살다 살다 희준 씨만큼 게으른 사람은 처음 봐요. 당신 대학 나온 거 맞아요? 그렇게 아무런 생각이 없을 수가 있어요? 생각이 없는 것만큼 무서운 건 없는데.

　나는 리모컨을 던져버리고 주방으로 갔다. 가스레인지에 주전자를 올리고, 커피믹스 봉지를 이로 쭉 찢었다.

　─그래도 머리 하나는 진짜 좋잖아요.

　─미스 김, 희준 씨한테 맘 있는 거야? 그런 것도 없다면 누가

저 따윌 여기다 두겠어. 그리고 머리가 좋으면 뭐하냐고? 그 좋은 머릿속에 아무것도 안 들어있는데. 적어도 말이야, 자기가 왜 이 일을 해야 하는지 정도의 물음은 있어야 할 거 아니야? 희준 씨, 내 말이 틀렸어?

당신 말처럼 게을러서 아무 생각이 없잖아요, 라고 대꾸하려다 더 귀찮은 일이 생길까 봐 못 들은 척하기로 했다.

커피믹스 봉지를 하나 더 찢었다. 나는 이 걸쭉하고 달콤한 커피를 좋아했다. 머그잔을 들고 소파 쪽으로 느릿느릿 걸어갔다. 살이 더 찐 것인지 트레이닝복의 허벅지 부분이 자꾸 감겨 걸음 걷기가 힘들었다. 일 년 동안 10kg이 불어 내 몸무게는 지금 97kg이었다. 살은 미국산 콩으로 만든 오백 원짜리 두부처럼 퍼석퍼석했다. 사십이 넘으면 당뇨에 걸릴지도 모른다고 살을 20kg은 빼라고 하지만 상관없었다. 몽당연필처럼 뭉툭하던 엄마의 다리 한 짝이 떠오르면 약간 섬뜩해지지만 사십이 되려면 아직 까마득한데 까마득한 일까지 미리 어떻게 생각한단 말인가. 하루를 나는 것도 골이 빠개어지는 것 같은데. 나보고 아무런 생각이 없다고? 다탁 위에 머그잔을 내려놓고 리모컨을 손에 쥐었다. 소파에 길게 드러누웠다. 물소가죽은 언제나 나를 안락하게 감쌌다. 엄마는 이걸 사놓고 몇 번 드러눕지도 않고 저세상으로 가 버렸다. 엄마는 근사한 물소 한 마리를 내게 남겨주었다. 그 외에도 엄마가 나에게 남겨준 것은 많았다. 홈쇼핑을 보며 물건 사는 법이라든지 소파에 드러누워서도 흘리지 않고 과자를 먹는 법이라든지 뼈다귀의 등골이나 고둥의 알맹이를 잘 빼먹는 법이라든지.

L홈쇼핑에서는 한 시간 넘게 영광굴비와 간장게장을 팔았다. 영광굴비가 덤인지 간장게장이 덤인지 알 수 없었다. 어쨌든 숟가락에 뜬 노란 알이 맛있어 보여 채널을 돌리지는 않지만 살 마음은 없었다. 나는 반찬 종류는 사지 않았다. 주류나 음료는 샀다. 전에는 홍삼을 사고는 입금을 하지 않았다. 후불제여서 그랬다. 일주일에 한 번씩 전화로 나를 고소하겠다고 했으나 내가 웃기만 하자 이제는 내일 고소할 거니까 빨리 입금하라는 내용증명서만 날아왔다. 그 내일은 아직까지 오지 않았다. 그러다 말 거라는 것을, 그까짓 이십오만 원 때문에 나를 잡아넣지는 못할 거라는 것을 내가 잘 알았다. 법대를 나와서 그런 것을 아는 것은 아니었다. 중학교만 졸업해도 그 정도는 알 수 있었다. 전에도 석류액과 가시오가피액을 그런 식으로 잘 먹었다.

햇살이 수석 진열장 끝에 사선으로 퍼져 있었다. 표범처럼 생긴 돌이 반짝거리며 햇살을 되쏘았다. 하품을 하고 있는 하마의 아가리에도 햇빛이 번쩍번쩍 빛났다. 금이빨이라도 박아 넣은 것 같았다. 난 아직까지 빠진 이를 해 넣지 않았는데. 전화벨이 울렸다. 내가 회사에 잘 나갔는지 집이 비어있는지 확인하는 아버지 전화였다. 내가 낄낄거리며 전화기를 째려보고 있는 것은 왜 생각해내지 못할까. 아버지는 욕심이 많은 만큼 머리는 잘 돌아가지 않았다. 자수성가한 사람답게 돈과 일밖에 몰랐다. 아침 7시이면 어김없이 슈퍼로 나가 조무래기들에게 음료수와 과자 부스러기를, 동사무소 여직원에게 스타킹과 생리대를, 숙직하는 사람에게 삶은 계란과 막걸리를 팔고는 11시가 넘어야 집으로 돌아왔다. 수완도 좋아 교통카드, 우표, 공중전화 카드, 담배까지 취급했다. 아직까지 제주도 여행도 안 가본 사람이 그래도 일요일에는 남한강으로 갔다. 돌을 주워오면 친척들에게 전화를 걸어 돌 자랑을 했다. 내가 법대에 합격했을 때나 사시 1차에 합격했을 때처럼.

감자칩을 먹으면서 홈쇼핑을 보니까 세상에서 내가 가장 행복한 놈처럼 여겨졌다. 나는 행복한 놈인지도 몰랐다. 행복하지 않을 이유가 없었다. 출출했다. 금방 스낵을 먹었는데 간에 기별이 안 갔다. 오징어땅콩 봉지를 하나 더 뜯어먹고 주방으로 어슬렁어슬렁 걸어갔다. 다리를 옮겨놓을 때마다 살이 덜렁거렸다. 내 배는 오겹살이다. 육겹살이 될 날이 멀지 않았다. 가스에 물주전자를 올려놓고, 싱크대 찬장을 열어 컵라면 하나를 꺼냈다. 컵라면은 다섯 개밖에 없었다. 오늘이 수요일이니까 토요일까지 먹을 수 있을지 모르겠다. 뜯어놓은 컵라면에 팔팔 끓인 물을 부었다. 나무젓가락을 쪼개 휘젓자 면과 스프 냄새가 확 퍼졌다. 내가 가장 좋아하는 냄새였다. 나는 컵라면밖에 먹지 않았다. 밥을 먹으려면 챙겨야 할 것이 너무 많았다. 라면을 끓여 먹어도 나중에 냄비를 씻어야 하고, 냉장고에서 김치도 꺼내야 했다. 컵라면만큼 간편히고 좋은 것이 없었다. 김치를 먹지 않아도 별로 느끼하지 않고, 컵을 씻을 필요도 없이 나무젓가락을 꽂아 버리기만 하면 되었다. 소파 위에 한 다리를 걸치고 라면을 먹으니까 자꾸만 트레이닝복 바지가 딸려 내려갔다. 허리와 꼬리뼈부분이 시렸다. 내 이런 모습을 본 누나는 개가 따로 없다며 잔소리를 퍼붓곤 했다. 누나는 이제 엄마 제사 때에도 오지 않았다. 매형 사업이 안될 때 삼천만 원만 보태달라고 했는데 아버지는 한 푼도 해주지 않았다. 출가외인이라면서. 마음에 드는 대사였다. 젓가락이 꽂힌 컵라면 껍데기를 소파 밑에 내려놓고 나서 소파에 비스듬히 드러누웠다.

C홈쇼핑에서는 근육질의 남자들이 줄지어 나와 줄무늬 트렁크 팬티를 선보였다. 색깔도 다양했다. 성기 부분이 형광 빛으로 반짝거리는 것도 있었다. 열 장이니까 일주일에 매일 하나씩 갈아 입어도 세 장이 남는다고 쇼핑호스트가 호들갑스레 말했다. 세컨드와 모텔에서 세 번은 마음놓고 즐겨도 된다는 말로 들렸다. 흐흐흐, 저걸 사. 나는 자세를 조금 바꾸고 다리 한 짝을 들어 올렸다. 컹, 하고 짖어보았다. 진짜 개 같은 기분이라 곧 집어치웠다. 내 꼴을 봤다면 아버지는 이 개새끼를 내가 오늘 패 죽인다며 몽둥이로 내 등짝을 후려 팰지도 몰랐다. 엄마는 하루 종일 소파에 드러누워 텔레비전 보고, 과자 먹고, 빵 먹고, 잘 지냈으면서도 밤에 아버지가 들어오면 내가 집 지키는 개냐고 징징 짰다. 일도 하지 않아서 아버지가 김치를 담갔고, 세탁기를 돌렸고, 청소를 했

고, 장도 봐왔다. 염치도 없는 엄마는 평생 아버지의 등골만 빼먹다 죽었다. 등골이 맛있기는 했다. 뼈에 숟가락을 거꾸로 집어넣어 살을 살살 빼먹는 맛은 뭐라 말할 수가 없었다. 나도 지금 아버지 등골을 빼먹고 있었다. 엄마가 가르쳐준 대로. 엄마에게 배운 대로.

나는 전화기를 끌어당겨 줄무늬 팬티를 주문했다. 텔레마케터에게 성기 부분에 해골무늬를 넣으면 불티나게 팔릴지도 모른다는 조언도 해주었다. 메멘토 모리의 그 해골 따위와는 아무 상관없이 그냥 해골무늬가 떠올랐을 뿐이었다. 텔레마케터는 좋은 하루 되십시오, 라는 말로 감사표시를 했다.

수석에게 깝죽대던 햇빛이 이제 내 발에게 깝죽댔다. 나는 햇빛과 발장난을 하며 놀아주다가 리모컨을 눌러 채널을 바꾸었다. 코미디를 재방송하고 있었다. 나는 코미디나 드라마는 보지 않았다. 앞대가리만 보면 그 다음은 뚜르르 꿰어버리니까 재미가 없고 보는 맛이 없었다. L홈쇼핑에서는 세계문학전집 100권을 반값으로 팔았다. 우리 주부님들의 주문이 폭주하고 있네요. 방학 때 아이들한테 읽히면 좋겠죠. 위대한 유산이라든가 호밀밭의 파수꾼 정도는 읽어야 되겠죠. 위대한 문호 톨스토이의 전쟁과 평화도 필수 목록이고요. 카라마조프의 형제들도 빠뜨릴 수 없죠. 폭풍의 언덕, 제인에어는 여자아이에게 필수 목록이고요. 나는 입을 벌리고 좀 웃었다. 내가 알기로는 법대생 중에서 세계문학전집을 읽은 놈은 없었다. 대부분 독후감 쓸 줄도 몰랐고, 연애편지 쓸 줄도 몰랐다. 사회적인 상승욕구밖에 없는 것들이 대부분이었고, 나처럼 아무 생각이나 물음도 없이 법전만 외우는 것들도 있었다.

타고난 머리가 좋은 데다 비밀과외, 족집게과외를 한 나는 아버지 소원대로 법대에 합격했다. 나는 공부만 했다. 수업은 빼먹지 않았고, 강의가 없을 때는 도서관에서 두꺼운 책과 놀았다. 공부만 하고 있으면 해가 떴고, 해가 졌다. 외로움도, 불안도, 결핍도, 물음도 없었다. 그 상태가 나는 좋았다. 대학 4학년 때 사시 1차에 합격하자 아버지는 친척들을 불러 모아 잔치를 벌였다. 아이고, 형님, 이제 준이만 믿으세요. 이제 2차만 합격하면 형님은 판검사 아버지가 되는 거라고요. 우리 형님 어깨에 힘주고 살 날이 얼마 남지 않았네요. 나 역시 얼마 남지 않은 줄 알았는데 2차에서 번번이 떨어졌다.

채널을 돌리자 거웃 부분에 솜을 집어넣고 구멍이 뽕뽕 뚫린 와인색 팬티를 입은 여자가 스테이지를 밟고 나왔다. 휙 돌자 가느다란 줄 두 개밖에 없는 골 깊은 등과 빵빵하게 치솟은 엉덩이가 보였다. 앞이 터진 나비날개 같은 잠옷을 걸친 여자가 스테이지를 밟았다. 잠옷 한쪽에는 가지인지 오이인지가 수놓여 있었다. 걸을 때마다 잠옷에 비치는 팬티와 아른아른 비치는 것도 같은 거웃을 보자 나는 벌떡 일어났다. 엉덩이를 씰룩이며 내 방으로 갔다. 인터넷을 켜고 한국 X 닷컴에 접속했다. 유료 사이트라 돈은 좀 들어도 여기만큼 이용이 편리한 곳도 없었다. 어우동인가 하는 여자가 한복치마를 홀랑 까고 앉아 있는 영상이 떴다. 로그인을 하자 외국남자인지 머리만 금발일 뿐이지 우리나라 사람인지 하여튼 국적불명의 근육질 남자와 분홍 가발을 써서 역시 어느 나라 여자인지 알 수 없는 여자가 엉겨붙어 헐떡거리는 장면이 떴다. 모니터를 침대 쪽으로 돌려놓고, 침대 위로 올라갔다.

졸업을 하자 고시원에서 지냈다. 풀 옵션이 되는 고시원에 틀어박혀 있으면 어디 안전한 곳에 숨은 것처럼 둔중한 평화 속에 잠겼다. 2차에서 내리 네 번을 떨어지자 군대부터 다녀오기로 했다. 폐수종 수술을 받은 진단서를 들고 아버지가 이리저리 뛰어다녀서인지 공군부대에서 노란 깃발을 들고 새떼 쫓는 일을 했다. 활주로에 서서 항공기와 충돌할지 모르는 새떼를 쫓는 일은 그런대로 할 만했으나 단체 생활은 너무 힘들었다. 나에게 뭣을 간섭하는 것들은 죽이고 싶도록 미웠다. 고분고분하지 않다고, 게을러 터졌다고 상병에게 뺨이 떡이 되도록 얻어맞았다. 잘난 척하는 게 꼴 보기 싫다며 라면 국물을 내 머리에 붓는 상병도 있었다. 나를 학삐리라며 내가 하는 말 전부를 고깝게 여기는 상병이었다. 학삐리가 뭔지도 모르는 새끼가. 분노가 치솟아 덜덜 떨리는 손아귀로 상병의 목을 움켜쥐었는데 내 뒤에 있던 놈이 군홧발로 내 뒤통수를 걷어차서 영창 신세는 면했다. 나는 무엇보다 내 속의 분노에게 잡혀 먹힐 것만 같았다. 일 년 육 개월이 내게는 십육 년보다 더 길었다. 제대를 하고 나오자 아버지는 다시 고시원으로 가라고 했다.

　—아버지, 될 나무는 떡잎부터 알아본다잖아요. 난 안 돼요.

　—사내자식이 왜 안 된다는 말부터 해? 끝까지 해보지도 않고.

　—그 밥에 그 나물이잖아요.

　움찔하던 아버지는 더 이상 아무 말도 하지 않았다. 며칠을 바쁘게 뛰어다니던 아버지는 나에게 당분간 은행에 다녀보라고 했다. 그래서 그렇게 했다.

　은행은 내가 일할 곳이 아니었다. 내게 투자 상담을 받던 고객이 휴대전화로 다른 은행과 이자를 비교했다. 신경질이 뻗친 나는 작성하던 서류를 찢어 휴지통에 버리며 다 관두라고 꽥 소리를 지르고 말았다. 왜 고객에게 소리를 지르느냐고 아줌마가 악을 썼다. 아무리 돈밖에 모르는 아줌마라도 기본 예의는 있어야 할 거 아니냐고 하자 아줌마는 뭐 이런 놈이 다 있어, 라며 삿대질을 하더니 지점장 불러오라고 소리를 질렀다. 불러도 오지 않던 지점장에게 내가 불려갔다. 아직도 당신이 법대생인 줄 아냐고, 그런 정신상태로 뭘 제대로 해내겠냐고 몰아쳤다. 씨발, 관두면 될 거 아니오, 라는 말을 삼키느라 어금니를 깨물었다. 지점장실에서 나온 나는 기어코 유리컵을 내던져 박살을 냈다. 동료들이 놀란 눈으로 나를 흘끔거렸다. 결국 육 개월 만에 은행을 나오고 말았다.

　두어 달 집에서 뭉개자 아버지가 달달 들볶기 시작했다. 나를 고마 잡아먹고 나서 그렇게 곰처럼 들어앉아라. 그러면 아무도 니한테 이래라저래라 안 한다. 내가 이런 꼴을 보려고 허리가 휘도록 니를 공부시킨 줄 아냐? 나는 할 수 없이 취직자리를 알아보려 다녔다. 그러나 일하고 싶은 곳이 없었다. 나에게 맞는 일은 없었다. 사실 아무것도 하고 싶은 게 없었다. 아버지에게는 취직이 그다지 쉽지 않다고 둘러댔다. 아버지는 다시 공부를 하라고 했다. 나는 생각해 보겠다며 집에서 지냈다. 집이 그렇게 편할 수가 없었다. 내게는 혼자 지내는 것이 맞았다. 그런데 쓸 돈이 없었다. 할 수 없이 아버지가 돌을 주우러 가는 일요일에 가게로 나갔다. 토요일도 돌을 주우러 가라고 하자 아버지는 좋아했다. 이틀 동안 가게를 봐주고, 그 돈의 80%를 가져다 썼다. 아버지는 그 부분에 대해서는 말하지 않았다. 금고를 여니까 황금색 카드가 보였다. 옆의 가구점으로 가서 쿠션 하나를 사고 긁어보았다. 사용할 수 있는 것이고, 아버지 것이었다. 나는 그것을 내 지갑에 넣고 썼다. 아버지는 챙기지 않았다. 아버지가 모르는 척 해준다는 것도 곧 알았다.

모니터에서는 여전히 헐떡거리고 있는데 내 심벌에서는 정액이 주르르 흘렀다. 컴퓨터를 꺼버렸다. 출출했다. 주방으로 가 컵라면 하나를 꺼냈다. 가스레인지에 물 올리기가 귀찮아서 생 라면을 우두둑 부수어 먹었다. 커피랑 먹으면 맛있을 텐데 물 끓이기가 귀찮아서 그만두었다. 소파로 와서 길게 드러누웠다.

J홈쇼핑에서는 겨울에 입을 무스탕을 헐값에 넘기고 있었다. 내 오리털 점퍼는 가짜인지 별로 따뜻하지도 않는데 몇 년째 그것 하나로 겨울을 났다. 전화를 끌어당겼다. 이것이 세 번째인가, 네 번째인가. 매일 다섯 건 이상은 주문했다. 입금을 하지 않으면 그때에야 내 욕망이 죽었다. 특대는 없냐고 하니까 너무 크면 멋이 없다고 텔레마케터가 어드바이스를 해주었다. 110은 아무래도 작을 것 같다고 하니까 강호동이나 유통도 이 제품을 입었다고 했다. 나는 망설이지 않고 베이지색 무스탕 110을 주문했다. 입금을 할 것인지 안 할 것인지는 조금 더 지켜보아야 했다. 이렇게 해서 내가 날린 돈만 해도 몇백만 원이 넘었다. 카드값에 비하면 새 발의 피도 안 되지만. 그 황금색 카드 때문에 아버지와 사이가 극도로 나빠졌다.

강원도에 사는 친척이 법무사 사무실을 차리자 나를 데려다 쓰고 싶어 했다. 가라, 가지 않겠다, 아버지와 일주일을 싸웠으나 아버지가 가위를 들고 와 카드를 내놓으라고 해서 지고 말았다. 그곳은 돈은 많이 주었으나 따분하고 재미가 없었다. 그래서 전문대학의 호텔과인지 호텔경영학과인지를 졸업했으나 몸매도 되지 않고, 얼굴도 되지 않고, 영어도 되지 않아 임시로 사무실에 나와 컴퓨터를 두들기고 잡일을 하던 여자와 시시껄렁한 농담을 주고받으며 하루하루를 죽여 나갔다. 여자는 내가 법대 출신이라는 것을 높이 쳐주었다. 영어를 가르쳐주려고 여자 집에 가기도 하고,

여자가 내 집에 와서 영어를 배우기도 하다가 몸을 합쳤다. 내 집이 더 나아 보인다는 여자의 말을 존중하여 내 집에서 살림도 합쳤다. 여자도 엄마 못지않게 물건 사들이는 것을 좋아했다. 좁아터진 열한 평 원룸에 들여놓을 데가 어디 있다고 암체어에, 접이식 소파에, 체리원목 침대에, 영국식 화장대를 사들였다. 물론 내 황금색 카드로 긁었다. 여자와 살림을 합치고 나자 나는 법무사 사무실에 나가지 않았다. 몸이 좋지 않아 며칠 결근을 했는데 집에서 텔레비전을 보고, 알비노클라라와 노니까 사무실에 나가야 할 이유가 없는 것 같았다. 적성에 맞지도 않는 일을 하며 돈을 벌어야 할 만큼 경제적으로 쪼들리는 것도 아니었다. 내 적성에 맞는 일이 무엇인지는 나도 생각해보지 않았지만. 욕심이 많은 여자가 자기 언니가 키우던 것을 빼앗다시피 가져다 놓은 알비노클라라를 깨워 뭘 먹이는 일은 재미있었다. 대가리 쪽은 메기이고 몸 쪽은 미끈한 장어인 알비노클라라는 수족관에 깔아둔 자갈더미에 몸을 깊숙이 묻고 죽은 듯이 엎드려 있었다. 내가 먹다가 남긴 것들을 넣어주면 확 용솟음치듯 다가와 넓적한 주둥이로 먹이를 순식간에 먹어치우고는 느릿느릿 자갈더미에 몸을 묻었다. 수족관이 깨지는 게 아닐까 싶을 정도로 알비노클라라는 살이 뒤룩뒤룩 쪄 갔다. 나는 알비노클라라를 흡족하게 바라보았다. 그리고 텔레비전을 보고 있으면 괴로운 것도, 생각할 것도 없고, 모든 것이 안락히게 어져겼다. 나는 평회로웠는데 어기는 점점 내게 싫증을 내고 짜증을 냈다. 게으른 나에게 자신의 미래를 맡길 수 없다고 앙 앙댔다. 누가 맡기래? 지 것은 지가 책임져야지, 라고 대꾸해주었다. 그러면 여자는 팩 토라져 사흘씩 집에 들어오지 않았다. 찾지도 않았는데 나흘째쯤 되면 기어들어와 나를 꼬드겨 카드를 긁었다. 한 날은 술을 억병으로 처마시고 온 여자가 나처럼 게으르고, 생각이 없고, 무책임하고, 비겁한 사람은 아직까지 본 적이 없다고 하며 싸움을 걸었으나 내가 모로 드러누워 텔레비전만 보니까 이 개 같은 놈아, 더 이상 이렇게는 못 살아, 하고 욕을 퍼붓고는 집을 뛰쳐나갔다. 뒷날 아침에 용달차를 불러와 소파와 침대와 화장대를 싣고 떠났다. 내 카드로 긁었으면 내 것인데, 도로 빼앗으려다 귀찮아서 그만두었다. 원룸에서 그대로 뒹굴고 있는데 아버지가 찾아왔다. 아버지에게 잡혀 서울로 끌려갔다. 집에 들어서자마자 아버지는 다짜고짜 주먹으로 내 뺨을 쳤다. 내가 긁은 카드 값이 삼천만 원이 넘는다고 했다. 그때 앞니 한 개가 부러졌다. 그것을 해 넣지 않아 내가 웃으면 모두들 얼굴이 구겨졌다. 검은 모자를 눌러쓰고, 잇몸을 드러내고 웃으면 내가 범죄형으로 보이기도 하는 모양이었다.

L홈쇼핑에서는 주부들의 폭발적인 반응에 힘입어 세계문학전집100권 판매를 연장방송 했다. 파워를 눌러버렸다. 조금 심심해진 나는 내 방으로 가서 책상 서랍 맨 밑에 넣어둔 플레이보이 잡지 네 권을 들고 나왔다. 가랑이를 쩍 벌린 외국 년들의 성기에는

나팔이 하나씩 꽂혀 있었다. 나팔꽃이든 나팔이든 뭔가를 바라는 듯 아가리를 벌린 것은 쑤셔주든 불어주든 해야 했다. 나는 소파에 엎드려 나팔을 불었다. 이놈의 성욕은 참으로 왕성했다. 갈수록 왕성해지는 것은 식욕과 성욕뿐이었다.

뻐꾸기가 세 번을 울었다. 나는 느릿느릿 몸을 일으켜 자동차 열쇠를 찾았다. 점퍼를 입고 농구화를 신고 밖으로 나왔다. 농구화에 흙을 묻혀야 했다. 아버지는 현관문에 들어서자마자 내 농구화에 흙이 묻었는지 안 묻었는지 샅샅이 뜯어보았다. 아버지는 단순 무식했다. 자동차의 계기판을 조금만 주의 깊게 살펴보면 금방 알 수 있을 일을.

지하 주차장으로 가서 똥색 프라이드에 열쇠를 꽂았다. 차 안의 공기는 후덥지근하고, 운전하는 것이 너무 귀찮아서 짜증이 났다. 왜 꼭 밖으로 나가서 돈을 벌어야 하지. 굶어 죽는 것도 아니고, 돈이 없는 것도 아닌데. 왜 직장에 나가야만 자기발전을 하고, 사람답게 산다고 여기는 건지. 손바닥으로 핸들을 탁탁 내려치며 짜증을 삭혔다. 강변을 향해 달려갔다. 신호등이 바뀌기를 기다리는데 던킨 도너츠, 롯데리아, 아웃백이 보였다. 차의 방향을 바꾸었다. 아웃백에서 돼지갈비뼈를 뜯었다. 앉을 자리가 없을 정도로 사람이 많아서 간신히 삭힌 짜증이 또 솟구쳤다. 그래도 고기 맛은 좋았다. 콜라도 맛있었다. 일주일에 세 번은 고기를 뜯어야 힘을 썼다. 엄미도 일주일에 네댓 번은 고기를 뜯었다. 고기만 뜯던 엄마는 당뇨합병증이 심해 내가 은행에 다닐 때 죽었다. 엄마가 죽었을 때에도 별로 눈물이 나오지 않았으나 울지 않으면 귀찮은 일이 생길 것 같아 누나가 곡을 하면 아이고, 소리를 보탰다.

대로변을 지나 샛길로 접어들자 강이 보였다. 주차를 하고 둔덕을 내려가자 쓰레기밖에 보이지 않았다. 쾌쾌한 바람이 불고, 썩은 물 냄새가 났다. 모래밭도 푸석푸석했다. 개흙더미에서도 쾌쾌한 악취가 났다. 날이 풀린 사월 초순이어서인지 농구 시합을 벌이는 패도 보였다. 한쪽에는 내 팔뚝보다 더 굵은 줄이 허공을 가르고 있었다. 내 눈은 줄을 좇아갔다. 강 이쪽의 빌딩과 강 저쪽의 빌딩에 줄이 매어져 있었다. 줄 양편에는 스테인리스 받침대가 받쳐주고 있었다. 자전거를 타고 있는 꼬마 녀석에게 저게 뭐냐고 물었더니 녀석은 한껏 달뜬 목소리로 30분 뒤에 오토바이 쇼가 벌어질 거라고 했다. 나는 강변을 어슬렁어슬렁 걸었다. 거무튀튀한 물에는 청둥오리 두 마리가 헤엄치고 있었다. 원앙도 보였다. 철새들도 게을러터져서 텃새로 눌러 앉아버린 지 오래였다. 낚싯대를 드리운 사람도 보였다. 발에 돌이 차였다. 돌무더기에서 돌을 하나 주웠다. 물에서 방금 건져낸 것처럼 하얗고 크기는 내 주먹 두 개만 했다. 개 같기도 하고, 표범 같기도 하고, 아무것도 아닌 것도 같았다. 아버지에게 물어보려고 돌을 점퍼주머니에 넣었다. 발을 올려 농구화 밑바닥을 보았다. 흙이 있는 쪽으로 걸음을 옮겨갔다.

오색불꽃이 팡팡 튀더니 줄 위로 빨간 우주복을 입은 한 청년이 오토바이를 타고 나타났다. 청년은 빨간 가죽장갑을 낀 한 손을 흔들어 보이고는 레일 위를 달리듯이 줄 위를 씽 내달렸다. 오토바이를 끌고 따라온 젊은 패들이 와와, 환호했다. 오토바이는 오른편으로 기울어지더니 휙 앞대가리를 치켜들어 야생마처럼 벌떡벌떡 달렸다. 농구를 하던 패들도, 모래밭을 배회하던 똥개들도, 굴다리 밑의 중늙은이들도 고개를 젖히고 오토바이만 좇았다. 오토바이가 갑자기 줄 위로 툭 주저앉았다. 그러나 오토바이는 매를 덮치는 사냥개처럼 훅 튀어 오르더니 줄 위를 씽 달렸다. 오토바이를 끌고 따라온 젊은 패들이 환호성을 질렀다. 나도 신이 나서 두 팔을 벌리고 모래밭 위를 빙글빙글 돌았다. 침침무니, 침침무니, 침침추루, 침침추루…… 머리와 몸은 어울리지 않아요. 둘은 떼어놔야 해요. 오토바이도 줄 위를 빙글빙글 도는 것 같았다.

어두워진 거실에서 진열장의 돌은 진중하게 빛났다. 사람의 얼굴을 닮은 돌은 아침에 볼 때는 아줌마 같았는데, 지금 보니까 앳된 소녀 같기도 했다. 밤에 보면 섹시한 여자로 보이려나. 베토벤의 얼굴을 닮은 돌은 시가가 150억이라고 했다. 돌이 150억이라니, 뒤로 넘어갈 뻔했다. 열 낼 거 없다. 저것들도 나중에 내다팔면 돈이 꽤 될 것이다. 거실에 불을 켜고, 점퍼를 벗어던지고, 소파 위에 드러누웠다. 리모컨으로 텔레비전을 켜려다 그만두고 몸을 소파 안쪽으로 돌렸다.

쿵쿵, 거실을 흔드는 발소리에 눈이 뜨였다. 그새 깜박 잠이 들었다. 내 앞에는 다리 두 개가 버티고 있었다. 아니, 이게 누구일까. 기절할 것만 같았다. 은발에, 감색 셔츠를 입은 아버지가 내 앞에 턱 버티고 서 있었다. 보조키 꼭지를 누르는 것을 깜박했나. 작고 앙상한 손이 내 뒷목덜미를 꽉 움켜쥐었다. 내 눈알이 눈 밖으로 튀어나올 것 같았다. 얼른 주방 쪽으로 도망갔다. 살진 나는 금방 아버지 손아귀에 붙잡혔다. 아버지는 내 목덜미를 비틀어댔다.

"여기가 네 직장이냐? 뭐 신제품 개발 때문에 자금이 딸려 두 달 만에 월급이 나온다고? 사람을 속여도 분수가 있지."

아버지는 내 정강이를 걷어찼다. 내 뺨도 갈겼다. 나는 피하지도 않고, 비명도 지르지 않았다. 코피가 주르르 흘렀다. 아버지 손은 무지막지하게 아팠다. 펜대라고는 한 번도 잡아보지 않은 노동자 손답게 손때가 엄청 매웠다. 흥분한 아버지는 텔레비전 위에 얹어놓은 산호초도 집어던졌다. 몸이 둔해도 나는 용케 피했다. 산호초를 싼 유리는 박살이 나고, 산호초는 목에서 떨어져 나온 머리통처럼 바닥을 데구루루 구르다 멈추었다.

"이 호로 자식아, 넌 이때까지 돈 한 푼 벌지 않았어. 이날 이때까지 내 돈으로 먹고 살았어. 내가 아니었으면 벌써 굶어 뒈겼을 거야. 이 드런 놈, 이 배은망덕한 놈."

배은망덕이라니요? 나도 괜히 말꼬리를 잡고 늘어져? 그러다 일만 복잡해질지 몰랐다. 그래서 입을 닫고 있기로 했다.

"젊은 놈이, 사지 육신이 멀쩡한 놈이 왜 일을 안 하려고 하는 거야. 이 나이에도 친손자 한 번 안아보지 못한 사람은 나뿐이다. 일을 해야 사람구실도 하지."

아버지는 비디오 진열장에 있는 비디오테이프를 마구 집어던졌다. 비디오테이프 하나가 내 머리를 딱 때렸다. 나는 조금 화가 났다. 아버지는 일하지 않으려는 내 못된 버릇을 이참에 잡으려는 것 같았다.

"내가 너보고 돈을 한 무더기씩 벌어오라고 그러냐? 돈이 문제냐? 젊은 게 일을 해야지, 일을. 그래야 남 보기도 떳떳하고, 니도 사람값을 하지."

"적성에 안 맞아서 잠시 쉬고 있는 거예요."

나는 잠시 비굴한 쪽을 택했다.

"다시 공부라도 하고 있는 거냐?"

아버지 말투가 조금 사근사근해진 것도 같았다.

"공부는 이 나이에……."

나는 얼굴 면적을 최대한 넓힌 채 웃고 말았다. 아버지의 두 눈두덩에 경련이 일더니 얼굴이 뻘겋게 변했다.

"이 개새끼야, 나는 수족을 움직일 수 있을 때 너한테 한 푼이라도 더 남겨주려고 이 나이에도 일을 하고 있는데, 젊은 놈이!"

다혈질인 아버지는 숨이 막히는지 주먹으로 가슴을 탕탕 쳤다. 그때 아버지의 눈이 소파 위에 내팽개쳐 있는 플레이보이 잡지에

가 닿았다. 털 뽑힌 닭처럼 알몸으로 가랑이를 벌리고 있는 여자들을 본 아버지는 눈이 뒤집혀 내 농구화를 집어다 내 얼굴에 던졌다. 얼굴을 때린 농구화가 거실바닥에 떨어졌다. 아버지는 농구화를 다시 주워 내 얼굴을 팍, 팍 쳤다. 얼굴이 깨지는 것처럼 아프지만 참았다. 이러다 말 것이라는 것을 아니까. 어금니를 물고 참고 있는데 아버지는 또 내 방으로 달려갔다. 힘도 좋아서 컴퓨터를 번쩍 들더니 바닥으로 내던졌다. 내 옷장을 열어 옷을 방바닥에 팽개치며 가방 싸서 나가라고 했다. 아버지는 연극을 하고 있었다. 그렇다면 나도 연극을 해야 했다.

"아버지, 왜 내 손은 이렇게 크죠? 내 손은 내가 생각해도 법전 외우는 것과는 맞지 않아요. 이렇게 못생기고 큰 손으로 여자 젖가슴을 만지면, 도저히 분위기가 안 생겨. 내가 생각해도 너무 멋대가리 없어."

"뭐? 이 좆만 한 놈이 뭐라는 거야? 그게 애비 앞에서 할 말이야!"

아버지는 연극을 이해하지 못했다. 아버지는 기어이 주먹으로 내 턱을 쳤다. 아직 이를 해 넣지도 않았는데 또 이가 하나 빠져버렸다. 아버지는 자꾸 내 신경을 건드렸다. 자꾸 화가 나려고 하고, 아버지가 몹시 성가시게 여겨졌다. 빠진 이를 들고 베란다로 나갔다. 베란다 창을 열고 피를 칵 뱉고 나서 지붕 위가 아니라 잔디밭을 향해 이를 내던졌다. 까치야, 까치야, 헌 이 줄게, 새 이 주라.

어디에도 까치새끼는 보이지 않았다. 몸을 돌리고 거실로 들어서는데 아버지 몸과 부딪쳤다. 텅, 소리가 나면서 아버지가 조금 뒤로 밀려났다.

"내 재산을 믿고 일을 안 하는 거지? 내가 어서 죽기만을 바라고 있는 거지? 그렇지?"

아버지는 손을 달달 떨고, 몸도 바들바들 떨었다.

"걱정하지 마세요. 난 아버지 재산에 욕심 없어요."

나는 억울했다. 아버지 재산은 한 번도 생각해보지 않았다. 귀찮아서 그런 것까지는 생각해보지 않았다.

"친척들 말대로 아파트 처분해서 현금을 손에 쥐고 있으세요. 그래야 장례식도 근사하게 치를 수 있죠. 아님, 실버타운에 가시든지."

이 배은망덕한 놈! 아버지는 나한테 달려들어 나를 마구 차고 때렸다. 자꾸 때리기만 하는 아버지가 너무 귀찮고 성가셨다. 나도 아버지를 때리고 싶어졌다. 이 일을 그만두게 할 수 있는 방법은 그것밖에 없을 것 같았다. 아버지는 또 잔소리를 퍼부었다.

"네 누나가 돈을 해달라고 해도 모르는 척했다. 네 작은아버지가 부도 막는다고 돈 좀 빌려달라고 할 때도 딱 눈감았다. 그게 뭐 때문이겠냐. 다 너한테 한 푼이라도 더 남겨주려고……. 그런데 네놈은 ……."

"그긴 결국 이버지 욕심이죠. 무덤까지도 가지고 가고 싶은데 그럴 수가 없으니까 아들인 나에게 맡겨놓는 거라고요. 그러면 죽어서도 아버지 것이 된다고 착각하는 거죠. 아버지 재산이 형제라든지, 딸에게는 한 푼이라도 돌아가면 큰일나죠. 그러니까 내 핑계를 대며 미리미리 수 쓰는 거죠."

"뭐 수? 니 지금, 수라 캤나? 수!"

아버지는 황소처럼 씩씩거리며 머리통으로 내 턱을 받아버렸다. 턱이 작살난 나는 너무 아파서 그만 나도 모르게 진열장 안의 돌을 집어 들어 아버지의 뒤통수를 내려쳤다. 아버지의 위치가 뒤통수를 내려치기 좋았다. 아버지는 누가 밀친 마네킹처럼 꼿꼿한 자세로 앞으로 엎어졌다. 아버지는 더 이상 나를 때리지도 않았고, 잔소리도 하지 않았다. 검은 머리카락에 빨간 줄이 두 군데나 길게 나 있는 아버지의 머리통은 황혼석 같았다. 내 손을 보았다. 하필이면 그놈의 사유석을 쥐고 있었다. 아버지가 좋아하는 생각하는 돌. 내가 싫어하는 생각 자가 붙은 돌. 사유석을 멀리 던져버리고 자동차 열쇠를 찾았다. 베란다로 나가는 유리창이 깨지며 떨어지는 소리가 요란했다. 열쇠는 점퍼호주머니에 아까 주워온 돌과 함께 들어 있었다. 점퍼를 들고 밖으로 나갔다. 경찰이 속을지 모르지만 그건 그때 가서 볼 일이다. 나는 아버지를 태우고 강으로 갔다.

내 차는 돌무더기를 벗어났다. 쓰레기가 널려 있는 모래밭을 벗어나려는 순간 어디서 나타났는지 개흙을 잔뜩 묻힌 똥개가 휙 내

차 앞을 가로질렀다. 깜짝이야, 저놈의 개새끼까지! 나는 분노 어린 눈으로 개를 찾았다. 똥개는 개나리울타리에 때묻은 보따리처럼 웅크리고 있었다. 그만, 못 본 것으로 하기로 했다. 모래밭을 벗어나 비탈진 콘크리트길을 올라갔다. 고개를 틀어 강 쪽을 보았다. 강물은 여전히 검은 벨벳 같고, 아무 일도 없었다는 듯 둔탁하게 번들거렸다. 비탈진 길을 올라와 대로변으로 나갔다. 도로에는 차들이 너무 많아서 질주를 할 수가 없었다.

한 모퉁이를 도는데 또다시 길이 막혔다. 가로수 너머로 빌딩이 보였고, 빌딩 한 면에 설치된 멀티비전에서는 뉴스인지 광고인지는 몰라도 글자가 옆으로 지나가고 있었다. 핸들을 손바닥으로 탁탁 때리며 무심코 글자를 따라 읽었다. 몰카를 찍다가 잡힌 남자 알고 보니 변호사……. 나도 넉넉잡아 일주일, 아니 사흘 안에는 잡힐 것이다. 차들이 스르르 움직이고 있었다. 나도 엑셀레이터를 밟았다. 조금 속력을 냈을 때 갑자기 흰색 차가 차선을 넘어오더니 내 차를 쾅 들이박았다. 나는 모든 일이 너무 귀찮고 성가셨다.

녹색표적

들판의 녹색이 그녀의 눈을 찔렀다. 동시에 표적의 한복판에 표창이 탁 꽂혔다. 5점. 어김없어. 뭉뚱그려 놓아도 소용없어. 2점이나 3점만 되어도 괜찮을 텐데. 나무판 전체가 녹색인 표적을 쏘아보며 그녀는 헛간 쪽으로 갔다. 소나무 두 그루가 마주보고 있는 동산, 벼가 자라고 있는 드넓은 벌판, 벌판 너머의 야트막한 산이 전부 녹색이었다. 난 녹색에 갇혔어. 진저리치는 그녀 눈앞으로 베이지색 사파리룩이 휙 지나간 것도 같았다.

헛간 앞에 세워져 있는 표적에서는 표창에 붙은 제비나비가 파르르 날갯짓을 했다. 칼 부분은 햇빛을 받아 날카롭게 번득였다. 20cm쯤 되는 잘 벼린 칼로 표창을 만들어 소나무로 깎은 손잡이를 씌우고, 제비나비를 만들어 손잡이 밑에 달았다. 표적도 그녀가 만든, 사람 등판보다 더 큰 나무판이었다. 다섯 개의 검정색 동그라미도 있었으나 어느 날 그만 제스퍼 존스의 그림처럼 밀랍을 뜨겁게 녹여 전체를 녹색물감으로 채워버렸다. 그녀는 표창을 뽑았다. 표적의 녹색이 꿈틀거리며 살아나 또다시 눈을 찔렀다. 흐트러지는 머리카락 사이로 베이지색 사파리룩을 입은 사람이 저수지 둑에 서 있는 것이 보였다. 착시가 아니어서 그녀는 당황했다.

집 안팎도 온통 녹색이었다. 두툼한 이끼가 장독간과 우물가를 빽빽하고 치밀하게 뒤덮고 있었다. 녹색 이끼는 감나무 줄기까지 점령해 가고 있었다. 파충류 같잖아. 순간 그녀의 눈에 감나무 가지를 기어 올라가는 먹구렁이가 포착되었다. 동시에 먹구렁이 등에 표창이 독침처럼 꽂혔다. 마당 위로 풀썩 떨어진 먹구렁이의 대가리를 손으로 집어 담장 너머로 던져버렸다. 마당 한편에도 시금치, 부추, 아욱, 상추, 열무가 자랐다. 녹색을 순수하고, 원시적이고, 원형적이고, 생명의 색깔이라고 느끼지 못하고 그녀는 심한 어지럼증과 함께 지독한 권태만 느꼈다. 어쩌면 내게 허락된 것은 녹색뿐일지 몰라. 그녀는 또 한 번 숨을 내쉬며 고방으로 갔다. 저수지 둑의 베이지색 사파리룩이 익숙하게 늘어진 풍경을 생경하게 한다는 생각을 하며 빈 쌀자루를 챙겼다. 시금치나 상추를 뽑아 점심을 먹어야 하는데도 채소들마저도 지긋지긋해 굶어버렸다.

산에 오른 그녀는 낫으로 소나무 가지를 휙 내려쳤다. 가지가 팔 힌 깍치럼 뚝 떨어졌다. 시퍼리룩을 입은 시람은 어전히 저수지 둑의 수양버들 아래에 서 있었다. 저수지는 양철처럼 번쩍이며 간간이 빛을 튕겼다. 산의 절반쯤에서 시작된 저수지가 아랫마을 과 이어졌고, 저수지 위는 몽돌로 뒤덮인 냇가였다. 가지를 쌀자 루에 쑤셔 담은 그녀는 이번에는 제법 굵고 긴 가지를 낫으로 내 려쳤다. 가지가 잘려나간 허한 공간 속을 벼와 풀이 자라고 있는 녹색 들판이 채웠다. 들판 끝에는 회색 기와지붕이 곱사등처럼 치 솟아 있었다. 뒷산 밑의 안골에는 스무 남은 채의 집이 있으나 들 판의 바람골에는 그녀 집밖에 없었다. 집 오른편은 작은 동산이었 고, 동산 뒤로 큰길과 차부가 있었고, 큰길 건너편에는 안골로 가 는 고샅길이 뻗어 있었다.

뒷모습만 보인 채 저수지를 바라보는 사파리룩을 수양버들이 반쯤 가리고 있었다. 그녀가 걸음을 옮기자 수양버들은 사파리룩 을 완전히 놓아주었다. 그녀는 남자의 등에 표창을 꽂고 싶었다. 녹색은 수양버들이고, 저 사람은 베이지색 사파리룩을 입었잖아. 그녀는 자신을 타일렀다. 낚시꾼이나 타지 사람에게 아직까지 알 려지지 않은 미지의 땅인데 웬 사람일까.

사파리룩이 저수지 안으로 걸어 들어갔다. 왜 저리 가는 거지? 오리나 물고기를 잡으려는 건 아니겠지. 그녀는 다시 소나무를 휘 둘러보며 곧고 튼튼한 가지를 찾았다. 어제 선물의 집 주인한테 서 팔월 중순까지 피노키오 인형을 열 개쯤 더 만들어달라는 주문 을 받았다. 깎아놓은 것은 네 개밖에 되지 않았고 쟁여놓은 나무도 없었다. 부엉이가 울었다. 산을 올라올 때부터 들렸던 소리일 텐데 새삼스레 그 소리가 귀를 쑤셨다. 가까운 소나무 위에 인간의 눈을 뽑아간다는 욕심 많은 부엉이가 앉아 있을 것이다. 그녀는 낫을 든 채 소나무 위를 살펴보았다. 부엉이는 보이지 않았다. 사파리룩이 저수지 한가운데로 성큼성큼 걸어가고 있었다. 그녀는 낫으로 소나무 가지를 휙 내리쳤다. 실한 가지를 줍는 그녀의 얼굴이 잠시 밝았다.

낫이 낙엽더미 위로 툭 떨어졌다. 물이 사파리룩을 꿀꺽 삼켜버렸다. 물은 아가리를 퍼렇게 벌려 마구 허우적거리는 사파리룩의 두 손까지 먹어치웠다. 그녀는 소나무들 사이를 헤집으며 무작정 앞으로 달렸다. 더 이상 갈 수 없어 발길을 멈추었다. 발밑을 내려다보니까 바위절벽 아래로 물이 서슬 푸르게 출렁였다. 와, 와, 어서 와, 하고 물이 시푸른 혓바닥을 날름대며 그녀를 불렀다. 그녀는 그 자리에 주저앉았다. 지옥은 피하는 게 아니라 지옥의 끝까지 걸어갔을 때만 밖으로 향한 구멍을 찾을 수 있다. 그 한 가지 생각 외에는 다른 생각은 하지 않기로 했다. 그녀는 일어서서 바위절벽 끝으로 갔다. 이래도 올 거야, 이래도? 시퍼렇게 날선 물이 그녀를 휙휙 위협했다. 아니야, 죽고 싶은 사람은 죽어야 하는 이유가 있는 거야. 죽는 것이 깨끗하잖아. 다리에 힘이 없어 잘 걷지 못하는데도 러닝머신을 들여놓고, 열 발짝도 못 걷고 넘어져 온몸에 피멍이 들지 누워서 건신을 마사지할 수 있는 외료기를 사들이고, 당뇨병인데도 새 병원을 찾아가 종합검진을 받느라 한 달에 삼백만 원 이상을 쓰던 아버지. 그 아버지는 길에서 차에 치였고, 등에는 날카로운 햇살이 표창처럼 꽂혀 있었다. 그녀는 뒤로 슬금슬금 물러났다.

하마터면 키 작은 소나무 가지에 눈이 찔릴 뻔한 그녀는 그 자리에 멈추어 섰다. 새로운 사랑을 만날 거요, 그때쯤이면 날 버린 사람한테 외려 고마워할 걸, 그게 복수지, 라고 하던 그 말은 어디서 들려왔던 것일까. 사파리룩도 지금 물속에서 죽고 싶지 않은 마음과 싸우고 있을지도 몰랐다. 그녀는 다시 용기를 내어 앞으로 걸어갔다. 등을 구부리고 두 손을 날카로운 창처럼 만들어 저수지로 휙 뛰어들었다. 은어새끼처럼 물속으로 헤엄쳐 들어갔다. 사파리룩의 머리통이 수면 위로 솟구쳤다 꺼져들기를 반복했다. 사파리룩이 죽지는 않을 거라는 생각이 와서 그녀를 다독였다. 죽어도 상관없는데, 하는 생각을 지웠다. 둥그렇게 부풀어 오른 사파리룩이 남자를 무거운 짐을 등에 지고 있는 사람으로 만들었다. 그녀는 남자의 밑으로 헤엄쳐 들어가 남자의 다리를 붙들었다. 남자를 거꾸로 돌려 머리통이 아래로 놓이게 했다. 지체하면 남자는 고래처럼 무거워질 것이다. 그녀는 남자의 다리를 붙들고 헤엄쳐 나갔다. 남자는 물의 흐름 때문인지 그의 본능 때문인지 이끄는 대로 잘 따라왔다. 물 위로 솟구치자 흰빛이 그녀 눈을 쏘았다. 빛을 피해 눈을 찡그리던 그녀에게 어두운 곳에 갇혀 있던 일들이 툭 불

거져 나오기 시작했다.

빨강색이나 노란색을 넘어서 사프란이나 석류석 같은 혼합 색을 만드는 일은 어렵고도 재미있었으나 그것에 완전히 함몰하지 못하는 자신을 발견하고 그녀는 당황해했다. 아홉 시에 출근하면 틈틈이 벽시계를 보며 퇴근시간을 재고, 막상 퇴근시간이 되면 마음에 들지 않은 선물꾸러미를 받은 것처럼 시무룩해하다가 집으로 돌아갔고, 피로한 몸으로 책을 열 페이지쯤 읽으면 잠이 들었고, 다시 아침이 되면 허겁지겁 출근을 하는 생활은 그녀에게 아무것도 주지 않았고, 외려 중요한 것을 빼앗아가는 것만 같았다. 그 중요한 일이 무엇인지 알려면 용기와 고통이 필요했다. 견딜 수 없으면 점심시간 때 회사 뒤 야산 속을 걸었다. 야산 속에서 평화를 느꼈다. 거짓 평화라고 여기며 발길을 돌리기도 했지만 야산에 간 날은 실험실 벽시계를 자주 올려다보지 않았다. 야산을 찾는 횟수가 잦아졌다. 출근을 해도 아홉 시가 될 때까지, 퇴근 후에도 한 시간 가량 야산 속을 걸었다. 물감을 만드는 중에도 흰색, 검은색, 빨간색, 노란색이 원반이 되어 눈앞에서 회전을 하면 야산을 찾았다. 넌 누군데 여기로 오는 거니? 야산의 종가시나무가 물었다. 그녀는 대답하지 못했다. 배합을 잘 못해 자주 상사한테 불려갔다. 물감 만드는 일을 접고 집으로 돌아갔다. 회사에 들어간 지 십일 개월 만이었다. 아버지의 잡아먹을 듯한 눈을 피해 집에서 가까운 신성으로 갔다. 맨발로 간디밭을 걷기도 하고, 치마를 걸고 나무 위로 올라가 나무 구멍을 들여다보며 딱따구리를 찾기도 하고, 성곽 구멍에 총통 대신 팔을 집어넣기도 하며 시간을 보냈다. 성곽 너머로 보이는 오래된 느릅나무가 넌 누군데 이곳으로 오는 거니? 남들 일할 시간에 산성이나 헤매고 있는 너는 누구니? 하고 또다시 물었다. 이번에도 그녀는 대답을 못했고, 그 물음이 성가시기도 했다. 그래서 다시 수질검사실에 들어갔다. 가슴은 열지 않고, 손만 열어두자고 하루 두 번씩 다짐하며 열심히 일했다. 그런데도 PH측정기를 두 번이나 깨먹었고, 만지는 기기마다 자꾸 고장이 났다. 늘 피곤해 보이는데 건강이 좋지 않습니까? 건강을 잃으면 아무것도 하지 못합니다. 실장 말이 권고사직이라는 것을 그녀는 모르지 않았다. 다시 산성을 찾았다. 성곽이나 떡갈나무 산사나무나 드넓은 구릉이 기다렸다는 듯이 그녀를 맞아주었다.

몽돌 위에 축 늘어져 있는 사파리룩은 물을 꽤 먹은 듯했다. 그녀는 사파리룩의 목을 뒤로 젖히고 두 손가락으로 입을 오므리고 주저하지 않고 그 입을 세 번쯤 빨아올렸다. 깍지 낀 손으로 가슴을 서른 번쯤 압박했다. 옆으로 돌려놓고 그녀는 주저앉았다. 물꼬를 터놓은 입에서 물이 콸콸 쏟아지자 남자는 몸을 뒤척였다. 널브러진 사파리룩이 그녀에게 자세하게 보였다. 검은 머리칼이 많고, 키가 크고, 몸이 호리호리한 오십 초반쯤의 남자였다. 중소형 기업이나 공장을 운영하다 빚더미에 올라앉은 사람? 신용불량자? 정부의 압박에 물러난 신문사나 방송국 사장? 그녀는 남자에게서 젖은 사파리룩을 벗겨냈다. 몽돌 위에 늘어놓고 두 팔 부분을 옆으로 벌려놓자 십자가형이 되었다.

그녀는 산으로 올라가서 짐을 챙기고, 잔솔가지와 솔방울도 주워 쌀자루에 담아 내려왔다. 남자는 몽돌 위에 낫처럼 웅크리고 있었다. 그녀는 불을 피워 자신의 남방셔츠를 말렸다. 포슬포슬해진 셔츠를 남자에게 덮어주었다. 남자를 감쪽같이 삼키려 했던 저수지는 흰빛을 튕기며 도도하게 반짝거렸다.

어머니와 아버지는 그녀 때문에 자주 싸웠다. 다 니 탓이야. 니가 아직도 손에서 못 놓고 감싸고만 도니까 저 나이에도 지 앞가림도 안 하려고 하잖아. 부모가 그만큼 뼈빠지게 키워줬으면 지 밥벌이는 해야지, 그래야 사람이지. 저애가 혼자만 있으려고 하는 것은 당신 탓이에요. 뭐, 내 탓? 아버지는 거실의 장식장 위에 놓인 꽃병을 집어 들었다. 당신은 뻑하면 저애를 때렸어요. 그렇게 때려놓고는 자식 같은 게 뭔 소용이 있냐고! 소리나 지르고. 아무리 당신이 당신 하나밖에 모르는 사람이지만, 그래요, 나한테는 천 번 만 번을 그래도 괜찮아요. 어머님도 자기밖에 모르는 숭축한 분이었지만 당신한테는 그러지 않았어요. 이 천치 같은 게, 저년이 넌 배반하지 않을 거 같으냐? 내가 죽으면, 널 당장 양로원에 갖다버려. 제발 그 말도 안 되는 소리 좀 그만하세요. 당신은 저애한테 돈이 조금만 많이 들어가도……, 당신은 잊었는지 모르지만……, 저애가 중학생 때예요, 당신은 말도 안 되는 꼬투리를 잡아 밥 먹던 숟가락으로 저애 뺨을 때렸어요. 새 소풍가방을 샀다고요. 그래서 어떻게 됐어요? 저애 혼자 뻘밭에 빠지고, 소풍가방도 잃어버리고, 뻘칠갑을 한 채 혼자 울면서 집까지 걸어왔어요. 그때 내가 알아봤어요. 저애가 순탄하게 살지 못할 거라는 것을……. 어머니는 울먹였다. 그것도 내 탓이야? 소풍을 갔으면 둥글게 둥글게 짝짝, 하며 게임이나 하지, 혼자 뭐 잘났다고 바다를 보러 가? 다 유별난 저년 탓이지. 지금 내 탓 네 탓 따질 때예요? 저애가 시집도 안 가고 혼자 살면 당신이 끝까지 책임지셔야해요, 그래야 해요. 이, 이년, 말이면 단 줄 알아? 아버지는 꽃병으로 어머니를 위협하며 짐승처럼 으르렁거렸다. 그녀는 어머니가 싸주는 도시락을 들고 산성으로 갔다. 잔디밭 위에서 도시락을 까먹으면 관리인 아저씨가 호각을 불었다. 그래도 그녀는 다른 직장을 알아보지 않았다. 퇴근 후에 정장차림으로 데이트를 즐기는 직장 여성이나 느티나무와 상수리나무에 줄을 매어놓고 줄타기를 하는 사람이나 지렁이처럼 꿈틀꿈틀 기어가며 수세미나 소독약을 파는 장애인을 보아도 일을 해야 한다고 자책하고 있는 자신을 발견했다. 그래도 직장에 나가고 싶지는 않았다. 일을 하고 싶지 않은 게 아니었다. 좀 더 자신에게 맞는 일, 진짜로 원하는 일이 있을 것이고, 꼭 그 일을 하고 싶었다. 그녀는 사람이 없는 산으로 갔다. 산속으로 들어가면 넌 왜 그러니? 넌 어떻게 될 수 있을 거라고 생각하니? 하는 질문이 여전히 들려왔다. 그녀는 대답하지 못했다. 산속을 오래 걷고 있으면 알 것 같기도 했다. 녹색에 노출되면 내성적이 된다고 하듯이 그녀도 그렇게 변해갔다.

저수지에 빠진, 그러나 물에 젖지는 않는 산그림자가 점점 커져가자 남자가 깨어났다. 한기가 드는지 남자는 자꾸 몸뚱이를 움츠렸다. 걸을 수 있겠어요? 그녀는 남자를 일으켜 세우고 한 팔로 붙들어주었다. 논둑길을 걸어가는 남자는 자꾸 비틀거렸고, 그때마다 그녀 몸도 휘청거렸다.

어둑어둑해져가고 있는데도 동산 맞은편의 콩밭에서는 흰 수건을 푹 둘러쓴 아낙이 콩대를 뽑고 있었다. 일어서서 허리를 펴는 아낙의 배가 불렀다. 얼굴이 둥글고, 짙은 쌍꺼풀의 큰 눈을 가진 아낙은 언제 보아도 아무 표정이 없었다. 수송차량 철망 사이로 들이민 돼지들 눈처럼 너무 절망스러워 외려 평화로워 보이는 그 눈은 간혹 왜 이곳까지 와서 살아야 하는지 모르겠다는 것으로 보이기도 했다. 배를 한 번 더 보는 그녀 눈길을 느꼈는지 이마에 맺힌 땀을 훔치던 아낙이 그녀를 향해 살짝 웃어 보였다. 그녀가 부축하고 있는 남자를 보는 듯도 했다. 남자는 두 눈을 꾹 감고 있었다. 아낙은 그녀가 생각하는 것과 달리 작은 것에 만족하며 행복해하는지도 몰랐다. 그녀야말로 어쩌다가 이곳까지 오게 되었는지 잘 알지 못했다.

갓길 위에서 어건히 팔딱기리는 광어, 버디버린 장난감처럼 찌

그러지고 뒤집혀 있는 생선 냉동차, 질주하는 차량들, 원래의 형체를 잃어버린 아버지의 시신, 경찰차의 사이렌소리와 호각소리, 수사 중 접근금지라는 폴리스 라인. 운전사 그 죽일 놈이 새벽 세시까지 술을 마셨다는 거야. 그러게 운동은 그만두라고 그렇게 일렀는데. 영감탱이, 얼마나 살겠다고. 천년만년 살고 싶었겠지? 그치만 맘대로 되냐고? 여전히 귀에 쟁쟁거리는 남동생의 말.

그녀는 밤마다 술을 마시며 괴로워했다. 남동생이 그녀를 찾아왔다. 이층 양옥집과 주차장이 넓은 음식점과 바다가 내려다보이는 레스토랑 모두를 일 년 전에 아버지가 자신한테 넘겼다고 알렸다. 그녀는 아버지를 이해할 수 없었다. 아버지가 화단의 바위에 걸려 넘어지는 소리를 듣고 있었다고, 새벽 운동을 가지 못하게 말려야했는데도 돌아누우며 어서 대문이 딱, 하고 닫히기만 빌었다고 조금 전까지도 괴로워했었다. 남동생도 이해할 수 없었다. 그래서 어떻게 하라는 말이니? 라고 묻는 그녀 등 뒤에다 대고 남동생이 말했다. 누나는 아버지의 기생충이었어. 움찔 놀라 돌아보는 그녀를 남동생이 번들거리는 눈으로 쏘아보았다. 그 눈에는 욕심 외에는 어떤 것도 없었다. 그녀는 오 년 동안 아버지 수발을 들었다. 아버지에게 밥을 지어주었고, 일주일에 세 번씩 혈액투석을 받으려고 함께 병원으로 갔고, 한쪽 눈을 실명한 뒤에는 눈이 되어주었다. 물감 만드는 일을 관둔 뒤부터 아버지는 그녀를 바로 보지 않았다. 직장에 나가서 일을 하지 않는다고 소리치는 아버지의 의식구조를 이해할 수가 없었다. 어머니는 그녀가 수질검사실에서 나온 지 얼마 안 돼 췌장암으로 죽었다. 어머니는 소화가 안 된다며 쑥환이나 매실주를 달고 살았다. 다섯 살짜리 계집애만큼 몸피가 줄어든 어머니는 마지막에 그녀를 찾았다. 평범…… 하게…… 살아……. 그녀는 그 말을 잊지 못했다. 이해할 수 없는 것들이 숨구멍을 막았다. 마치 옷이 발가벗겨진 채 뱀이 우글거리는 장독 속에 갇힌 것 같았다. 뱀들은 구멍이라는 구멍에는 전부 기어들어 숨통을 끊어놓았다. 커다란 수양버들 그림자가 그녀를 덮치지 못해 발광을 하며 으르렁거렸다. 아무것도 담지 않은 저수지는 짐승 아가리보다 더 검고 깊었다. 깊이나 넓이를 짐작할 수 없는 것은 그녀 숨구멍을 막았다. 검은 물이 그녀를 끌어들였다. 와, 와, 한순간이야. 곧 아무렇지도 않아. 와, 와, 어서 와. 그녀는 한 발 한 발 검은 물을 향해 걸어갔다. 물이 어깨 위에서 출렁였다. 어깨가 너무 무거워 자신도 모르게 뒤를 돌아보았다. 역시 검고 거대한 어둠뿐이었다. 그녀는 다시 물을 향해 걸어갔다. 지금은 견딜 수 없지만 곧 새로운 사랑을 만날 거요. 그때는 날 견딜 수 없게 했던 사랑에게 고마움을 느낄 거요. 그게 사람이요. 그게 진짜 복수지. 어디선가 들려오는 그 소리에 그녀는 몸을 돌렸다. 한 발 한 발 물 밖으로 나와 다시 논둑길을 걸어 할머니가 죽은 뒤 내버려둔 폐가로 갔다. 집은 조치법에 의해 토지만 아버지 명의로 되어 있었고, 건물은 몇십 년 전에 죽은 할아버지 명의로 되어 있었다. 아버지는 그런 데까지는 신경쓰지 못했다.

그녀는 요 위에 남자를 눕히고 장롱에서 두터운 솜이불을 꺼내 덮어주었다. 남자는 눈을 감고 있으나 잠이 든 것 같지는 않았다. 군불이라도 지펴야 했다. 이 동네에서 그녀 집만 아직까지 아궁이에 불을 땠다. 여름이라 장작 대신 잔솔가지를 태웠다. 불이 활활 타면서 캄캄하던 부엌이 불그스름해졌다. 그녀는 불 때는 시간이 좋았다. 부지깽이로 잔솔가지를 뒤적여놓은 뒤 쌀을 불려놓았다. 참기름 병을 찾는 손길이 빨랐다. 불린 쌀로 흰죽을 쑤었다. 남이 먹을 음식을 만들어본 지가 너무 오래되었다는 것을 그녀는 문득 깨달았다. 보글보글 끓은 죽을 한 그릇 떠서 작은방으로 갔다. 잠이 들었는지 남자의 얼굴에는 아까와는 다르게 표정이 담겨 있지 않았다. 그녀는 팔을 뻗어 남자의 상체를 흔들었다. 눈을 부스스 뜬 남자가 무슨 일이냐고 물었다. 툭툭하고 정리된 목소리였다. 그녀는 쟁반을 남자 앞으로 밀어놓으며 죽을 먹어야 한다고 했다. 남자가 고개를 젓자, 그녀는 말했다.

"이유야 어떻든, 물에 빠지는 사람은 살려놓고 봐야 하는 게 그 장면을 목격한 사람의 의무입니다."

뚱한 그녀 말에 남자는 숟가락을 들었다. 죽 그릇 안에 숟가락을 넣지 못했고, 혹 숟가락을 넣어도 죽을 떠먹지 못했다. 그녀는 퍼뜩 남자의 눈을 보았다. 일급수 물처럼 맑은 남자 눈에는 그녀가 담겨 있지 않았다. 갈겨나 쉬리가 한 마리도 살지 않는 그저 맑은 물이었다. 그녀가 알지 못하는 곳으로 향해 있는 듯 눈빛이 너무 멀었다. 이게 뭐야? 이게 뭐지? 그녀는 어리둥절해졌다. 이게 무슨 일이야? 그녀는 침을 소리 나게 삼켰다. 이 사람도 부엉이한테 두 눈을 파 먹혔단 말인가? 나와 눈먼 사람과는 무슨 연관이 있는 거지. 괜한 짓을 했다는 후회가 밀려왔다. 그냥 내버려두는 건데. 봐! 죽어야 할 사람은 분명 이유가 있는 거라고 했잖아. 그녀는 일어섰다. 남자가 숟가락으로 죽을 떠먹었다. 다시 죽 그릇에 숟가락을 가지고 갔으나 그릇만 땡, 치고 말았다. 그녀는 도로 방바닥에 앉으며 남자의 손에서 숟가락을 빼앗아 죽을 떠 먹여주었다. 죽을 받아먹는 남자의 아랫입술이 파르르 떨렸다. 죽을 서너 숟가락 받아먹은 뒤 남자는 고개를 흔들었다. 그녀는 불을 꺼주고, 쟁반을 들고 나왔다.

안방으로 온 그녀는 몸통 부분으로 깎아놓은 나무토막에다 빨강색 물감을 칠했다. 물감 만드는 일을 팽개친 뒤로 삶이 헝클어졌는데도 지금은 물감을 칠해야 입에 풀칠을 할 수 있었다. 아무리 발버둥 쳐도 과녁판의 동그라미 밖을 벗어날 수 없었다. 빨강색 몸통을 널빤지 위에 올려놓은 뒤 그녀는 한 팔을 뻗어 벽에 매달아놓은 피노키오의 줄을 잡아당겼다. 피노키오는 생긋이 웃는 얼굴에 팔 다리를 들어올리며 신나게 춤을 추어도 그녀에게 말을 걸어오지 않았다. 그녀는 손으로 피노키오 코를 만졌다. 코를 좀 더 길게 해주면 네게 말을 걸어올까. 코가 긴 피노키오를 손님들이 더 좋아한다며 선물의 집 주인은 코를 길게 주문했다. 코를 길게 깎는 것은 손이 더 많이 가면서 어려웠다. 코를 붙이는 것이 아니라 얼굴과 함께 깎아야 해서 재료 낭비도 많았다. 질 좋은 소나무나 향나무를 구하는 것도 쉽지 않았다. 그렇지만 그녀는 코가 긴 피노키오는 만들고 싶지 않았다. 거짓말하는 피노키오는 싫었다. 그녀는 마루로 나왔다.

제비나비가 어두운 허공을 휙 가르며 날아올랐다. 표적의 한복판에서 부르르 날갯짓을 했다. 5점, 눈을 감고 던져도 표창은 녹색의 정중앙만 작살냈다. 캄캄한 마당에서도 녹색은 똑똑하게 알아볼 수 있었다. 다시 제비나비가 허공을 휙 가르며 날아오르더니 표적의 한복판에 갇혔다. 날아가버리면 좋을 텐데. 휙휙, 표창이 날아가고, 탁탁, 표적이 우는 소리가 끊이지 않았다.

작은방 문이 열렸다. 그녀는 표창을 호주머니에 넣으며 무슨 일이냐고 물었다. 남자는 화장실이 어디냐고 물었다. 그녀는 처마 끝에 매달려 있는 알전구를 켠 뒤 툇마루로 올라가 남자를 부축했다. 거푸 괜한 짓을 했다고 자신을 나무라며 남자를 내려서게 했다. 댓돌 위에 남자의 희고 가는 두 발이 가지런히 놓였다. 그녀는 고개를 돌려 남자가 신고 온 구두를 찾았다. 물을 먹어 두꺼비처럼 부푼 구두는 앞코에 주름이 여러 가닥 잡혀 있었다. 내일 쨍쨍한 햇볕에 더 말려야 할 것 같아 텃밭을 손볼 때 신는 남자용 검정고무신을 발에 꿰어주었다. 다행히 신발은 작지 않았다. 헛간은 쭉 가다가 오른쪽으로 방향을 조금만 틀면 된다고 일러주었다. 남자는 그러나 중간쯤에서 오른쪽으로 방향을 틀었다. 빈 닭장이 남자 앞을 가로막자 그녀는 할 수 없이 남자를 헛간까지 부축해 주었다.

남자가 오줌을 다 눌 때까지 그녀는 감나무 밑의 평상 위에 앉아서 기다렸다. 이게 뭐지? 오지랖도 넓어. 그녀는 실소했다. 바지춤을 여민 남자가 돌아서자 그녀는 평상 위에서 일어났다. 남자는 어느새 방향감각을 잡고 혼자 걸어왔다. 그녀는 엉거주춤하게 서 있었다. 마당 중간쯤에서 남자가 물었다.

"어디 있어요?"

그녀 눈이 햇살이 닿은 웅덩이처럼 빛났다.

"어디 있어요?"

그녀는 남자한테로 걸어가 팔을 부축했다. 탁탁하게 굳어있던 남자 몸이 풀어지는 것을 그녀는 감각했다.

남자는 편편한 돌덩이 위에 쪼그리고 앉아 있었다. 아까 그녀가 앉혀준 자세 그대로였다. 남자의 총명해 보이는 넓은 이마와 높은 콧대가 보기 좋았다. 산그림자와 남자 그림자를 담은 저수지는 매끄러웠다. 손아귀에 들어올 만큼 작은 검은 물닭 한 마리는 자꾸만 동그란 파문을 냈다. 각시수련 위에는 물방개가 빨빨 기어갔다.

요란한 경운기 소리에 남자와 그녀는 동시에 뒤를 돌아보았다. 경운기가 빠르게 달려가고 있었다. 차부에서 하루 두 번 운행하는 버스를 기다리고 있던 아낙 둘도 안골로 뛰어갔다. 남자와 그녀는 서로, 무슨 일이 있을까요? 하는 얼굴로 바라보았다. 사물이 조금 보이는 듯도 하지만 눈이 너무 말갛고 멀어 그녀는 기운이 빠졌다. 점심도 먹지 않았는데 뭔가 먹어야 하지 않겠냐고 그녀는 물었다. 남자는 커피를 마시고 싶다고 했다. 집으로 가자는 말에 남자는 일어나 앞으로 걸어갔다. 그녀는 남자 뒤를 따랐다. 움푹 파인 논둑 위에서 남자가 허청거렸다. 그녀는 할 수 없이 달려가 남자의 팔 하나를 어깨에 둘렀다. 남자의 몸이 그녀에게로 반쯤 실려 왔다. 남자의 무게가 낯설었다.

평상에 걸터앉은 남자는 피노키오의 줄을 잡아당겼다. 피노키오는 남자의 손길에 따라 춤을 추다가 멈추기를 되풀이했다. 그녀가 석유곤로 위에 주전자를 올려놓는데 안골의 학선네가 마당으로 들어섰다. 마을 입구에서 일용품이나 술 따위를 파는 학선네는 감방에서 나오면 하루도 지나지 않아 또다시 도둑질을 해 다시 감방에 들어가기를 반복하는 아들 옥바라지를 칠십이 다 된 지금까지도 하고 있었다. 학선네는 그녀 집에 들러 종종 필요한 것들을 빌려갔다.

"이리 신선놀음인께 연밴 색시가 죽은 것도 모리재."

연밴 색시? 콩대 뽑던 아낙이 연변에서 왔구나. 죽어?

"죽어요?"

"하모. 죽어따."

그녀는 얼른 남자를 돌아보았다. 남자의 얼굴이 몽돌 위에 눕혀 놓았을 때처럼 창백했다. 남자는 피노키오의 줄을 계속 잡아당겼다. 피노키오는 빠른 동작의 춤을 추느라 바빴다.

"연밴댁이 어짓밤에 핸식이한테 직싸게 얻어터졌는디⋯⋯."

학선네는 마당에 심어놓은 상추와 오이를 힐끗힐끗 훔쳐보았다.

"그 노마가 팽소에도 땡전 한 푼 안 줌서는 연밴에 국제전화라도 하는가 싶어 도끼눈을 하고 지킷는기라. 거다 술만 처묵으모 요런 촌구석에 태난 것도 억울해 죽것는데, 장개도 맘대로 몬 갔다고 연밴댁을 안 죽을 만큼 팼는 기라. 어짓밤도 술 잘 처먹고 들어와설랑 갠히, 연밴댁을 개패듯이 패삔기라. 그래 고마, 연밴댁이 뱃속에 있는 알라도 생각 몬하고 우물에 빠져 죽어 삔기라⋯⋯. 죽천댁이 아침나절 내내 며눌아가 안 보이서 욕을 한바가지나 퍼붓다가, 혹시 싶어 간짓대로 우물을 휘저은께 뭐가 걸렸는디, 연밴댁인 거라. ⋯⋯츳츳, 사람 목심이 알고 보모, 포리 목숨하고 한 가지다. ⋯⋯이장이 연밴 친정집에 국제전화를 한께 부모들은 요까지 올 비행기삯시 읍서 못 나온다 캤다더라. 다행히 성남인가 오덴가 하는 데 있재? 거어 공장에 색시 작은아부지가 있단다. 그래서 삼일장으로 안골 뒤산에 묻기로 했다카더라. 얼매나 디헹이고? 이이그, 불쌍한 것. 나 상추 좀 빌리도? 갑개기 술손님들이 몰리와서. 쩌번에 빌리간 풋고치하고 깻잎하고는 소주로 갖다 무라."

마지막 말을 할 때 학선네는 남자를 힐끔거렸다. 그녀는 평상 위에 걸터앉으며 고개를 끄덕끄덕했다. 남자는 감나무 쪽으로 돌아앉아 있었다. 상추를 한 소쿠리 뜯은 학선네는 턱으로 남자의 등을 가리키며 친정 오래비가? 하고 물었다. 그녀는 시금치도 뜯어 가라고 했다. 학선네는 됐다며 마당을 나가면서도 도다리 같은 눈으로 남자를 힐끔힐끔 훔쳐보았다.

그녀는 남자에게 아무 말도 하지 않았다. 남자도 아무 말도 하지 않았다. 그녀는 주전자에 물을 더 붓고 커피를 끓였다. 남자에게 한 잔을 건넸다. 스친 남자의 손길이 따뜻했다. 그녀는 남자의 손에 얼굴을 묻고 울고 싶었다. 그러면 그렇게 소리 내어 우는 게 아니랍니다, 하고 위로해줄 것 같았다.

산에서 우는 부엉이소리가 날카로워지자 그녀와 남자는 평상 위에서 일어났다. 그녀는 안방으로, 남자는 작은방으로 갔다. 제비나비를 만지작거리던 그녀는 다시 마루로 나왔다. 역시 방에서 나오던 남자가 어디 가냐고 물었다.

"표창이라도 던지려고요. 아니, 아니 피노키오 바구니 가지러 가요."

그녀는 제비나비를 호주머니에 넣었다.

"오늘은 그냥 일찍 주무세요."

그녀는 댓돌 위로 내려섰다.

"피노키오라도 만들어야 잠을 잘 수 있을 거 같아요."

그녀는 신발을 발에 꿰었다. 남자가 뒤에서 그녀 등을 껴안았다. 그녀는 흠칫 놀라며 돌아보았지만 남자는 그녀 등에 얼굴을 묻었다. 등이 따뜻했다. 등이 따뜻할 수도 있구나. 믿기지 않는 감정을 어떻게 해야 할지 몰라 그녀는 쩔쩔맸다.

"집으로 가세요."

작은방 문 앞에 서 있는 그녀는 피가 맺히도록 입술을 깨물었다. 안에서는 아무 말도 들려오지 않았다. 아침상을 치우고 난 그녀는 자루에 피노키오 다섯 개를 챙겨 넣었다. 물감과 커피를 사야 했다. 에메랄드빛 구슬이 일곱 개 박힌 머리핀도 사고 싶었고, 그리고 또 남자의 속옷과 양말과 슬리퍼를 사고 싶었다. 슬리퍼? 그녀는 눈을 감으며 머리를 흔들었다. 슬리퍼를 끌고 녹색 들판을 걷는 그의 모습이 그려졌다. 그녀는 피노키오가 든 자루를 팽개쳐 두고 작은방으로 달려갔다.

"집으로 가세요."

그녀는 또다시 피가 맺히도록 입술을 깨물었다. 안에서는 역시 아무 소리도 들리지 않았다.

어젯밤 남자는 그녀 등을 쓰다듬으며 자신의 이야기를 했다. 남자는 초등학교 들어가기 전부터 두꺼운 안경을 써야 할 만큼 시력이 약했다. 커 갈수록 시력이 자꾸만 떨어졌다. 책 읽고, 공부하는 것이 좋아서 학자가 되고 싶었지만 공대를 졸업하자마자 대기업 의류회사에 취직했다. 퇴근 후에는 책을 읽는 게 낙이었으나 서른 다섯이 되고부터는 두꺼운 안경을 쓰고도 문자 확대기가 있어야만 글자를 읽을 수 있었다. 대기업은 허울만 좋았지 평생 있어보았자 자기발전이 없다는 것을 입사 삼 개월 만에 깨달았다. 그가 하는 일은 남성복 매출 현황을 파악하는 것이었다. 영어공부를 시켜준다고 한 것도 말뿐이었다. 발 빠른 동기들은 증권회사나 벤처회사나 컴퓨터회사 쪽으로 옮겨갔다. 공부를 더 하는 것도 무리였고, 다른 회사를 또 찾는 것도 무리여서 그는 그저 묵묵히 그 일을 할 수밖에 없었다. 그런데 합병 과정에서 문제가 생기고, 정부의 압박도 받게 되면서부터 그에게 주어지는 일이 점점 줄어들었다. 언제부턴가 아예 일이 없는 날도 많아지면서 그를 소외감과 자괴감과 위축감에 시달리게 했다. 그곳에서 자신이 할 일이 끝났다는 것을 그는 알아야만 했다. 새로 기름회사에 들어간 그는 시력이 점점 약해지는데도 아내와 아들 둘을 남겨두고 상해지사로 나갔다. 오 년만 그곳에서 일하고 오면 그의 실적에 따라 회사 간부로 평생 일하게 해준다는 말을 믿고 다섯 시간 이상 잔 적이 없을 정도로 일에 매달렸다. 시력이 더 나빠져 집을 찾아가지 못하고 골목길을 배회하다 쓰러진 적도 두어 번 있었다. 임기를 마치고 돌아오자 그를 기다리고 있는 것은 시력치료에 집중한 뒤 다시 나와 일하라는 말뿐이었다. 은행 지점장이던 사촌동생도 시력을 완전히 잃자 방안에 갇힌 채 짐승으로 변해가고 있다는 말이 그를 더욱더 두렵게 했다. 유난히 총명한 큰아들은 유학 중이었다. 다달이 송금을 멈출 수가 없어 집을 줄였다. 작은아들도 대학생이었다. 아내도 생활능력이 없었다. 자신이 일하지 않으면 안 되었다. 퇴직금으로 친구와 함께 바짝 말린 전복이나 랍스타를 홍콩으로 수출하는 일을 했다. 그러나 일은 되지 않고 친구와도 자주 싸웠고, 결국 빚더미에 올라앉기 전에 정리를 해야 했다. 시력은 거의 바닥 상태로 떨어졌다. 버스에서 내린 그는 끝내 집을 찾지 못하고 길바닥에 쓰러졌다. 응급실에서 깨어나 보니 아무것도 보이지 않았다. 보이지 않는 게 무서운 게 아니라 한 번 무릎이 딱 꺾이면 다시는 일어설 수 없는 게 무서웠다. 삶이 너무도 쓸쓸한 사실도 무서웠다.

"그러겠습니다. 택시를…… 불러주십시오."

한참 뒤 문을 열지 않은 채 남자가 말했다.

택시가 떠나고 나자 그녀는 무작정 큰길을 걸어내려 갔다. 택시에 탈 때까지 남자는 잘 보이지 않는데도 그녀를 자신의 눈에 파넣듯 바라보았고, 그녀 손을 놓지 못했다. 남자의 시퍼렇게 죽은 입술에도 피가 맺혀 있었다. 어디를 어떻게 걸었는지 모르는데 정신을 차려보니 저수지가 끝나는 아랫마을이었다. 그녀는 몸을 돌려 기꾸로 걸었다. 밀밭, 포도밭, 매실밭, 감나무밭이 이어졌고,

녹색 산이 사방을 에워싸고 있었다. 길섶에는 밀짚모자를 쓴 농부가 열 마리가 넘는 염소들을 몰고 가고 있었다. 염소들은 한 마리도 무리에서 흩어지지 않았다.

집으로 온 그녀는 녹색 들판으로 난 길을 따라 저수지로 달려갔다. 세 배쯤 커진 수양버들이 저수지를 헤엄쳐 다니는 검은 물닭이나 연잎을 위협할 뿐 물은 직사각형의 틀에 갇혀 있었다. 산을 훑어보아도 녹색 고요는 흐트러지지 않은 채 그대로였다. 집으로 달려온 그녀는 다시 작은방 문을 열었다. 작은방에 갇혀 있던 남자의 냄새가 확 달려들었다. 그녀는 비칠거렸다.

산에서 부엉이가 울자 그녀는 평상 위에서 일어났다. 허청거리며 방으로 가 못에 매달아놓은 피노키오를 들여다보았다. 피노키오는 여전히 생글거렸다. 피노키오의 줄을 잡아당겼다. 피노키오는 빠르게, 아주 빠르게, 느리게, 아주 느리게, 신나게, 아주 신나게 춤을 추었다. 그녀는 피노키오 인형을 마당에다 던져버렸다. 등을 껴안고 만지던 뜨거운 손길, 조금도 손상되지 않은 채 남아 있던 남자의 욕망. 방바닥에 떨어져 있던 제비나비가 휙 날아가 헛간 앞에 있는 표적의 한복판에 정확하게 꽂혔다. 보지 않아도 5점, 정중앙에 가 갇혔을 것이다. 그녀는 벽 한쪽에 등을 대고 앉았다. 빈 천장을 올려다보다 어깨를 떨며 조금씩 울었다. 소리 내어 울었다. 아무도 그렇게 소리 내어 우는 게 아니랍니다, 라고 위로해주지 않았다. 그녀는 방바닥에 얼굴을 묻고 울었다.

깨질 듯한 머리통을 싸안고 마루로 나온 그녀 앞에 들판과 산이 달려들었다. 변한 것은 없어. 그녀는 댓돌 위로 내려섰다. 마당의 잡초 속에 검정고무신 한 짝이 떨어져 있었다. 고무신을 주워 마루 밑에 던져 넣었다. 돌담의 틈새에서 먹구렁이가 혀를 날름거리고 있었다. 그럴 뿐 먹구렁이는 움직이지 못했다. 그제 그놈일까. 그녀는 감나무 가지를 분질렀다. 마당 밖으로 나가 먹구렁이의 끼어 있지 않은 꼬리를 가지로 들어올렸다. 먹구렁이가 몸부림치자 뒤를 물러나던 그녀는 가지를 손에서 놓쳐버렸다. 호흡을 고른 뒤 돌멩이를 주웠다. 두 개의 돌덩이 중 조금 뾰족해 보이는 쪽을 돌멩이로 탁탁 때려 틈을 조금씩 넓혀나갔다. 틈새가 조금 벌어지는 듯하자 가지로 먹구렁이의 몸을 살짝 들어올렸다. 먹구렁이는 진저리치듯 몸뚱이를 한 번 흔들고는 돌담 틈새 사이를 쉭 빠져나갔다. 눈 깜짝할 사이 먹구렁이는 보이지 않았다. 그녀는 들판을 바라보고, 산을 올려다보았다. 그녀는 힘겹게 혼잣말을 했다. 녹색만은 내 거야.

양산

롤 블라인드를 말아 올리자 십자가형의 나무틀을 가진 커다란 창이 드러났다. 그녀의 얼굴도 환히 빛났다. 감자빛깔의 나무로 깔끔하게 마감한 바닥과 물빛 벽지를 발라 깔끔하게 정리된 벽면을 가진 열 평 남짓한 공간에도 빛이 최대한으로 들어찼다. 창이 더 많다면 빛을 더 많이 불러들일 텐데 애석하게도 사면 중 한 면 뿐이었다. 삼면 벽에는 노랑, 빨강, 초록, 검정 양산이 활짝 펼쳐진 채 걸려 있어 마치 동그랗고 큰 램프에 불을 켜놓은 듯했다. 왼쪽 긴 벽에 걸린 양산들은 빛을 받아 흰 매그놀리아 꽃이라든가 코뿔새의 노란 부리라든가 뱀의 현란한 무늬가 양감을 가진 채 살아나 실제에 가까워졌다. 그녀의 입가에 만족한 미소가 번졌다. 이제 완연한 봄이었고, 머지않아 여름이 들이닥칠 것이다. 그녀는 뜨거운 빛이 내리쬐는 여름도 좋아했으나 그보다 적당한 빛과 적당한 온도를 가진 오월을 더 좋아했다. 오월은 여자들이 양산을 쓰고 다니기 시작할 때이기도 했다. 그녀는 창 아래에 놓인 수선화와 칼라 화분에 물을 조금 흘려 넣어주었다. 이때를 위해 산다고 할 만큼 그녀는 평화에 잠겼다. 이 일시적인 평화가 지나가고 나면 불안과 약간의 죄의식으로 자신을 물어뜯게 될 것이다. 조금이라도 더 이 시간을 붙잡아두고 싶었다. 그러려면 무엇을 해야 할지 몰라 그녀는 그만 불안해졌다.

그녀는 작업대 앞에 앉았다. 창 맞은편이고, 가게의 가장 안쪽에 작업대가 놓여 있었다. 스탠드 램프에 불을 켜자 검은 천에 달린 너펄거리는 리본 위에 램프의 불빛이 노랗게 어렸다. 초코로 검은 천에 뱀 무늬를 그려 넣었다. 르누아르의 '양산을 쓴 리즈'에서 흰 드레스를 입은 리즈가 쓰고 있는 뱀 무늬의 양산이었다. 그녀는 그다지 크지 않은, 장식용에 가까운 양산을 그대로 고급 원단에 재현해나갔다.

딸랑, 종소리가 났다. 출입문은 오른쪽 가운데 있었다. 작업 중일 때 손님이 들어오면 사실 좀 성가셨지만 그녀는 얼른 얼굴 가득 미소를 지어 보이며 돌아보았다. 작년 겨울부터 이곳을 한 번씩 찾던 중년남자였다. 우산 때문에 가끔 찾기는 해도 남자가 이곳을 찾기는 쉬운 일이 아니었다. 그래서 별다른 특징이 없는 남자를 그녀는 기억하고 있었다. 중년남자는 좋은 양산이 나왔느냐고 물었다.

"부인에게 선물하시려고요?"

"제가 양산을 좋아합니다."

그녀의 표정이 떨떠름하다고 생각한 것일까, 남자가 입꼬리를 비틀며 말했다.

"양산은 여자만 써야 하는 건가요?"

"그건 남자는 치마를 입지 못하는 이치와 같지 않을까요?"

"사실 남자가 더 빛을 필요로 할지 모릅니다."

양산은 빛을 가리려고 쓰지만 사실은 빛을 모아들이는 건지도 몰랐다. 양산 주위로 빛이 모여들지 않는가.

"남자는 아무리 잘나가도 사십만 넘기면 사회에서 조금씩 금 밖으로 밀려나죠. 여자만 우울증이 있는 게 아니라 남자도 우울증에 안 걸릴 수가 없지요."

뭐하는 남자일까, 낙오자인가? 실패자인가? 그녀는 자신도 모르게 남자를 탐색하고 있었다. 눈이 마주치려는 순간 그녀는 얼른 덧붙였다.

"그럼, 제가 남성용 양산을 만들어볼게요."

"그래주시겠습니까?"

"네, 한 번 만들어보죠. 대신 시간은 좀 걸릴 거예요."

"상관없습니다."

명화 속에서도 우산 쓴 신사는 많이 보았지만 양산 쓴 신사는 보지 못했다. 커다란 동그라미를 반으로 접은 듯한 나폴레옹 모자를 완전히 편 듯이 하고 한쪽에 M16 총을 그려 넣고 바탕은 검정색으로 하면 남성용 양산이 될 것이다. 그녀는 자신의 즉흥적인 생각이 마음에 들었다. 남자는 언제쯤 다시 오면 되냐고 물었다. 그녀는 넉넉잡아 보름만 기다려달라고 했다. 남자는 그럼 보름 후쯤 전화로 확인한 뒤 오겠다고 했다.

남자는 고개를 푹 숙인 채 쥐색 트렌치코트 주머니에 두 손을 집어넣고 도로 쪽으로 나갔다. 빛이 넉넉히 쏟아지고 있어서인지 남자의 후줄근한 뒷모습이 그다지 초라해 보이지 않았다. 저 사람은 양산을 쓰면 재생에너지가 생길지도 몰랐다. 자신에게 필요한 쪽으로 생각하는 법이니까. 도로 건너편의 '엔젤니스'에는 간판에 그려진 엔젤이 날개라도 폈는지 손님들이 쉴 새 없이 들락날락했다. 그 옆의 '빨강머리 앤'의 유리문에는 빨강머리로 치장한 앤이 이쪽을 향해 짓궂은 표정을 짓고 있었다.

그녀는 다시 작업대 앞에 앉았다. 뱀 무늬를 꼼꼼하고 정교하게 그려가던 그녀는 불안을 지우며 몰입할 수 있는 것이 있어서 다행이라고 또 한 번 생각했다.

그녀는 재현해낸 양산을 단추공장을 하다 망하고 그 자리에 다시 기계를 돌리게 된 친척 아저씨에게 맡겼다. 아저씨 역시 꾸준하게 일감이 있다는 것에 안도하며 튼튼한 쇠와 좋은 재질의 나무로 최선을 다해 양산과 우산을 만들어주었다. 그녀가 주로 취급하는 것은 양산이었지만 양산을 아무리 고가에 판다고 해도 하루에

서너 개 이상은 팔지 못해 우산도 취급했다. 양산으로 돈을 벌 것은 아니었지만 이 놀이터를 사용한 값 정도는 벌어들여야 했다. 명화 속에서도 우산에서는 별다른 장식이 없었다. 게다가 사시사철 비가 오니까 스테디셀러 제품이었다.

왼쪽 벽에는 칼 같은 빛이 장식품처럼 꽂혀 있었다. 그녀도 스탠드 불빛을 꺼버리고 일어났다. 빛이 물빛 벽을 타고 유희를 벌였다. 마치 흰나비 두 마리가 붙었다 떨어졌다 하며 유희를 즐기는 것 같기도 하고, 걸려 있는 양산 위로 앉을 듯 말 듯 하기도 했다. 빛이 흐르고, 소음 하나 들려오지 않는 이 순간을 그녀는 정지시켜놓고 싶었다. 그 다음 그녀는 자신이 누군가를 기다리고 있는 것 같다고 생각했다. 기다리는 대상보다 기다림 같은 순간이 중요하다고 그녀는 고쳐 생각했다. 그녀는 명화집을 들고서 창 가까이 놓인 유리 탁자 앞으로 갔다. 마호가니 의자에 앉아 명화집을 뒤적이기 시작했다.

그림을 뒤적여 숨은그림찾기를 하듯이 양산을 찾아내는 일이 그녀가 좋아하는 일 중의 하나였다. 양산을 하나 찾아낼 때마다 마치 수수께끼를 푼 것처럼 뿌듯해했다. 생의 수수께끼를 푼 것처럼 여길 때도 있었다.

명화 속에서는 양산을 쓴 여자를 쉽게 찾을 수 있었다. 나른하게 늘어져 있는 여자들은 커다란 모자에 달린 망사나 양산을 비스듬히 기울여 고독한 얼굴을 보일 듯 말 듯 반쯤 가리고도 있었다. 모자 밑의 망사를 들춰보고 싶은 것처럼 양산 아래 반쯤 보이는 얼굴도 들여다보고 싶은 욕구가 일었다. 보일 듯 말 듯해서, 보여줄 듯 말 듯해서 엿보고 싶은 욕구가 일었다. 명화 속의 여자들 역시 양산과도 같은 그런 분위기를 가지고 있었다. 명화 속에서는 양산도 지위와 권력을 과시하는 힘의 상징이었다. 옛날부터 들끓는 태양 아래서는 권력을 가진 자만이 태양을 피할 수 있는 도구인 양산을 쓸 수 있었다.

양산을 쓴 남자는 쉽게 찾을 수 없었다. 모네의 '양산을 들고 있는 빅토르 자크몽'을 찾아냈지만 안이 온통 검은색인 데다 턱없이 크기만 해서 차라리 우산으로 만드는 게 나을 것 같았다. '그랑 자트 섬의 일요일 오후'에서도 버슬 드레스를 입은 여자가 검은 양산을 쓰고 있고, 빨간 상의를 입은 여자가 빨간 양산을 쓰고 있고, 흰 양산을 쓴 여자들이 드문드문 보여도 남성용 양산은 보이지 않았다. 원숭이처럼 웅크리고 앉아 있는 남자가 양산을 쓰기는 해도 그건 옆에 앉은 여자의 양산을 빌려 쓴 것처럼 보였다. 남자들은 검은 실크해트나 챙이 있는 모자를 쓰고 있었다. 처음 생각했던 대로 검은색 나폴레옹 모자에, M16 총으로 할 수밖에 없었다.

그녀는 도시락을 꺼냈다. 야채샐러드를 집어먹고, 샌드위치를 한 입 베어 오물오물 씹어 삼키는데 딸랑, 종소리가 났다. 망사 나팔바지에 표범샌들을 신은 꽤 세련된 차림새의 오십 초반쯤의 여성 손님이 들어왔다. 그녀는 도시락 뚜껑을 닫고, 로즈마리 향 방향제를 뿌렸다.

"괜찮아요. 다 먹고살자고 하는 일인데."

손님 말이 은근히 그녀를 장사꾼으로 끌어내리는 것 같아 그녀는 약간 마음이 상했다. 손님은 모네의 '산책'에서 풀밭 위에 선 카미유가 쓴 연잎 같은 초록색 양산을 써보면서 말했다.

"양산이 아주 멋있다고 소문이 나서 한번 와봤는데, 뭐 별다른 것은 모르겠는데."

그녀는 모네의 양산이라고 말해주기가 싫었다. 손님은 또다시 티소의 '양산을 든 뉴턴 부인'에서 검은 드레스를 입은 뉴턴 부인이 쓴 노랗고 초록빛이 도는 지우산 같은 양산을 써보았다. 인기가 좋아 그녀가 세 번이나 만든 작품이었다.

"이런 것은 실생활에서는 그렇고 영화배우나 쓰고 다니면 되겠네. 너무 화려하다."

그녀는 양산을 빼앗아 벽에 걸었다. 손님은 뭐야 팔겠다는 거야 말겠다는 거야라는 듯 그녀를 흘겨보았다. 그녀는 시선을 내리깔아버렸다. 손님은 이번에는 노란색 바탕에 노란색 레이스가 달린 양산을 써보았다. 안목 없는 손님 눈에 차지 않을 평범한 양산이었지만 마네의 '온실에서'에서 노란 모자를 쓴 여자가 무릎 위에 올려놓고 있던 노란 양산이었다. 그걸 설명해서 손님의 구매욕구를 올리고 싶은 생각은 없었다. 손님이 양산을 접자 그녀는 제가 할게요, 라며 양산을 빼앗다시피 해서 벽에 다시 걸었다. 그녀의 거친 행동에 손님의 얼굴이 같잖아 죽겠다는 듯 씰룩여졌다.

"물건을 권할 생각은 않고, 손때라도 묻을까 봐 빼앗아놓기 바쁘네."

"마음에 들어 하지 않으시는 같아서요."

"마음에 들어 할 것으로 이것저것 권해야 하는 거 아니에요?"

손님은 거친 동작으로 안은 초록색이고 바깥은 분홍에 가까운 은은한 미색인 양산을 머리 위에 썼다. 모네나 마네나 르누아르의 그림에서 보편적으로 등장하는 안이 초록색인 양산이었다. 가장 잘 팔려나가는 양산이기도 했다. 그녀는 바깥에다 베이지색이나 푸른색이나 빨간색으로 변화를 주기도 했다. 손님은 어렵게 구한 코끼리 상아로 된 손잡이를 빙글빙글 돌렸다.

"이것저것 권하다 보면 살 수도 있고. 이건 뭐 함부로 만지지도 못하게 하다니. 내가 화가의 그림을 사러 온 것도 아니고. 그림이라도 그렇지, 충분히 훑어보고, 뜯어보고 한 후에 구매하는 거지."

"사실 거예요? 안 사실 거잖아요."

그녀는 그때까지도 빙글빙글 돌리고 있는 양산을 빼앗아 다시 벽에 걸었다.

"내 참, 잘난 양산 하나 팔면서……. 나도 그림 좀 아는 사람이야. 죄다 남의 것만 베껴놓았네. 그것도 유명한 작품 것만."

"제가 주문 받은 것이 밀려 있거든요."

"오호, 주문씩이나. 난 주문을 하지 않아서 그래?"

"영업방해하지 말고 그만 나가주세요."

손님은 뭐 이런 가게가 다 있어, 라며 문을 세게 닫고 나갔다. 종소리가 시끄럽게 오랫동안 났다. 저렇게 당할 수 없는 손님에게는 굵은 왕소금을 뿌리며 왕재수, 하고 욕하는 방법밖에 없다는 것을 그녀도 가게에 나와서 알게 되었지만 애석하게도 그녀의 고급스러운 가게에는 왕소금이 없었다. 그녀는 출입문 위쪽에 놓인 툴바의 서랍을 빼 담뱃갑을 집었다. 담배 한 대를 빼내 입에 물고, 카파치 라이터로 불을 붙였다. 뻑뻑 빨아 길게 연기를 품었다. 가게를 차리기 전에는 저런 말도 안 되는 여자를 상대해야 하고, 또 고스란히 당해야 하는 복병이 있을 줄은 몰랐다.

친구로부터 가게를 인수해보지 않겠느냐는 전화가 온 것은 그녀가 권태와 소외감에서 위협을 느낄 때였다. 전자 계열회사의 이사인 남편은 상류층답게 활동범위가 넓어서 그녀에게나 가정에까지 관심을 둘 수가 없었다. 남편은 아침 일곱 시에 출근했고, 저녁 여덟 시에 퇴근했다. 저녁식사를 하고 나면 근처 실내골프장에 가서 공을 치고 왔다. 토요일과 일요일에는 골프가방을 메고 필드로 나갔다. 남편이 벌어다주는 돈은 그녀를 상류층으로 만들었지만 집에만 있어 경제활동이라든가 사교활동이 전혀 없는 그녀는 상류층일 수가 없었다. 그녀는 자신을 돈만 많은 중산층이라고 여겼다. 딸아이도 발레다 스케이트다 피아노를 배우러 다니느라 바쁘게 돌아쳤다. 남편을 닮은 딸아이는 모든 것을 스스로 다 배우려고 했다. 그녀는 산책을 나갈 때마다 딸아이를 데리고 다니고 싶었다. 남자들의 탐색적인 시선이나 허접한 시선에서 벗어날 수 있어서였다. 뜰채를 들고 들이나 산으로 나가 나비채집을 하는 게 훨씬 더 딸아이의 정신을 살찌울 수 있지만 오직 그녀만의 생각일 뿐일지 몰라 강요하지 않았다. 그녀는 혼자라서 산책도 잘 나가지 않았다.

가게에 와보자 컴퓨터와 관련된 업종이었지만 육 개월 만에 접느라 벽지라든가 선반이라든가 바닥이 거의 새것이었고 무엇보다 빛이 많이 들어오는 게 좋아 그녀는 그 자리에서 당장 계약했다. 사십대 초반인 사장에게 미안했으나 사장은 이 년 계약인데 이렇게 빨리 빠진 것만으로도 감사할 뿐이라고 했다. 그녀는 원한다면 권리금을 조금 줄 수도 있다고 했다. 사장은 쓸쓸하게 웃었다. 너무 뭘 모른다는 식의 웃음이었다.

가게를 인수한 그녀는 이곳에서 무엇을 할까를 생각해보았다. 아파트 여자들만 봐도 옷을 비싸고 화려하게 입은 것들은 도도하고 오만했다. 특히 늙은 여자일수록 더 그랬다. 옷은 능력이고, 권력이었다. 그리고 옷은 집밖으로 불러내는 해방 이미지가 있었다. 양산도 그렇다는 데 그녀의 생각이 미쳤다. 양산을 하되 남들이 하지 않는 블루 오션이 필요했다. 장사를 하지만 장사를 한다는 기분이 아니라 창조를 한다는 기분도 그녀에게는 매우 중요했다. 그리고 자신의 손으로 직접 만들 수 있어야 했다. 골머리를 앓고 싶어 생각해낸 게 명화 속 양산을 찾아내 그 양산을 그대로 재현해 내는 것이었다. 그 일은 의외로 재미있으면서 만족감도 주었다. 그녀는 처음으로 서양화를 전공한 게 다행이라고 생각했다. 모리조의 '숨바꼭질'과 '여름날'에 똑같이 나오는 은은한 푸른색 양산을 베낀 그녀는 그 양산을 쓰고 산책을 나갔다. 양산을 쓰면 남의 시선에서 보일 듯 말 듯 물러나 있을 수 있었다. 완전히 다 가리는 것이 아니라 반쯤, 보이는 것도 아니고, 안 보이는 것도 아닌 상태가 좋았다. 양산이 잘 팔려나가고, 주문이 밀려들자 그녀는 산책을 그만두었다. 담배 한 대를 다 태웠지만 그녀의 기분은 풀리지 않았다.

오전에서 오후로 넘어갈 때의 마른 햇빛이 무심하고 게으르게 쏟아지고 있었다. 커플로 보이는 남녀가 들어와서 똑같이 생긴 우산 두 개를 사 가지고 가자 그녀는 작업대 앞으로 갔다. 그러나 여전히 작업을 할 기분이 아니었다. 그녀는 다시 탁자 앞으로 가 명화집을 뒤적였다. 폴 세잔의 '산책'에는 검은 드레스를 입은 여인은 빨간색 양산을 손에 들고 있고, 뒤에 서 있는 여인은 파란색 양산을 쓰고 있다. 둘 다 표정이 조금 지쳐 있고, 양산은 빛을 가릴 수 없을 정도로 작고 현실성이 없었다. 마네의 '봄'에서는 흰 바탕에 푸른색과 초록색이 섞인 드레스를 입은 여인이 베이지색에 가장자리에 드레스와 똑같은 천을 너펄너펄 달아놓은 양산으로 자신을 치장하고 있다. 에델펠트의 '자작나무 아래'에서는 분홍과 빨강이 마구 섞인 현란한 지우산 같은 양산이 자작나무 아래에 펼쳐져 있다. 개가 있는 풍경이 평화로워 보이는 것처럼 양산이 있는 풍경도 나른하면서 평화로워 보였다. 약간의 권태가 엿보이기도 했지만.

그녀의 긴 손가락에 또다시 명화집이 펄럭이며 휘리릭 넘어갔다. 카유보트의 그림에서는 남자는 모자를 쓰고, 여자는 빨간색에 파란색이 조금 섞인 양산을 쓴 채 오르막길을 올라가고 있다. 고야의 그림에서는 남자가 여자에게 연잎 같은 양산을 받쳐주고 있다. 양산을 쓴 여자 옆에는 대부분 장식품처럼 남자가 있었다. 마네의 '발코니'에서는 이제 막 산책에서 돌아온 듯한 나른한 여자가 초록색 양산을 들고 있다. 이런 접혀 있는 양산은 새롭게 만들어야 했는데 어렵기는 해도 그게 성취감이나 존재감을 더 느끼게 했다. 그녀는 양산과 직접적으로 연결된 것이 산책이며 산책은 해방이나 자유를 준다는 생각을 또 한 번 했다.

빛과 그림자가 조금씩 변해가고 있었다. 빛은 조금씩 줄어들고, 양산이나 물건이 만들어내는 기하학적인 모양의 그림자는 조금씩 커지고 있었다. 아무것도 보지 않고 담배를 피우는 것에만 집중하던 그녀의 눈에 눈물이 주르르 흘렀다. 마르고 건조한 눈물이었다. 누군가가 나타나 위로해주었으면 좋겠다고 그녀는 생각했다. 그때 딸랑, 종소리가 나고 문이 열리면서 여자가 들어왔다. 계절이 바뀔 때면 애인에게 줄 우산이나 양산을 사가는, 하얀 셔츠에 녹색이나 푸른색의 넥타이를 매는 서른 초반의 남자일지도 모른다고 생각했던 그녀의 얼굴이 살짝 일그러졌다. 그녀는 여자를 별로 달가워하지 않았다. 여자는 묘하게 그녀의 죄의식까지는 아니어도 무엇인가를 깔짝깔짝 긁으며 그녀의 속을 자극하는 데가 있었다.

그녀는 미소를 지으며 어서 오라고 친절하게 말했다. 여자도 미소를 지어 보이며 창 앞쪽으로 놓인 마호가니 의자에 앉았다. 그러고는 스카이블루 매니큐어를 칠한 손으로 마침 펼쳐져 있는 명화집을 뒤적이기 시작했다. 그녀처럼 눈을 반짝반짝 빛내며 책장을 한 장 한 장 넘기더니 마침내 긴 손가락으로 양산 하나를 짚었다. 여자 맞은편에 앉은 그녀는 그 양산을 보려고 여자 쪽으로 상체를 기울이고 허리를 구부렸다. 그녀의 시선이 퍼뜩 긴 직사각형의 전신거울에 그대로 들어가 있는 여자의 측면 얼굴에 가 닿았다. 거울에는 여자의 다소 높은 듯한 콧대가 돋보이는 측면상과 그녀의 다소 넓은 듯한 얼굴의 정면상이 겹쳐져 있었다. 아주 짧은 순간이었으나 측면상과 정면상이 합쳐져 언뜻 한 얼굴로 보였다. 그녀는 고개를 돌려 여자에게 선택된 양산을 보았다. 카유보트의 오르막길에서 뒷모습만 보이는 여자가 쓴 빨간색에 파란색이 드문드문 섞인 양산이었다. 뒷모습만 보이는, 양산 밑의 여자 얼굴이 잠시 궁금하기도 했다. 이 양산의 재질은 뭐가 좋을까. 여자에게는 마진을 원가에서 50%가 넘게 붙여먹어도 되었다. 그녀

역시 양산으로 돈을 벌려는 것은 절대로 아니었지만 자신의 작품 값이 올라가는 것은 뿌듯하고 보람 있으면서 존재감까지 느끼게 하는 일이었다.

"오월에는 쓸 수 있게 할게요."

그녀는 커피를 끓이고, 분홍과 흰색과 초코색의 마카롱을 내놓았다.

블랙커피를 한 모금 마시고, 분홍 마카롱을 이로 살짝 깨물어 오물오물 삼킨 뒤 여자가 말했다.

"은계교에 가본 적 있어요?"

그녀는 고개를 끄덕였다.

"올 때 보니까 다리 주변에 식수된 꽃들이 추저분하게 시들어가고 있더라고요. 이제 사월인데, 꽃이 시들다니. 시청에서는 아무 생각도 없이 식수한다니까요. 꽃이 시들어가는 것은 정말 보기 싫어요."

"시든 꽃은 보기 싫긴 하지만 시들어야 내년에 다시 피어나죠."

"난 내년에 다시 보는 거 따위 몰라요. 내년까지 살아 있을지도 모르고요."

내년까지 살아 있을지도 모른다니. 뭐 남자에게 구애를 애걸하는 명화 속 여자도 아니고. 그녀는 여자의 감상적인 말투와 감상적인 몸짓이 싫었다. 여자는 뾰족한 혀끝으로 입술을 전체적으로 한 번 훑은 뒤, 하고 싶은 말이 있다고 신가하게 말했다. 그녀는 별로 듣고 싶지는 않았지만 작업을 할 수 있는 것도 아니어서 말해보라고 했다.

"고마워요."

작년 오월, 여자는 매일 양산을 쓰고 산책을 나갔다. 남편이 커뮤니케이션 사장이 될 때까지 열심히 뒷바라지만 한 여자는 남편이 막상 사장이 되고 나자 더 이상 할 일이 없어졌다. 남편과 가정에 매여 있던 여자는 양산을 쓰게 되면서부터 매일 같이 밖으로 나가게 되었다. 양산을 쓰고 산책을 나가면 자신을 속박하는 모든 것에서 해방이 된 것 같았다. 양산을 쓰면 타인들의 탐색적인 시선에서도 비켜날 수 있었다. 보일 듯 말 듯해서 마치 숨바꼭질을 하는 여성 같은 느낌도 들었다. 양산의 동그란 부분이 방패마냥 타인들의 시선을 차단했다. 만약 타인이 여자에게 해코지를 하려고 든다면 자루를 창처럼 사용할 수도 있었다. 양산을 쓰면 창과 방패를 동시에 갖고 있는 것과 마찬가지였다. 그래서 무서울 것도 없고, 두려울 것도 없었다. 파라솔이 태양에서 얼굴을 보호해준다는 뜻이지만 타인들에게서 자신을 보호해준다는 게 여자의 생각이었다. 그렇지만 특별 주문한 고급 양산을 쓰고 가면 쓸데없이 타인들의 시선이 쇠파리처럼 달라붙기도 했다. 그러나 눈만 마주치지 않는다면 그것까지는 이해해야 했다.

여자는 양산을 쓰고 은계교로 갔다. 콘크리트 다리인데 난간은 세모꼴의 철근을 옳게, 거꾸로, 옳게, 거꾸로 식으로 약간 겹치게 이어 붙여 장식해놓았다. 그 철근 사이에 몸을 조그맣게 집어넣고 강을 내려다보는 남자가 있었다. 남자는 자신에게 몰두해 있어서 인지 여자에게 탐색적인 시선을 던지지 않았다. 그러자 남자의 시선을 양산 쪽으로 불러들이고 싶은 욕구가 생기기도 했다. 남자가 허리를 푹 접고 강물을 내다볼 때는 저러다가 강물에 빠질지도 모른다고 조바심도 냈다. 그러다 보니 여자는 남자를 지켜보는 꼴이 되었다. 남자는 그다지 멋있어 보이지는 않았다. 그렇다고 아주 형편이 없는 것도 아니었다. 여자의 시선에 읽힌 남자는 노동자도 아니고, 일용근로자도 아니고, 놈팡이도 아니었다. 실패자 느낌이 강한 것만은 여자도 부정하지 못했다.

어느 날 남자는 앞쪽이 쭈글쭈글한 랜드로바를 벗어놓고 콘크리트 다리 난간 위에 되똑 올라가 있었다. 다리 후미 쪽에서는 등산용품으로 치장한 여자와 남자가 걸어오고 있었다. 개도 긴 혓바닥을 내민 채 헐떡이며 따라오고 있었다. 막 은계산을 올라갔다 내려왔나 보지, 라고 생각하던 여자는 자신도 모르게 남자에게 내려와요, 하고 소리쳤다. 돌아본 남자의 눈빛은 딴 세계를 보고 있는 듯 멀고 낯설었다.

"왜 사람 아찔하게 그런 곳에 올라가 있어요!"

갑자기 소리친 게 멋쩍어서 여자는 큰소리로 질책했다. 남자는 처음으로 여자에게 시선을 주었다. 탐색당하는 시선이 아니라 호기심과 호의에 가까운 시선이었다.

"다신 그런 데 올라가지 마요."

자신도 모르게 여자는 또 그렇게 말했다. 남자는 아무 말도 하지 않았다. 아까보다 더 멋쩍어진 여자가 돌아서자 남자가 입가에 보일 듯 말 듯한 미소를 띠며 양산이 멋있어요, 하고 말했다. 고마워요, 하고 말한 뒤 여자는 성큼성큼 걸었다. 남자가 뒤따라오는 것을 등으로 감지한 여자는 보폭을 줄였다. 여자와 남자는 나란히 걸었다. 고가도로를 새로 올리고 있어서 한적한 곳으로 발길을 돌리니까 남자애들이 모형비행기를 띄워 올리고 있었다. 모형비행기는 농작물 위를 아슬아슬하게 비행하다가 연기를 잔뜩 품으며 기어이 추락했다. 남자애들이 일제히 논 쪽으로 뛰어갔다. 그들을 무연히 바라보고 있는 여자와 달리 남자가 눈살을 찌푸린 것은 눈 주위로 모여드는 햇볕이 따가워서일 수도 있었다. 아니면 남자애들의 젊음을 시샘한 것인지도 몰랐다.

남자에게도 양산이 필요할지 모른다고 생각한 것은 그렇게 아무 곳으로나 돌아다니기 시작한 지 한 달이 지났을 무렵이었다. 양산가게에 가서 남성용 양산을 하나 만들어달라고 특별부탁을 해 볼 작정이었다. 자신이 은밀한 친밀감을 느끼고 있는 그 가게 여주인이라면 뭐든지 만들어줄 수 있을 것이다. 남자는 다리의 철근 앞에서 '포로'라는 애수가 넘치는 노래를 부르기도 했다. 만약 내가 포로가 아니라면 이 나라를 사랑했을 텐데……. 여자는 이 나라를 당신, 바로 자신으로 이해했다.

다리 위에서 만나 강가를 산책하거나 논둑길을 걷곤 하던 남자와 여자는 은계산까지 가게 되었다. 입구라고 해야 하는지 출구라고 해야 하는지 잘 모르지만 하여튼 산 앞에다 가지가 많은 나무를 베어다 막아놓았다. 나무 위를 밟고 올라가야 했다. 산을 오르다 보니까 산 아래로 뻗어 있는 골프장이 산을 반 넘게 야금야금 삼키고 있었다. 산을 반쯤 올라온 그들이 곡선의 녹색 잔디밭 한편에 발을 들여놓자마자 관리인이 호루라기를 불어대며 그들에게로 왔다. 관리인은 골프를 치는 사람들에게 방해가 된다며 빨리 나가라고 했다. 남자는 뜨악한 시선으로 왜 입구를 나무로 막아놓았느냐고 따졌다. 관리인은 이 산 역시 골프장 소유라고 하며 양산을 쓰고 얼굴을 반쯤 가리고 있는 여자를 힐끔거렸다. 여자는 이상하게 자신을 부정하게 바라보는 그 시선에서 위험을 느꼈다. 야릇한 쾌감도 함께 느끼는 자신을 낯설게 자각하기도 했다. 남자가 이 산이 정말 통째로 골프장 소유인지 알아보겠다고 하자 관리인의 표정이 불쾌하게, 험악하게 일그러지는 것을 여자는 놓치지 않았다. 그게 위협적으로 느껴지기도 했다. 그들은 할 수 없이 몸을 돌려야 했다. 시간을 많이 잡아먹어서 뒷날 다시 만나기로 하고 헤어졌다.

우측 오르막길로 은계산에 오르자 여자는 양산을 쓴 채 아래쪽을 내려다보았다. 소나무가 제법 울창해서 아래쪽에서는 철근이 있는 다리의 후미 쪽만 보였다. 버스 종점이 은계초등학교 앞이었고, 거기서부터는 급작스럽게 시골 분위기로 바꾸어 사람들의 왕래가 드물었고, 좁다란 길을 한 십 분쯤 걸어 들어와야 은계교가 있었다. 다리가 끝나는 곳 왼쪽에 은계산이 있었고, 오른쪽으로는 어디로 이어졌는지 모르는 도로가 있었다. 여자는 쓰고 온 양산을 접지 않고 그대로 펼쳐놓고 그 옆의 나뭇잎더미 위에 앉았다. 남자도 여자 옆에 앉아 쉬었다. 돗자리를 깔지는 않았지만 나뭇잎더미가 푹신해서 불편하지 않았다. 남자도 콧날을 벌름거리며 은계산의 냄새와 공기를 들이켰다.

어디선가 비명이 들려왔다. 그들은 동시에 소리 나는 쪽을 돌아보았다. 그들 아래 잡목 덤불 속에서 긴 머리카락의 여성과 스포츠형의 머리에 거칠고 험악해 보이는 남성이 서로 껴안은 채 앉아 있었다. 그 비명이 다급해서 나온 것이 아니라는 것을 알게 되자 여자는 맥이 빠지는 것인지 몸이 달아오르는 것인지 알 수 없어졌다. 또다시 비명소리가 들렸다. 여자는 조금 성가셔졌다. 저들만 아니라면 이 산에는 우리 둘뿐일 텐데. 여자는 신경쓰지 않기로 하고 은계산의 풋내 나는 공기를 즐겼다.

여자는 싸가지고 온 도시락을 풀었다. 집게손가락으로 광어, 연어알, 참치, 골뱅이, 소라를 얹은 초밥 위를 빙 돌다가 연어알을 집어내 남자의 입에 넣어주었다. 남자의 이가 여자의 손가락을 살짝 물었고, 볼이 불룩해진 남자가 초밥을 우적우적 씹었다. 여자와 남자는 자신들이 무척 평온한 상태라는 걸 느꼈다. 서로 마주

바라보며 시선을 교환했다. 산에서 나무 사이로 떨어지는 빛을 보며 결합하기도 한다지만 차마 야생동물처럼 엉킬 수는 없었다. 산 뒤편에 자리 잡은 모텔에서 대낮에 섹스를 서너 번 하기는 했으나 차마 그럴 수는 없다고 여자는 생각했다. 흰 커튼으로 빛을 차단하고, 바람에 커튼이 흔들리는 아늑하고 평화로운 공간 속에서 나른한 동물이 된 듯한 기분은 색달랐지만.

소라초밥을 입에 넣어주는 여자의 손가락을 남자가 꽉 깨물고 있을 때 또다시 비명소리가 들렸다. 이가 헐거워져 손가락이 빠졌다. 긴 머리카락이 머리를 찰랑거리며 깐족거렸다. 욕정이 들끓는 듯한 웃음소리와 비음소리가 여자를 자꾸만 성가시게 했다. 저거, 저거만 없으면 아주 조용할 텐데. 조용한 산에서 남자와 에로스적인 감각을 나눌 텐데. 남자는 신경쓰지 말라는 듯 손을 뻗어 여자의 얼굴을 감쌌다. 여자는 그 손을 치웠다. 번잡하고 시끄러운 곳에서 저런 남녀들처럼 엉키고 싶지 않았다. 자신이 한껏 비웃고 조롱하고 있는 저런 저질들과는 달라야 했다. 남자도 더 이상 손을 뻗지 않았다.

산에서는 아무런 소리도 나지 않았다. 여자는 안심하며 비로소 양산을 껐다. 그때 또다시 긴 머리카락의 신음소리가 들렸다. 여자는 상을 찡그렸다. 산을 자신들의 것인 양 시끄럽게 사용하는 그들에게 여자는 증오를 느꼈다. 특히 긴 머리카락이 더 증오스러웠다. 신음소리는 끊이지 않고 계속 들렸다. 그런데 귀 기울여 든

어보면 그 신음소리는 아까 것과는 달랐다. 여자는 그들을 살폈다. 여자의 속마음을 눈치라도 채듯 스포츠형이 긴 머리카락을 패고 있었다. 스포츠형은 아예 웃통을 벗어놓은 채 근육질의 팔을 휘둘렀다. 그래 조금만 패버려. 남자의 두 쪽으로 갈라진 듯한 등에 여자의 시선이 닿았다. 못생긴 게, 교양도 없고, 별 볼일도 없는 게 매일 저 등을 만지고 제 몸을 밀착하겠지, 라고 생각하는 자신에게 여자는 조금 놀랐다. 그런데 조금만 패라고 했는데 스포츠형은 계속 양팔을 번갈아가며 휘두르고 있었다. 왜 때리는 거지. 이제 신음소리를 내서 산을 어지럽히지도 않는데. 그만해도 돼. 긴 머리카락 위에 올라타 주먹으로 뺨을 때리는 스포츠형의 상체 근육이 울퉁불퉁했다.

그만하십시오. 남자가 스포츠형의 오른팔을 붙들었다. 스포츠형은 네가 무슨 상관이냐는 듯 남자를 힐끗 올려다보고는 팔을 확 빼 남자 보란 듯이 긴 머리카락에게 또다시 주먹을 휘둘렀다. 긴 머리카락은 비명조차 지르지 않았다. 이제 비명소리는 끝났다고 여자는 생각했다.

그만하시라니까요. 제발 그만하세요. 빨리 병원으로 옮기지 않으면 큰일납니다. 남자의 말에 스포츠형은 때리기를 멈추고 일어났다. 괜찮습니까? 남자가 긴 머리카락 어깨 밑에 손을 넣어 상체를 들어올렸다. 비켜, 내가 한다고! 스포츠형의 완력에 밀려난 남자는 비틀거렸다. 여자는 눈살을 찌푸렸다. 남자를 또 한 번 밀치고 간 스포츠형의 팔에는 긴 머리카락이 축 늘어져 있었다. 스포츠형의 눈이 서로 왕이 되려고 결투를 벌이는 코뿔소의 눈만큼이나 화가 나 있고 매섭게 빛나는 것을 여자는 놓치지 않고 보았다. 왠지 몸으로 전율이 찌르르 지나갔다.

창에 빛이 나른하게 달라붙어 있었다. 그 창과 빛은 그녀와 여자가 있는 곳을 권태와 나른함과 건조함이 잘 버무려진 공간으로 만들었다. 딸랑, 종소리가 났다. 여자와 그녀는 동시에 문 쪽을 돌아보았다. 분홍 원피스를 입은 긴 머리카락의 여성이 들어왔다. 그녀는 여자를 향해 웃음을 지었다. 여자도 그녀를 향해 의미심장한 미소를 지었다.

손님은 양산을 이것저것 다 한 번씩 펴보고 써보았다. 그녀는 여자의 이야기가 궁금했으므로 빨리 손님을 내보내고 싶었다. 아까와는 달리 그녀는 최대한 상냥스러운 말투로 커다란 보라색 꽃 한 송이가 얹혀 있고, 가장자리에 끌어내릴 수 있는 망사 천이 달린 양산을 권했다. 손님은 양산을 활짝 펴 전신거울 앞에 섰다. 접혀 있는 망사를 끌어내려주던 그녀는 퍼뜩 전신거울을 보았다. 양산을 쓴 손님 뒤로 긴 손가락을 뻗어 마카롱을 집어 입안으로 살짝 집어넣는 여자가 비쳤으나 내려진 망사가 여자의 얼굴과 표정을 반쯤 가려버렸다. 여자가 마치 보라색 꽃과 망사가 달린 양산 같아져서 그녀는 속으로 부정했다. 알 수 없는 여자야.

손님이 비싼 값을 지불하고 양산을 사가지고 가자 그녀는 여자 앞에 다시 앉았다. 감자빛깔의 마룻바닥이 반질반질해져서 여자와 그녀가 바닥에 비쳤다. 둘 다 거푸집이 비슷했다. 여자가 커피를 한 모금 꿀꺽 들이켜고 나서 다시 이야기를 시작했다.

여자는 한동안 남자를 만나지 않았다. 장마철이 되자 우산을 쓰고 나가 남자를 만나고 싶지 않았다. 여자는 양산을 쓸 수 있는 시간, 빛이 있는 시각에만 남자를 만나고 싶었다. 빗줄기가 사선을 긋는 창 앞에서 남자랑 섹스를 하고 싶은 생각도 있었으나 여자는 자신의 외출에 조금 위협을 느꼈다. 스스로 위험하다고 느끼기도 할 때 마침 장마철로 접어들었다. 장마가 끝나자 불볕이 아스팔트를 녹여낼 만큼 뜨겁게 내리쬐었다. 여자는 다시 양산을 쓰고 산책을 나갔다. 남자가 보이지 않았다. 팔월 중순쯤 남편이 휴가를 받는 바람에 여자는 산책을 나갈 수가 없었다. 남편은 이틀 동안 꼼짝 않고 밀린 잠만 자다가 사흘째 되는 날 새벽에 여자에게 운동을 하러 가자고 했다. 은계산밖에 생각나지 않아 여자는 남편을 그곳으로 안내했다. 남편은 머리가 맑아진다며 이제부터 시간을 내어 주말만이라도 산에 올라 점점 개구리 같이 볼록해지는 배를 홀쭉하게 만들겠다고 했다. 나흘째 되는 날은 은계산 아래의 골프장을 보더니 골프를 치겠다고 했다. 오후에는 여자와 함께 가서 골프 장비를 구입했다.

닷새째 되는 날도 남편은 새벽에 여자에게 은계산으로 가자고 했다. 산에 막 발을 들여놓았을 때 여자는 자신도 모르게 뒤를 돌아보았다. 2.5톤 덤프트럭이 막 다리 쪽으로 진입하고 있었다. 꽁무니의 번호판에서 33가 9724를 읽었다. 재수 없게 그 덤프트럭이었다. 오늘 일진이 나쁠 거라고 여자는 생각했다. 오후에 남편과 함께 골프장에 가서 등록할 계획을 취소하고 싶어졌다. 몸이 좋지 않다는 핑계를 대서 남편 혼자 보내야겠다고 생각하는 순간 뭔가 퍽, 하고 날카롭고 둔탁한 마찰음이 났다. 여자는 몸을 돌렸다. 다리 위로 달려 내려가서 뭐가 덤프트럭과 받쳤는지 확인해야 했다. 뭐해? 남편이 여자를 재촉했다. 당신은 저 소리 못 들었어요? 글쎄, 뭔 소리가 난 것 같기도 하고. 남편은 산으로 올라가고 있었다. 덤프트럭도 아무 일 없었다는 듯이 다리 위를 빠져나가고 있었다. 덤프트럭을 끄는 그놈 눈이 떠오르자 여자는 소름이 돋았다. 하여튼 재수 없어. 여자는 침을 퉤 뱉고 산을 올랐다.

남편이 출근한 월요일에 여자는 안은 초록색이고, 바깥은 청색 나비가 날개를 편 듯한 이중양산을 쓰고 산책을 나갔다. 일부러 은계교와 은계산과는 먼 곳으로만 돌아다녔다. 컨테이너에서 생활하는 사람이 기르는 토끼를 들여다보고, 산 가장자리에 자리잡은 나무들의 숫자를 세고, 벽에 그려진 수많은 토끼들의 귀를 세며 시간을 끌다가 다다른 곳은 결국 다리였다. 다리 난간 위에는 아무 흔적도 없었다. 철근 사이를 유심히 보아도 보이는 것은 없었다. 남자를 보지 않은 지 오래되었다. 여자는 남자가 보고 싶었다. 남자를 만나고 싶었다. 그때 여자의 시선 안으로 뛰어든 것은 철근 앞에 나붙은 현수막이었다.

목격자를 찾습니다. 8월 22일 오전 6시 40분경 은계교 위에서 사
십대 초반의 남자를 치고 달아난 차량을 목격하신 분을 찾습니
다. 피해자는 흰 면바지에 흰 폴로셔츠와 흰 운동화를 신고 있었
음. 사례금 삼천만 원. 동부경찰서 교통계 234-9300

여자는 다리 위를 걸어 나왔다. 초등학교 앞까지 어떻게 걸어왔
는지 몰랐다. 학교 앞 마트에서 우유와 초콜릿을 사면서 주인에게
혹 다리 위에서 교통사고를 당한 사람이 누군지 들어본 적이 없냐
고 물었다. 몸이 삼각형으로 꼬꾸라져 있었는데 빨리 병원으로 갔
으면 살 수 있었는데 너무 늦게 발견되어서 아까운 목숨을 버렸다
고 주인은 혀를 찼다. 119가 올 동안 심장압박만 해줘도 살 수 있
었을 텐데, 라며 안타까워했다. 혼자 가다 사고를 당하면 친 놈은
경찰차가 오기 전까지 그대로 놔둔다고 하더라고요. 증거를 보여
야 된다고요. 그러니까 절대로 혼자 다니면 안 돼요. 누군지 아느
냐고 여자가 다시 묻자 주인은 그제야 그건 모른다고 했다.
　여자는 다시 다리로 갔다. 양산을 쓴 채 철근 아래에 쭈그리고
앉았다. 삼십 분 넘게 기다려도 남자는 오지 않았다. 남자도 새로
운 일거리를 찾았을지도 몰랐다. 여자는 다리를 건너고, 곡선 길
로 접어들었다. 사람들이 하나둘씩 보이기 시작했다. 양산을 쓰고

다녀서 사람들의 시선과 자신의 시선이 닿지 않았다. 남자와 함께 산책을 다니거나 은계산으로 갈 때도 양산을 쓰고 다녀서 다행이었다. 여자는 양산으로 얼굴을 거의 다 가리고 아무 곳으로나 걸어갔다.

여자는 양산을 목뒤로 젖혔다. 빛 때문에 눈살을 찌푸리며 새로 만들고 있는 고가도로를 올려다보았다. 초록 철판만 인공색소를 잔뜩 넣은 초록 엿가락처럼 늘어져 있었다. 망치소리도, 철판 얹는 소리도, 시멘트를 쏟아붓는 소리도 들리지 않았다. 주위를 살펴도 2.5톤 덤프트럭도 보이지 않았다. 여자는 걸음을 옮기다가 초록 철판 밑에 달린 현수막을 보았다.

지금 처자식이 굶어 죽어가고 있다. 밀린 임금을 지급하라.

고가도로 공사도 건설사 부도로 팽개쳐졌다. 그럼 2.5톤 덤프트럭을 찾기도 글렀다고 여자는 애석해했다. 여자는 양산을 쓰고 고가다리 아래 한쪽에 쭈그리고 앉았다.

스포츠형이 긴 머리카락을 질질 끌다시피 해서 내려가고 나자 여자와 남자도 산을 내려왔다. 그다지 예민하지 않아서 좋았던 남자는 별다른 반응을 보이지 않았지만 여자는 산 입구에 2.5톤 덤프트럭이 서 있는 것을 보자 이상하게 심장이 뛰었다. 골프장 3구역을 새로 다듬고 있어 그곳에 모래를 실어 나르는 덤프트럭일지도 몰랐다. 잠시 뒤 덤프트럭이 여자와 남자 사이를 휙 뚫고 지나갔다. 황급히 옆으로 피신한 여자는 사나운 시선으로 덤프트럭을 올려다보았다. 여자는 덤프트럭 위에 올라앉은 기사를 보고 또 한 번 깜짝 놀랐다. 기사의 눈이 아무래도 아까 산에서 긴 머리카락을 때릴 때의 스포츠형의 눈 같았다. 여자가 본능적으로 위험하다고 느꼈던 그 눈. 그렇지만 확신을 주는 것도 아니어서 그 일은 곧 잊혀졌다.

양산을 쓰고 아무 곳으로나 걷던 여자는 고가도로를 짓고 있어서 더 이상 가지 못하고 돌아서면서 저번의 2.5톤 덤프트럭을 또다시 발견했다. 그때 무심코 본, 그래서 잔상으로 남은 앞의 33과 끝의 724가 맞아떨어졌다. 확신은 없었는데 여럿이 삥 둘러앉아 자장면을 먹고 있는 인부들 중 스포츠형 머리가 누가 꼭 집어 가르쳐주듯 여자의 시선 안으로 뛰어들었다. 그 남자라고 인식하기도 전에 여자는 몸을 떨었다. 스포츠형은 이쑤시개로 잇새를 쑤시며 느릿느릿 걸어오더니 덤프트럭 운전석에 올라탔다. 덤프트럭이 지나갈 때까지 몸을 조그맣게 말고 서 있던 여자는 스포츠형 눈이 매섭고 끈적끈적하게 자신의 전신을 훑고 지나가는 것을 느꼈다. 스포츠형이 여자를 모르지 않는다는 것도 동시에 자각했다. 그때 긴 머리카락은 어떻게 되었을까, 하는 궁금증이 현기증처럼 일었으나 여자는 양산으로 얼굴을 가렸다.

여자는 양산을 쓰고 다시 다리로 갔다. 아무리 기다려도 남자는 오지 않았다.

빛이 이제 거의 꺼져가고 있었다. 왼쪽 벽에 대각선으로 져 있는 그림자가 길게 늘어지고 있었다. 여자 뒤로 십자가형 나무틀의 창이 배경처럼 펼쳐져 있었다. 그래서 여자가 고개를 숙인 채 찻잔을 입에 대거나 뗄 때마다 마치 고해성사라도 하고 있는 것처럼 보였다. 그림자는 벽 하단 부분에 우산이 놓여 있는 선반까지 점령하고 있었다.

빛이 다 사라지고 없었다. 지금 이 시간에 양산을 쓰고 다닌다면 사회성을 모르는 여자 취급받기 십상일 거라고 그녀는 생각했다. 양산에게 절대적으로 필요한 건 빛이었다. 빛이 없으면 양산은 아무 쓸 데가 없었다. 그녀는 이제 여자를 보내야겠다고 생각했다. 정리를 해 줄 필요가 있었다.

"덤프트럭이 그 남자를 치었다는 증거도 없잖아요. 확신만 가지고는 안 되죠, 이런 일은. 죽은 사람이 그 남자라는 것도 확실하지 않잖아요."

"그렇지만……."

"그놈이 그 남자를 칠 동기가 없어요. 왜 그놈이 그 남자를 치고 달아나겠어요. 자기 목숨도 중요한데 함부로 그런 일은 하지 않죠. 패던 여자를 죽이는 것을 들켰다면 모르지만, 그럴 가능성도 약하잖아요."

"그렇지만, 덤프트럭이 치는 걸 목격했다고는 해야 하는 거잖아요. 차번호도 똑똑히 알고 있는데요."

"너무 그렇게 죄의식 쪽으로 몰아가지 말아요……."

"그렇지만……."

"당신을 처음 만났을 때 그 남자는 난간 위에 올라가 있었다고 했잖아요. 덤프트럭이 아니어도 그 사람은 언젠가는 강으로 뛰어들었을 거예요. 요즈음 사회생활에 실패한 가장들이 걸핏하면 죽어나가잖아요."

여자는 퍼뜩 고개를 들어 그녀를 바라보았다. 여자와 그녀는 눈이 마주쳤다. 그녀의 눈은 반짝반짝 빛나고 있었다. 은밀한 비밀을 하나 만들자고 제의하는 것도 같아 여자는 혀로 입술을 한 번 훑고 나서 말했다.

"그래요, 그는 늘 죽고 싶어 했어요. 사실, 그를 처음 만났을 때 그는 죽고 싶어서, 자살하고 싶어서 난간 위에 올라가 있었던 거예요. 그걸 제가 말렸던 거예요."

"맞아요. 그는 언젠가는 자살하고 말 사람이에요. 내가 알아요, 그런 부류의 사람은. 박사학위까지 받았지만 설 땅이 없었겠죠. 실내골프장을 몇 억씩 들여 개장했는데 육 개월 만에 접고 강에 뛰어든 사람도 있어요. 아까 내게 남자 양산을 주문한 사람도 왠지 다리 위에서 뛰어내릴지도 모른다는 느낌이 들더라고요. 그 남자에게서도 실패자 냄새가 났거든요. 그리고 이 가게의 전주인인 사장도 어쩐지 다리 위로 가서 뛰어내릴 것 같았어요."

"그래요, 나도 그렇게 생각하고 있어요."

"그럼 그렇게 생각해요."

"……."

"그냥 깨끗이 잊어요."

"잊고 있을 때도 있었는데, 그런데, 그런데 말이죠, 이 양산이……."

여자는 양산을 그녀에게 건넸다. 그녀가 펴본 양산은 티소의 그림에서 베낀 노란색과 초록색이 도는 지우산 같은 양산이었다. 인기가 좋아 그녀가 세 번이나 만든 작품이었다.

"그 사람을 만날 때 썼던 양산인데, 이 양산이 모든 것을 다 기억나게 해요. 모서리의 노란색이, 불룩 튀어나온 살대가 그 사람의 눈을 생각나게 하면, 난 또 하루 종일 흔들려요. 그래서, 이 양산을 없애고 싶어요."

"버려요. 그냥 재활용 코너에 넣든가 아니면 50리터짜리 쓰레기 봉투에 넣어요."

"그렇게 하면 이 양산이 어떤 경로든 다시 내게로 돌아올 것 같아요. 이 양산을 다시 팔아줘요."

"쓰던 걸 누가 사가겠어요."

"그냥 주면 그러니까 이삼만 원이라도, 돈을 받고 팔아줘요."

애매하고 곤란한 표정으로 양산과 여자를 보고 있던 그녀는 끝맺음을 맺듯 단호하게 말했다.

"그러죠. 팔아드리죠."

여자는 이제 나가달라는 말이라는 것을 알아채고 몸을 일으켰다. 여자는 팔면 연락해 달라며 휴대전화 번호를 남기고 가게에서 나갔다. 여자는 자신의 죄의식을 이곳에 쓰레기 버리듯 버리고 갔다.

그녀는 다시 담배를 피웠다. 또다시 정확하게 이유를 알 수 없는 눈물이 주르르 흘렀다. 창밖에서는 어둠이 몰려오고 있었다. 빛이 완전히 사라졌다.

숲의 정적

1

눈이 쌓인 숲속은 안온했다. 편백나무와 소나무가 뼈다귀처럼 박혀 있을 뿐 보이는 전부가 눈이었다. 삼 일째 폭설이 내리고 있었다. 눈은 익숙하고 질이 난 것을 차츰차츰 생경하게 하며 땅을 덮고, 길을 덮고, 숲을 덮었다. 눈은 더럽고 지저분한 것도 다 덮었다. 마치 거대한 붓으로 흰색을 칠해버린 듯이 온 천지는 깨끗하고, 간결하고, 단조로웠다. 나무십자가 앞에 서 있던 기정은 걸음을 옮겨 묘지 옆으로 갔다. 흰 페인트칠을 한 나무십자가는 서너 살배기 아이가 두 팔을 벌리고 서 있는 것만 한 크기였다. 숲에서 누군가에게 이정표 역할을 하기에 충분했다. 쉬지 않고 내리는 눈은 숲속을 다시 넓혀놓았으나 눈 벽이라도 생긴 듯 아늑하고 소리 또한 들리지 않았다. 산짐승이 나타나 자신을 묻어뜯어도 아무도 모를 것 같은 무섭게 고요한 이 공간에서 쉬어 가야 기정은 숨을 쉴 수 있었다. 사흘 전부터 오고 싶었으나 몰드작업이 끝난 오늘에서야 시간을 낼 수 있었다. 묘지 옆에 쭈그리고 앉은 기정은 손을 펴 두툼한 눈으로 덮인 묘지를 쓰다듬었다. 나무십자가 아래의 왼편은 길쭉하고 네모진 검은 대리석 묘지였고, 오른편은 역시 평토장인 대리석 묘지 하나가 더 있어야 짝이 맞을 아직은 맨땅이었다. 잘 있었어? 차가운 눈과 매끄러운 대리석 감촉이 손끝에 닿았다.

새를 들고 오는 줄 알았는데 카메라네요, 라고 중년부인이 여객선 뱃머리 쪽으로 오는 그와 기정에게 말했다. 커다란 바위에는 군데군데 구멍이 뚫려 있었고, 동박새나 황조롱이가 자기네 아파트에서 부리를 내밀고 있는 광경을 보러 나온 사람들로 뱃머리 쪽이 붐볐다. 편편한 바위에는 바다사자들이 햇볕을 쬐고 있었다. 기정은 카메라에 동박새와 황조롱이와 바다사자와 그를 가두었다. 풍랑이 거세다고 선실 안으로 들어오라는 방송이 이어졌다. 돌아서는 기정에게 한 여자가 카메라를 건넸다. 기정은 할 수 없이 그에게 잠깐 기다리라고 하며 카메라를 받았다. 침통한 그의 얼굴이 곤혹스럽게 변했다. 여자와 해군 애인이 팔짱을 끼었다. 해군의 흰 모자와 세라복의 흰 선과 흰 바지가 눈을 부시게 했으나 뭔가 쫓기는 마음이어서 그냥 셔터를 눌렀다. 등 뒤에서 물이 두 쪽으로 갈라지는 소리가 난 것은 그때였다. 기정이 배 난간에 달라붙어 아래를 내려다보았을 때는 맹수의 아가리 같이 곤두선 물이 그를 삼켜버린 뒤였다. 기정은 사물이 온통 하얗게만 보여 눈을 마구 비비다 쓰러졌다.

잘 있어, 또 올게. 손이 닿아 드러난 대리석에 깨끗한 눈을 쓸어다 덮은 뒤 기정은 일어섰다. 묘지 왼편에서 소나무 줄기를 타던 청설모가 멈칫거리더니 까만 눈으로 기정을 바라보았다. 몸집보다 더 큰 붓털 같은 꼬리는 청설모를 모형처럼 보이게 했다. 때론 가짜라도 필요하잖아, 라는 게 모형을 만드는 이유 중의 하나였다. 안녕, 하고 기정은 손을 흔들었다. 손짓이 두려운 건지 부끄러운 건지 청설모는 쏜살같이 우듬지로 숨어버렸다. 소나무가 눈을 한 무더기 떨어뜨렸다. 기정은 숲을 내려왔다. 내려가는 길을 완전하게 모르지만 몸에 맡겨 놓으면 되었다. 일 년여 전, 처음 몇 번은 비탈길에서 발이 미끄러져 허우적거리기도 하고 엉덩방아를 찧기도 했지만 곧 몸이 익숙해지면서 방향감각을 익혀나갔다. 발소리조차 눈에 묻혀버리고, 침 삼키는 소리조차 귀에 생생하게 닿는 숲속은 무서울 정도로 조용했다. 신께 다가가는 세 가지는 세상과의 단절, 혼자만의 생활, 내면의 고독이라더니 숲속에, 눈 속에 계속 있으면 정말 신께 다가갈 수도 있을 것 같았다.

구름을 뚫고 내려온 빛이 숲속을 투명하게 했다. 무엇인가가 휙 허공을 차고 푸드덕, 올라갔다. 기정은 놀라 움찔거렸다. 꿩이 나무와 나무 사이의 공간 속을 날아가고 있었다. 꿩이 앉았던 동그란 낙엽더미 위에는 어른 주먹만 한 돌멩이 두 개가 있었다. 손을 대보면 따뜻할 것 같았다. 꿩이 품고 있었던 것일까. 돌멩이를 새 끼라고 여긴 걸까. 에잇, 그럴 리가 있나. 기정은 도리질을 했다. 아래로 내려갈수록 줄기가 두 개인 쌍소나무가 많이 보였다. 갈라 진 두 줄기는 신기하게도 굵기가 똑같고 모양도 똑같았다. 기정의 머리 위로 꿩이 거푸 잽싸게 날아올랐다. 몸을 모로 세워서 바윗 돌 사이를 빠져나오자 숲길이 좀 편편해졌다.

숲 아래로 뻗은 샛길이 끝나자 길이 넓어지면서 오른편에는 성 당건물과 공무원연수원 건물이, 왼편에는 석유저장소가 넓게 자 리잡고 있었다. 석유를 실은 둥그런 수송차량들이 지나다녔다. 서 둘러야 했다. 아무래도 늦을 것 같아 기정은 대로변으로 나와 택 시를 탔다. 뒷자리에 앉자 점퍼 호주머니에 든 손수건을 꺼내 번 들거리는 점퍼와 축축한 바짓가랑이를 대강 닦았다. 숲은 제작소 와는 걸어서 이십 분 거리에 있었다. 택시를 타면 칠 분가량 걸렸 다. 뭔 놈의 눈이 내리 사흘로 내리나 몰라, 오십 년 만의 폭설이 라더니 줄기차게도 퍼부어대는구면. 운전사가 투덜대는 소리에 모자를 벗고 머리를 매만지던 기정은 차창 밖을 보았다. 높이 치 솟아 있으나 격자 형태로 정리된 건물들 옆으로 잿빛 눈이 생동한 물건처럼 쌓여 있었다. 차가 엉킨 대로변에서는 노란 작업복을 입 은 남자가 양손에 깃발을 들고 수신호를 보냈다. 자세히 보니 사 람이 아니라 자동로봇이었다. 노란 제설차가 지나가며 염화칼슘을 뿌렸고, 한쪽에서는 인부들이 눈을 치우고 있었다. 눈은 땅을 덮고 더러운 것을 감추는데 인간은 그걸 다시 찾아내려고 안간힘을 썼다.

사무실로 들어가자 나갈 채비를 하고 있던 팀장이 기정의 등산화를 힐끗 내려다보며 점심시간이 너무 긴 것 아니냐며 타박했다. 기정은 뒷머리를 긁적였다.

"완이 학원에 좀 다녀올게."

"완이가 무슨 사고라도 쳤나요?"

"방학 동안 토킹클래스 학원에 보내놨더니 시험시간에도 빨간색 가방을 책상 위에 올려놓고 그런 모양이야. 그 꼴을 못 본 놈하나가 크레이지 백이라면서 가방을 창밖으로 집어던져 버렸나봐. 완이가 그놈을 물어뜯고, 패고, 묵사발로 만들어버렸다고 하는데."

팀장은 우울한 표정을 감추지 못했다.

"어서 가보세요."

팀장이 나가고 나자 기정은 흰 가운으로 갈아입고 작업실로 들어갔다. 실물크기의 사람모형이나 인형이 기정을 빤히 바라보았다. 깜짝 놀라 뒤로 물러섰다. 매번 그랬다. 필요 없는 살이나 구질구질한 것은 싹 제거하고, 하고 싶고, 보고 싶은 대로 만드는데도 작업실 문을 열고 들어서면 낯설고 섬뜩해서 몇 분간은 진저리쳤다.

"늦었네, 어디 갔다 오는 거야?"

얼굴과 손 두 짝이 없는 성인남자의 몸뚱이에 붓으로 색을 칠하고 있던 미스 오가 물었다. 알몸의 성인남자는 아직 완전하게 태어난 것은 아니지만 한눈에도 부드럽고 살아 있는 듯 생생했다. 한쪽 작업대 위에는 오전에 기정이 떠놓은 성인남자의 얼굴과 손 두 짝의 밀랍몰드가 굳어가고 있었다. 팀장은 자료사진을 보며 뼈대 위에 점토를 붙이고, 얼굴과 손을 모델링했다. 거의 실제모델과 닮아 있는 얼굴 원형은 팀장의 정교하고 세밀한 손끝에서 나왔다. 기정은 모델링이 끝난 얼굴과 손을 밀랍몰드로 떴다. 몰드만 떠놓으면 반은 완성된 거라 한숨 돌릴 수 있었다. 벌꿀 집 성분인 밀랍은 강화플라스틱이나 실리콘보다 상온에서 쉽게 잘라지고 형태를 만들기가 쉽고 어떤 착색제와도 잘 섞였다. 우리나라 배우들이 초상권 침해라며 치우게 할 정도로 밀랍인형은 사람에 가까웠다.

"어디 아무도 모를 곳에 애인이라도 숨겨놓은 거 아냐?"

미스 오는 노랗게 염색한 머리카락이 삐죽삐죽 솟아 있어 머리를 까딱일 때마다 국화 덤불이 움직이는 것처럼 보였다. 무스를 뿌려 세운 것일 테지만 감지 않아 떡덩이가 진 것 같았다. 사십이 가까운데도 노랗게 염색한 머리를 양 갈래로 땋고, 실밥이 터진 짧은 청반바지에 레깅스를 입었다.

"그럴지도 모르지."

기정은 사흘 전쯤에 그려놓은 지오의 정면도안과 측면도안을 들여다보며 아무렇게나 대답했다. 내일 아침이 되어서야 밀랍을 벗겨내고 원형뽑기를 할 수 있을 것이다. 그동안 지오를 만들어볼 셈이다. 지오는 키가 170센티이고, 스물다섯 살의 남자이다. 주문 제작이 아니라 기정의 작품이었다. 일거리가 없을 때 틈틈이 만든 모형이나 인형이 다섯 점이었다. 이번에 만들 지오와 두어 점 더 만들어 내년쯤에 전시회를 열어볼 계획이었다. 팀장의 이름을 딴 '성재범 제작소'는 밀랍인형과 인물모형과 더미와 인형을 만드는 곳이었다. 팀장의 이름 때문에 끊이지 않고 주문이 들어오는 편이 기는 해도 주문은 극히 제한적이라 팀장과 기정은 자신의 작품을 해나가면서 제작소를 꾸려나갔다. 팀장이 만든 진흙모델 중에서 자동차는 꽤 알려졌다. 이번에는 꼭 여체 같이 생긴 커다란 신발 과 기마문화에 감명 받아 말대가리를 만들었는데 사실은 둘 다 자 동차였다. 발표를 했는데 반응이 꽤 좋았다. 기정은 한스 벨머의 인형을 좋아했다. 한 쪽 다리가 없는 데다 무서운 가면을 쓰고 뒤 를 돌아보며 누군가를 노려보고 있는 인형은 기정을 들쑤셔놓았 다. 인형은 주관적인 현실에 가까웠지만 팔이 붙어야 할 곳에 다 리 두 짝이 붙어 있거나 몸통에 젖가슴만 붙어 있는 한스 벨머의 작품은 창작의 쾌감과 창작 욕구를 느끼게 했다. 일본의 요츠야 시몬이 한스 벨머의 인형을 발전시켜 구체관절인형을 만들었다는 소식을 듣게 되자 기정은 퇴근 후에 따로 구체관절인형 만드는 법 을 배웠다.

기정은 완성된 정면도안과 측면도안에 머리, 몸통, 팔, 다리 부분으로 나누어 표시를 했다. 도안에 미농지를 대고 5mm 안쪽에 빨간 선을 그렸다. 미농지에 그린 부위별 도안을 가위로 잘랐다. 아이소핑크 덩어리 위에 자른 도안을 부위별로 얹고 그대로 따라 그려주었다. 톱으로 모양을 따라 잘랐다. 조각칼로 파내어 형체를 잡아냈다. 머리는 적당한 크기로 잘라서 구 모양으로 깎았다. 정면도의 머리, 몸통, 우측 팔, 우측 다리 4개와 측면도 4개의 심재를 만들었다. 분홍색 몸통이나 팔 다리는 정육점에 걸린 불그스름한 고깃덩어리 같았다. 사람의 몸도 결국은 고깃덩어리라고 여겨지는 순간이었다. 물론 영혼이나 정신을 뺐을 때이다. 기정은 가끔 자신과 꼭 같은 밀랍인형을 만들어 무게를 재어보고 싶었다. 53kg에서 밀랍인형의 무게를 뺀 나머지를 영혼이나 정신의 무게라고 할 수 있을까, 말도 안 되는 상상이었다. 심재에 테이프를 친친 바르고 나자 뻣뻣한 양 어깨를 주물렀다. 이제 자연스럽게, 탄탄하게 건조될 때까지 기다려야 했다. 알루미늄 와이어를 잘라 뭔가를 살짝 움켜쥔 듯한 손과 걷고 있는 듯한 발 심재를 만들었다.

휴대전화가 울렸다. 팀장은 바로 퇴근하겠다며 기정에게도 집으로 들어가라고 했다. 갔던 일은 어떻게 되었냐고 묻자 큰일은 없었다고만 했다. 미스 오는 매운탕 거리를 사가지고 애인 작업실에 가야 한다며 서둘러 퇴근을 했다.

33번 버스는 삼십 분을 기다려도 오지 않았다. 버스정류소는 눈 때문에 연착인 차를 기다리는 사람들로 붐볐다. 기정은 한 정거장 더 걷기로 했다. 눈은 그쳤다. 눈 위로 상점가의 노랗고 빨간 불빛이 번들거려도 여전히 눈은 하얄 뿐이었다. 추위가 언제쯤 끝나고, 눈이 언제쯤 멈출지 몰랐다. 가구 가게가 밀집해 있는 내리막길을 지나니 다리였다. 사흘째 폭설이 내리고 있고, 칼바람이 불어도 강은 얼지 않았다. 좀체 도심의 강은 얼지 않았다. 기정은 언 강이 보고 싶었다. 얼음을 부수는 쇄빙선도 보고 싶었다. 강에는 화물선 한 척도 지나가지 않았다. 강은 정지된 듯 보였다. 걸어갈수록 부츠가 눈 더미에 푹푹 빠졌다. 한순간 몸이 휘청거려 다리난간을 붙들었다. 부츠 앞코가 물고 있는 눈을 난간에 탁탁 털어도 발톱으로 난간을 움켜쥐고 있는 갈매기 두 놈은 꿈쩍도 하지 않았다. 기정이가 발톱을 뽑으려고 들어도 도망가지 않을 것이다. 날씨가 조금씩 풀려가고 있을 때 간혹 V자를 끌고 수면 위를 종종거리던 오리들도 보이지 않았다. 기정은 머플러를 끌어당겨 입을 막고는 발길을 돌렸다.

당장 오늘 저녁에 먹을 찬거리도 없었지만 슈퍼 앞을 그냥 지나쳤다. 아파트 주차장에 세워진 자동차들도 전부 눈을 싣고 있었다. 눈으로 만든 모형자동차 전시 중인 것처럼 보였다. 가까이 다가가서 보면 자동차가 아니라 신발이나 비행기나 배일 수도 있겠지만.

엘리베이터 문이 닫히려는데 1503호 아주머니가 탔다. 눈을 맞았는지 머리카락과 그레이 밍크코트가 엘리베이터 불빛에 간간이 반짝거렸다. 아주머니는 기정에게 눈인사를 하고는 거울 쪽으로 얼굴을 돌렸다. 각을 맞춘 거울 모서리에 아주머니는 스무 개쯤으로 불어나 있었다. 밍크코트 때문인지 등을 웅크린 고독한 늑대들 같았다.

"요즈음 잘 안 보이시는 거 같아요."

기정 쪽을 돌아보는 아주머니의 시선이 아직도 거울 한곳에 있는 듯 낯설고 멀었다. 키가 작고, 몸집도 작아 소녀 같은 아주머니는 가까이서 보니 얼굴에 주름이 꽤 많았다. 나이는 육십 중반쯤으로 보였다. 몽롱하고 폐쇄적이고 쿠마리처럼 초경도 하지 않은 채 늙어버린 여자 같았다.

"나야 항상 집에 있지. 아, 얼마 전에는 북해도에 다녀왔어."

"거기도 눈이 많이 오죠?"

"천지가 눈뿐이지. 차 마시러 와."

"네, 그럴게요."

집에 들어온 기정은 서둘러 보일러를 틀었다. 거실에 훈기가 들 때까지는 좀 더 기다려야 했다. 커피를 타 소파에 앉았다. 벽에 눈길이 닿았다. 벽지는 은은한 녹색이었다. 가까이 다가가 보면 보석무늬가 일정하게 박혀 있었다. 불빛을 받으면 비단벌레처럼 보였다. 어머니의 수의에 비단벌레를 달아주고 싶었다. 구할 수만 있었다면 그렇게 했을 것이다. 어머니는 이집으로 이사오면서 직접 벽지를 골랐고, 갖고 싶었던 돌침대나 자개농을 들여놓았으나 삼 년도 살지 못하고 관광차 전복 사고로 작년 겨울에 세상을 떴다. 그때도 눈이 많이 내렸다. 31평이나 되는 집이 벅차 원룸으로 옮겨간다 하면서도 차일피일 미루며 그대로 살았다. 한쪽 벽면은 장미꽃이 사선으로 배열된 벽지였다. 위쪽에서 내려다보면 직선으로 배열되어 있는데 기정은 사선보다 직선 쪽을 보았다. 장미꽃이 훨씬 많이 피어 있는 것처럼 보여서. 텔레비전 위의 벽에는 칠 층이나 되는 건물을 하나의 나선형으로 쌓아올린 구겐하임미술관 사진이 걸려 있었다. 미술관 앞에 서 있는 기정의 왼쪽과 그의 찢어진 청바지가 빛을 튕기며 번득였다.

모마미술관에서 100호가 넘는 대형 화판에 먹으로 찍은 점 세 개밖에 없는 그림을 삼십 분 이상이나 지켜보고 있는 남자가 있었다. 남자가 발걸음을 옮겼을 때 기정은 한국인이냐고 묻고, 왜 그 그림 앞에 삼십 분이나 서 있었냐고 물었다. 그는 그저 그림을 바라만 보았을 뿐이고, 삼십 분이나 서 있은 줄은 몰랐다고 했으며, 점 세 개가 수없이 다르게 보였다고 했다. 구겐하임미술관 건물은 소라고둥으로도, 엎어놓은 컵케이크로도, 먼지기둥으로도 보였다. 그 건물을 카메라에 담고 있는 남자가 있었다. 무릎이 터진 청바지가 낯설지 않아 기정은 그를 유심히 살폈다. 아까 모마에서 마주친 그 남자였다. 구겐하임미술관의 나선형 길을 따라 걸어 올라가면서 기정은 몇 번 남자와 엇갈리기도 하고 마주치기도 했다.

꼭 둘이 숨바꼭질을 하는 것 같았다. 마지막 칠 층까지 오른 뒤 난간에 서서 올라왔던 길을 내려다보았다. 길은 나선형으로 꼬여 있었다. 남자도 반대편에서 기정과 똑같은 자세로 아래를 내려다보고 있었다. 기정은 그와 함께 돌아왔다.

인터폰이 울렸다. 막 일어서서 샤워를 하려던 기정은 인터폰을 받았다.

"놀러와, 내가 줄 것도 있고."

아까는 몰랐는데 아주머니의 목소리는 오랫동안 대화를 하지 않은 사람에게서 나는 약간의 떨림이 있었다. 거절하면 안 될 것 같았다. 샤워를 하고 가려던 마음을 고쳐 곧장 위층으로 올라갔다.

맨 꼭대기 층인 1503호는 기정의 집과 똑 같은 31평에 구조도 똑같았지만 훨씬 넓어보였다. 벽지나 소파나 커튼이 흰색이었고, 별다른 장식장이 없기 때문이라는 걸 알아차린 건 거실을 여러 번 둘러보고 나서였다. 가까이 가서 보아도 흰 커튼에는 무늬조차 없었다. 흰색이 깨끗하기보다는 텅 비어 무섭기까지 하다는 걸 느낀 건 처음이었다. 넓은 것이 무섭다는 것도. 흰 것이 무서워 아무 것이나 그려대고 걸레자국이라도 남기는 것일까. 베란다 밖으로 강이 내려다보이는 것은 똑같았다. 베란다 창 앞에서 기정은 아주머니와 함께 강을 내려다보았다. 강가가 눈으로 덮여 있어 더욱더 강은 넓어 보였다. 강 건너편의 공원을 덮고 있는 눈도 도톰했다. 미끄럼 타는 사람들 함성이 쩌렁쩌렁 울려 퍼졌을 경사진 공터는 어둑어둑해져 가는 풍경 속에서 더욱 희고 넓게 보였다.

"북해도에 가봤어?"

기정은 고개를 저었다.

"거긴 정말 눈이 많이 오지. 지금 오는 눈보다 세 배쯤 많이 오고, 두께도 세 배쯤 두텁다고 생각하면 돼."

아주머니는 흐린 하늘에서 떨어지는 눈을 향해 손을 뻗는 시늉을 했다. 기정도 따라했다.

"북해도의 눈 속에서 나는 세상과 단절했고, 또 세상과 화해했어."

아주머니의 지적인 말투에 기정은 속으로 놀랐다.

"결혼한 지 얼마 안 돼 남편이 죽었어."

기정은 수키와에 붙어 자라는 콩란과 암키와에 붙어 자라는 풍란을 내려다보았다. 베란다에는 그것 외에는 없었다.

"공군 장교였는데 경비행기 시범비행 도중에 골짜기로 바로 추락사했어. 믿을 수가 없었어. 한 일 년은 어떻게 지냈는지 몰라. 그러다가 북해도에 갔어. 북해도로 들어갈수록 점점 세상과는 상관없는 곳으로 가는 것 같았어."

눈이 베란다 창 주위를 맴돌거나 안으로 들어오려고 베란다 창을 툭툭 때렸다.

"눈이 퍼붓는데, 보이는 것은 전부 눈뿐이었는데 현실 같지가 않았어. 이대로 눈에 갇혀 죽어도 좋겠다는 생각이 들었어. 그러다가 다음날에 도야호수로 가던 길에 정말 눈뿐인 세상을 보았어. 계곡이 전부 눈뿐이었어. 모든 게 눈으로만 이루어진 듯했어. 그 계곡에 내렸지. 눈 속에 오랫동안 서 있었어. 눈이 점점 나를 덮어가더라고. 그때 난 남편이 죽었다는 사실을 눈 속에 묻어버렸어. 눈으로 덮어버렸지. 모든 것을 덮어버렸어. 남편과 결혼한 사실조차도. 처음 만나 연애하면서 데이트하고, 그 좋은 시절만 쏙 빼놓고 다른 건 다 눈 속에 묻어버렸어. 그렇게 되니까 남편은, 도로 애인이 되었어."

기정은 고개를 끄덕였다. 이해할 수 있었다.

"그 애인과 함께 북해도에서 돌아왔어. 그리고는 함께 살았어. 그런데 그런 애인은 오 년 이상 사귀기가 힘들지. 또 고비가 찾아왔어. 그래서 아들을 입양했어. 입양하기 전에 북해도로 갔어. 그 계곡의 눈 속에서 내가 아들을 낳았지."

기정은 무심코 창에 비친 자신의 얼굴과 아주머니의 얼굴을 보았다. 두 얼굴은 포개질 듯 말 듯했다.

"아들이 내게는 애인이었어. 피아노학원에도 같이 가고, 태권도장에도 같이 가고, 어디든 같이 갔지. 아들이 아니라 인형놀이를 하는 거 같았어. 그러지 말자고 다짐해도 그때뿐이었어. 걔가 중학생이 되고, 고등학생이 되니까 내 하루 일과가 마트에 가서 먹을거리를 잔뜩 사 배달을 시키고, 걔가 올 때를 맞추어 음식을 만드는 게 전부였어. 걔가 성인이 되었을 때도 내 곁에 붙잡아두었어. 귀가시간도 일곱 시로 정해놓고. 밤에는 걔를 불러 내가 잠이 들 때까지 재미있는 이야기를 해달라고 했어. 정말 세헤라자데였지. 그런데 그런 아들은 나를 좋아하지 않았어. 언제나 다른 사람 옷을 입고 있는 것처럼 굴었지. 그러더니 내가 그렇게 말려도 기어코 미국지사로 나가버렸어. 일 년에 한두 번쯤 연락이 오더니 몇 년 전부터는 아예 연락도 없어. 나도 하지 않았고. 그게 속 편하니까. 그런데 연락이 왔어. 그곳에서 결혼식을 올리게 되었다고 하더라고. 별다른 말은 없고, 미국여자라는 말과 사냥을 배우고 있다고만 했어. 내가 왜 사냥을 배우냐고 물었더니, 뉴저지에 통나무집을 마련했는데 숲속이라 밤에 멧돼지나 곰이 습격해올지도 몰라 그렇다고 했어."

아주머니의 긴 속눈썹이 약간 떨렸으나 얼굴은 이미 아들을 버려버린 듯 냉담했다.

"오늘이 아들 결혼식이야. 결혼식에는 꼭 참석해 달라고 했는데, 내가 안 갔어."

"어디 다녀오셨어요?"

"갈 데가 없어서 하루 왼종일 여기저기 쏘다니다 왔어."

기정은 생각나는 일이 있었다. 주 상가에서 빵을 사오는데 분수대 앞에 앉아 있던 아주머니가 커피숍에 가서 차나 한잔하자고 했으나 일이 밀려서 집에 가야 된다고 했다. 그때도 아주머니에게는 혼자 감당하기 힘든 나쁜 일이 있었을 것이다. 기정은 새삼 미안했다.

"사실 그 애가 미국지사로 나갔을 때 또 북해도로 갔었어. 흰 눈밭 속에 서서 아들을 입양했던 일을 다 묻어버렸어. 아들을 입양한 적이 없다고. 입양한 사실을, 함께 살았던 사실을 눈으로 다 지워버리고, 다 덮어버렸지. 그러니까 편해졌어. 지금은 아주 편해."

아주머니는 홀가분한 표정을 지었다.

"그런데, 난 저 강만은 무서워."

아주머니는 매일 베란다 창에 서서 강만 내려다보았다. 창 안에서 바라보는 강은 움직이지 않고 푸르기만 했고, 끝없이 넓기만 했다. 베란다 안에, 강 속에 갇힌 느낌을 떨칠 수가 없었다. 아주머니는 사교적이지 못해서 친구도, 이웃도 없었다. 활달하고 사교적이고 집에 잘 붙어 있지 못하던 기정의 어머니조차 모르는 것으로 봐서 지독하게 폐쇄적이었다. 아주머니는 좋은 일도, 나쁜 일도 없이 그냥 아무 일도 일어나지 않는 것이 가장 무서웠다. 아주머니에게는 몇십 년이 그냥 달력 한 장이었다.

"아, 내가 차도 주지 않았네."

아주머니는 주방으로 갔다. 기정도 거실로 따라 들어와 소파에 앉았다. 소파는 때가 타지 않아 새것처럼 보였다. 아주머니는 튤립이 그려진 겐조 찻잔에 말차와 알록달록한 색깔의 화과자를 내왔다. 해마다 겨울이면 북해도에 갔다 오는 모양이었다. 북해도의 눈을 보러 가야 하는 이유가 어떻게 일 년에 한 번뿐일까 싶었다.

아마 수십 번도 더 달려가고 싶었을 것이다. 말차를 먹어 입술에 녹색 거품이 살짝 묻은 아주머니는 잠깐, 이라고 하며 일어서 안방으로 가더니 무엇인가를 들고 나왔다. 수줍은 표정으로 선물이라며 기정에게 건넸다. 기정은 예의를 차리고 싶어 풀어보아도 되냐고 물었다. 아주머니가 그러라고 했다. 나무상자 속에 든 것은 오르골이었다.

"오타루의 오르골 공방에서 샀는데, 아가씨에게 주고 싶어졌어."

기정은 채로 오르골을 탁 때렸다. 풍성한 치마를 입은 여자가 뱅글뱅글 돌자 여자 속에 남자가 숨어 있는 것처럼 여자남자 혼성 이중창이 흘러나왔다. 고맙다는 말에 아주머니가 말했다.

"내가 이담에 무얼 부탁하면 들어줘."

아주머니의 얼굴이 검고 탁하게 번들거렸다. 기정은 어둡고 무섭고 축축하고 차가운 동굴 속을 들여다본 기분이었다. 사람 모형의 텅 빈 속이나 박제되어가는 동물의 텅 빈 속을 보고 만 기분이었다. 보고 있는 사람의 얼굴이나 손을 덥석 물고 늘어져 함께 봉합해버릴 것 같은.

"겁나는데요."

2

택시에서 내린 기정은 성당건물과 공무원연수원건물과 석유저
장소 앞을 지나 샛길로 접어들었다. 샛길 양편에 있는 버드나무,
플라타너스 우듬지가 눈으로 덮여 있었다. 세 번째 버드나무에는
새집이 비쭉 드러나 있었다. 흰색으로 새로 도색을 한 듯한 새집
에는 새가 보이지 않았다. 어미 새는 먹이를 찾으러 갔을 것이다.
샛길 끝으로 보이는 숲도 너무 하얘서 멀고 신비로워 보였다. 샛
길이 알 수 없는 곳으로 가는 입구 같았다. 구레나룻을 기른 외국
남자와 파카를 입은 청년이 샛길을 걸어 내려오고 있었다. 깔끔
한 스포츠형 머리 때문인지 파르스름한 뒤통수 때문인지 외국남
자는 사제복이나 군복이 어울릴 것 같았다. 동시통역인 청년의 말
소리는 영어방송을 틀어놓은 것처럼 깊고 넓게 울렸다. 예닐곱 살
쯤 된 사내아이가 플라타너스 꼭대기를 향해 탕탕, 총을 발사하
며 지나갔다. 외국남자가 구레나룻을 씰룩이며 끌끌 웃었다. 기정
은 본능적으로 몸을 움츠렸다. 요즈음 장난감 총은 정말 진짜 같
아 맞으면 얼굴에 피멍이 들고, 눈이 실명까지 갈 수 있으니 어린
아이가 총을 들고 아파트 밖으로 나오면 무조건 압수하겠다는 공
고가 엘리베이터 벽에도 붙어 있었다. 사내아이는 어깨에 총을 얹
고 숲 쪽으로 갔다. 사내아이도 눈 오는 날 토끼나 꿩을 사냥하고
싶은 기운이 발동한 걸까. 기정은 숲으로 올라갔다. 올라가는 길
도 확실히 모르지만 자신의 방향감각만 믿고 몸에 맡겨놓으면 되
었다. 공기는 축축하고, 상쾌했다. 눈 내리는 숲속은 한 가지 색뿐

이라서 더 넓어 보였다. 그래도 기정은 넓다고 생각하지 않았다. 혼자 서 있는 고독감 같은 걸 느낄 필요도 없었다. 눈 밑에 무엇이 있는지도 알려고 하지 않았다. 그냥 깨끗하고 아름다운 눈만 보면 되었다. 잠깐 멈추어 서서 숨을 골랐다. 손을 뻗어 숲 앞면 역할을 하던 커다란 바위를 대리석 묘지를 쓰다듬듯 쓰다듬었다. 차갑지만 튼실하고 믿음직스러운 기운이 손끝으로 전해졌다. 숲으로 들어갈수록 세상과는 동떨어진 곳으로 가는 것 같았다. 북해도로 들어갈수록 점점 세상과는 상관없는 곳으로 가는 것 같았다는 아주머니의 말이 이해되었다. 등 뒤에서 흩날리는 눈이 자신을 뒤에서부터 지워버릴 것 같았다. 그래도 좋을 것 같았다. 숲으로 깊이 들어가자 풍경은 더욱더 신비로워졌고, 성스러운 감정이 차올랐다. 아무도 모르는 공간이 비밀스러운 것이나 모르는 게 더 나은 것이나 침묵이 더 나은 것을 알게 하거나 엿보게 할 것 같았다. 신께 한 발짝 더 다가가고 있는지도 모른다는 생각도 들었다. 산짐승이 나타나 자신을 물어뜯고 피투성이로 만들어놓아도 좋을 것 같았다. 가까이서 늑대가 눈 오는 하늘을 향해 주둥이를 쳐들고 울부짖어도 전혀 놀랄 것 같지 않았다. 소나무의 흑갈색 껍질은 눈 속에서 더욱더 투박해 보였다. 기정은 손바닥으로 껍질을 쓸면서 소나무들을 지켜보았다. 소나무 사이로 여우가 폴짝폴짝 뛰어올 것 같았다. 곧 기정은 여우는 어미라서 먹이를 구하러 좀 멀리 갔을 거라고 생각했다. 올라갈수록 눈이 내리고 있는 하늘과 눈을 받아

내고 있는 땅이 하나로 엉켜들었다. 이대로 저 속으로 실종되어버리고 싶었다. 안개가 수평선을 뭉개버리는 호수에서 그대로 사라져버리고 싶은 것처럼. 그래도 아무도 모를 것 같았다.

흰 페인트칠을 한 나무십자가는 더욱 희게 보였다. 눈이 살짝 부셨다. 기정은 나무십자가 앞에서 눈을 맞았다. 마음이 차분하게 가라앉았다. 걱정도 불안도 없이 빈 항아리처럼 깨끗한 마음이 되어갔다. 그러나 뚜껑이 없이 풀숲에 버려진 빈 항아리에는 잡풀이든 쓰레기든 담겼다. 자신의 마음은 언제나 입을 커다랗게 벌리고 있는 빈 항아리인 것이 못마땅해 기정은 눈을 떴다. 묘지 옆에 쭈그리고 앉았다. 손을 뻗어 눈 무더기를 쓸고, 검은 대리석을 쓰다듬었다. 차갑고 매끄러운 감촉이 손끝에 닿았다. 잘 있었어? 검은 대리석에 기정의 얼굴이 어른거렸다. 자기 눈이 꼭 타인의 눈처럼 기정을 빤히 바라보았다. 기정은 고개를 돌렸다. 아까는 몰랐는데 묘지 옆과 뒤에 기정의 발자국이 아닌 크고 투박한 발자국이 여러 군데 찍혀 있었다. 멧토끼 발자국은 아니었다. 멧돼지 발자국은 더더욱 아니었다. 누가 다녀간 것만 같았다. 누가 왔다 간 걸까. 눈썹이 꿈틀, 하던 기정은 하늘을 올려다보았다. 날개가 커다란 검은 새 한 마리가 계속 한 자리를 빙빙 돌고 있었는데 오랫동안 올려다보니 축소된, 쪼그라든 패러글라이더처럼 보였다. 산하나를 넘을 때마다 이대로 끝까지 가버리고 싶다는 생각이 들어. 다시는 돌아오지 않을까 봐 무서워. 패러글라이딩을 하던 그는 그때부터 기정을 떠날 준비를 했는지도 몰랐다.

염색한 것이 아니라 진짜 여우 목도리를 두르고 약속장소에 나온 그의 어머니는 아홉 살이나 많은 여자와 절대로 결혼시킬 수 없다고 했다. 막 사회에 첫발을 디딘 그에게는 결혼이 이른 편이었으나 기정에게는 또래에 비해 늦은 편이었다. 우리 애를 잘 봐줘서 고마워요. 우리 애도 누나가 있으면 좋겠다고 입버릇처럼 말했어요. 초년생이라 아는 게 아무것도 없어요. 잘 좀 가르쳐주세요. 기정은 유리컵에 담긴 물을 벌컥벌컥 들이켜면서 생각했다. 내가 닥종이인형 작가처럼 독일에 가서 살 것도 아니고, 우리나라에서 아홉 살이나 차이지는 사람과 사는 것은 힘들 거야. 유리컵에 불안하게 일그러진 그의 얼굴이 어른거리는 것을 기정은 외면했다. 그를 피해 기정은 도시 외곽에 살던 어머니 집으로 거처를 옮겨버렸다. 밤이 되면 섬세하고 따뜻한 그가 생각났다. 섹스 때도 그만큼 섬세하고 예민한 감각을 가진 남자를 알지 못했다. 어머니는 친구들과 새로 생긴 해저터널을 보러 가고 없었고, 기정은 감기몸살을 앓았다. 천장의 당초무늬를 눈으로 따라 그렸다. 그가 보고 싶어 벌떡 일어나 앉았다. 그의 축축한 몸을 껴안아야 살 것 같았다. 견딜 수가 없어 집 밖으로 나온 기정은 대추나무 밑에서 자신의 방 창문을 올려다보고 있는 그를 보았다. 밤에 안은 그의 몸은 바다사자 등보다 더 축축하게 미끈거렸다. 다시 결혼 승낙을 받으려고 갔지만 그의 어머니는 문도 열어주지 않았다. 닫힌 문 앞에서 기정은 저 문을 열지 못할 거라는 걸 예감했다. 그는 그냥 함께 살자고 했다. 기정은 그러고 싶지 않았다. 그는 술만 취하면, 비만 내리면 전화를 걸어 어디 숨지만 말아달라고 했다. 패러글라이딩을 하던 그가 땅으로 처박혀 왼쪽 어깨를 크게 다쳐 수술을 받게 되자 그의 어머니가 기정을 찾아왔다. 제 몸 하나 건사하지 못하는 사람이 누굴 구원하겠다는 거야? 기정은 구원이라는 단어를 그가 썼을까 생각해보았다. 왜 구원이라는 말을 썼을까. 정말 내가 반대하는 게 단순히 나이뿐이라고 생각하세요? 그 말을 듣는 순간 그동안 돌쩌귀가 어긋나 닫히지 않던 문이 딱 닫히는 기분이었다. 닫힌 문 앞에 버티고 서 있을 만큼 기정은 순수하지도, 어리지도 않았다. 제 몸 하나 건사하지 못할 만큼 어리석지도 않았다.

눈이 흩어지는 소리에 기정은 퍼뜩 옆을 돌아보았다. 편백나무 가지를 타고 오르던 청설모가 동작을 딱 멈춘 채 기정을 빤히 바라보았다. 안녕, 하고 기정은 손을 흔들었다. 까만 눈동자로 기정을 빤히 바라보던 청설모는 순식간에 우듬지로 올라가 눈을 후드득 떨어뜨렸다. 네 집은 어디니? 설마 집도 없이 먹이만 구하러 다니는 것은 아니지? 기정은 다시 손을 뻗어 검은 대리석 묘지를 쓰다듬었다. 차가운 감촉에 잠깐 선득 놀라 몸을 떨었다. 거칠게 찍혀 있는 발자국이 또다시 눈을 파고들었다. 기정은 일어섰다. 쌀가루를 백 자루도 넘게 들이부은 것처럼 두툼하게 쌓여 있는 눈을 모종삽처럼 두 손으로 퍼 발자국 위에 덮었다. 두 군데의 발자국을 덮고 나자 손이 몹시 시렸다. 그래도 눈을 퍼 계속 발자국을 덮었다. 그 위로도 눈이 내렸다.

사무실로 들어가자 커피를 마시던 팀장이 미간에 쇠갈고리 두 개를 짙게 만들며 물었다.

"이기정 씨, 점심시간이 너무 긴 거 알아? 정말 어딜 갔다 오는 거야?"

의혹보다는 불안에 가까운 표정을 팀장은 감추지 못했다. 사무실에까지 시너 냄새가 났다. 공기청정기가 돌아가고 있어도 별 소용이 없었다. 숲에서 묻혀온 공기 때문에 시너 냄새가 강하게 와 닿는 모양이었다.

"그냥 산책 좀 하고 왔어요."

"숨겨놓은 애인 만나러 간 것은 아니고?"

마지막 한 방울의 커피를 쭉 들이켠 미스 오가 입을 다시며 말했다. 팀장의 눈을 외면하며 기정은 가운으로 갈아입고 제작실로 들어갔다. 갓 태어난 밀랍인형이 근엄하고 진지한 얼굴로 기정을 반겼다. 은은한 살빛으로 채색한 얼굴에 인조머리카락을 한 올 한 올 심어주고, 인조안구를 박아 넣고, 인조손톱을 박아 넣고, 인조눈썹을 심어주고, 밀랍으로 뜬 치아까지 박아 넣었더니 거의 대기업 창업주인 박경준이었다. 회사 창립기념 때 기념관 안에 전시할 거라고 했다. 기정은 박경준 가까이 다가갔다. 주름과 땀구멍과 수염자국까지 있는 얼굴은 너무 실제 같아 섬뜩하고 으쌀했다. 모형이나 인형한테서 원하는 게 사실은 이 섬뜩하고 오싹한 분위기였다. 미스 오가 들어와 몸뚱이뿐인 박경준에게 검은색 양복을 입혔다. 미스 오가 박경준의 얼굴을 손가락으로 가리키며 말했다.

"꼭 살로메 손에 잘려나간 세례 요한 같지 않니?"

이십 대에 연극무대에 섰다는 미스 오다운 말이었다.

"그래 너도 남자 목을 자를 수 있을 거야."

미스 오가 몸을 흔들며 만족스러운 웃음을 흘렸다. 기정은 박경준의 두 손을 가져 와 바닥에 고정시켰다. 손 역시 얼굴 표정만큼 정밀하고 정교하게 나타내 전시효과를 높여야 했다. 얼굴보다 손이 더 어려울 수도 있었다. 얼굴보다는 손에서 밀랍인형이라는 것이 탄로날 확률이 높았다. 밀랍인형이나 인물모형은 실제 사람과 닮을수록 호감도가 높아졌다. 실제에 가깝게, 가 가장 중요했다. 그러나 거의 비슷하게는 만들어도 똑같이는 만들 수 없었다. 이 한계 때문에 사람들의 호감도는 차츰차츰 떨어져 바닥까지 가기 마련이었다. 인형에 열광하다가도 금세 싫증을 내고 버리는 이유이기도 했다. 노랑, 빨강, 주황, 상아색, 갈색 물감을 섞어 농도를 맞추었다. 파렛트에 분홍빛이 은은하게 도는 살색을 떠냈다. 붓으로 오른손에 여러 겹의 색을 칠해 살빛을 냈다. 푸른 힘줄과 주름을 강조했다. 사람 손처럼 보이려는 트릭이었다. 왼손까지 채색하고 나자 기정은 주저 없이 붓을 통에 집어던졌다. 양손을 번갈아가며 뻣뻣한 목덜미와 어깨를 주물렀다. 이제 미스 오가 입혀놓은 양복에 얼굴과 손을 조립하면 박경준은 완성된다. 지오에게 살을 붙여줄까 망설였다. 밀랍인형에 매달리느라 심재만 만들어놓은 상태였다. 점토를 작업대 위에 올려놓고 있는데 팀장이 퇴근을 하자고 했다. 남아서 계속 작업을 하고 싶었으나 팀장의 어디 가서 한잔하고 싶어 하는 얼굴을 모르는 척할 수 없었다. 제작소 건물 앞에서 미스 오와 헤어지고 나니까 길에서 빵빵 클랙슨 소리가 들렸다. 돌아보니 팀장의 검은색 무쏘가 서 있었다.

차창 밖으로 보이는 푸르죽죽한 강이나 홍게 다리를 연상시키는 아치형 교각이나 공룡처럼 버티고 있는 아파트 단지가 기정을 견딜 수 없게 했다. 지금까지도 간간이 떨어지는 눈도 지겨웠다. 갑자기 새둥지처럼 헝클어져 있는 팀장의 뒷머리를 손가락으로 빗어주고 싶었다. 그래서 손을 호버백 밑에다 감추었다. 어디선가 닭이 울었다. 요사이는 닭도 믿을 수 없다고 했다. 닭이 거푸 울었다. 기정은 주위를 살폈다. 짚으로 만든 둥지 속에 똬리를 튼 검은 닭이 흰 닭과 노랑 병아리를 등에 업고 있는 장식품이 운전대 앞쪽에 놓여 있었다. 팀장이 멋쩍어하며 남원 광한루에서 오천 원 주고 산 것이라고 했다. 기정은 손을 뻗어 둥지 밑에 있는 까만 스위치를 올렸다. 닭이 목청껏 꼬끼오, 울었다.

술집 입구의 왼쪽 벽면에는 앤디 워홀의 마릴린 먼로가 붙어 있었다. 워홀의 팝아트 전 안내 포스터였다. 워홀은 주황색 틀에 갇힌 스물다섯 명의 마릴린 먼로를 만들어냈다. 초록 카펫이 깔린 술집 안은 초록 인공초가 무성한 수족관 같았다. 구석 쪽의 테이블에는 중년남자가 혼자 앉아 있었다. Without You가 흘렀다.

"완이는 어떻게 되었어요?"

칵테일로 입술을 축인 뒤 기정은 물었다.

"다시는 빨간색 가방을 들고 가지도 않고, 그것 때문에 친구랑 싸우지도 않겠다고 다짐을 받으려고 하루저녁 내내 닦달을 해도 안 돼, 정말 막무가내야. 때릴 수도 없고."

"이제 5학년인데 너무 집착이 강한 거 같아요."

"그 녀석은 빨간색 가방만 들고 다니면 엄마가 돌아올 거라고 믿고 있어. 아무리 말리고, 때려도 소용없어."

"완이 엄마에게는 소식이 없나요?"

"완이는 모르고 있지만 스포츠용품점을 차려준 남자랑 함께 사나봐."

"완이에게 사실대로 말하지 그래요."

"사실대로 말해도 믿지 않을 거야."

팀장이 칵테일을 벌컥 들이켰다.

완이 엄마는 집에 있기 갑갑하다며 보험회사에 다녔다. 비교적 시간을 자유롭게 쓸 수 있어 완이를 돌보는 데 전혀 지장이 없다고 했으나 완이는 식탁 위에 올려놓은 돈으로 피자나 통닭이나 콜라만 시켜 먹어 어린이 비만에 걸렸다. 점점 입술이 새빨개지고, 점점 치마길이가 짧아져가던 완이 엄마는 영업수준을 높여야만 실적도 높일 수 있다며 밤늦게까지 골프를 배우러 다녔다. 이번 달에는 1등으로 실적으로 올렸다며 옷과 핸드백과 구두를 잔뜩 사들고 온 보름 후쯤 흰색 에쿠스를 탄 남자를 따라가버렸다. 팀장이 술을 퍼마시고 새벽에 들어와 보니 완이는 빨간색 가방을 꼭 끌어안고서 벽에 기대 잠들어 있었다. 완이 엄마가 들고 다니던, 책보다 조금 큰 반달모양의 가죽 핸드백이었다. 완이는 밥을 먹을 때도, 잠을 잘 때도 빨간색 가방을 옆에 두었다. 학교에 갈 때도 빨간색 가방을 가지고 가서 아이들한테 놀림을 받았다. 빨간색 가방을 들려 보내지 말라는 선생님 전화를 받은 날 팀장은 완이를 가죽혁대로 때렸다. 짐승도 지 새끼는 안 버리는데, 네 엄마는 짐승보다 못해. 그러니 기다리지 마. 한 번만 더 가방을 들고 다니면 내 손에 죽을 줄 알아. 그래도 완이는 빨간색 가방을 들고 학교에 다녔다. 가방을 놔두고 학교에 가면 엄마가 와서 가방만 가지고 갈지 모른다고 고집을 부렸다. 가방을 장롱에 넣고 문을 잠가버리자 완이는 컵을 깨거나 돌멩이로 유리 같은 걸 깼다. 가죽혁대로 종아리를 때리면 아니야, 아니야, 아니야, 라고만 외쳤다. 뭐가 아닌지 물어도 계속 아니야, 라고만 했다. 완이 마음이 팀장님 마음이죠? 라고 기정은 물었다. 팀장은 얼른 말했다. 난 그 사람이 교통사고로 죽었다고 생각해. 에쿠스가 유조차와 정면충돌해 그 자리에서 두 사람이 즉사했다고 생각해. 자꾸 그렇게 생각하니까 정말로 그런 일이 있었던 것 같아. 어떤 땐 내가 죽인 게 아닌가 싶기도 해.

팀장은 낮에 어디를 갔었느냐고 물어도 되겠냐고 했다. 기정은 눈이 보고 싶었다고만 했다.

"눈 속에 뭐가 있는데? 눈을 보면 좀 달라져?"

"눈 속에서 세상과 단절했고, 눈 속에서 세상과 화해했어요. 제 말이 아니라 우리 위층 아주머니 말이에요."

"아주머니가 그런 말을 해?"

"나이가 육십 중반쯤으로 보이는데 분위기는 소녀 같아요. 늙은 소녀예요."

"늙은 소녀?"

팀장은 소리 내어 웃었다. 그의 선하고 부드러운 얼굴이 기정을 안심시켰다.

"완이가 학교에서 토끼를 한 마리 얻어 와 베란다에서 키우고 있어."

"토끼를요?"

"아래층이나 위층에서 냄새난다고 할까 봐 간이 조마조마한데, 완이가 마음을 쏟고 있으니까 내버려둬."

"토끼가 예쁘겠네요."

"일요일에 별일 없으면 보러 와."

"알았어요."

팀장은 칵테일을 한 잔 더 시켰다. 그의 얼굴이 우울해 보였다.

기정은 칵테일로 입술을 축이며 술집을 둘러보았다. 아직 초저녁
이라 그런지 넓고 기학적인 느낌을 주는 술집은 휑했다. 중년남
자는 얼굴을 왼쪽으로 처박은 채 보드카를 마시고 있었다. 술잔을
집어든 손이 밀랍으로 만든 박경준의 손 같다는 생각이 들었다.
언제부턴가 기정은 모든 사람을 자신이 만든 모형인물과 비교했
다. 중년남자는 어디서 본 얼굴인데 어디서 보았는지는 생각나지
않았다. 중간 쪽의 테이블에는 여자 둘이 마주앉아 있었다. 화려
해 보이지만 허기진 얼굴로 담배연기를 허공으로 내뿜는 거나 술
잔을 기울이는 손짓이 꼭 자신의 작품인 메리와 모아 같았다. 검
정 실크드레스를 입고 반쯤 드러누워 있는 메리는 마음에 맞는 남
자만 있으면 금방이라도 다리 한 짝을 치켜들고 가랑이를 벌릴 것
처럼 자세가 불량했으나 얼굴은 몹시 허기져 보였다. 마치 나뭇가
지에 붙은 제왕나비처럼 존재감이 느껴지지 않을 정도로 가볍고
공허했다. 모아 역시 가슴골이 드러나는 흰 셔츠에 허벅지가 다
드러나는 짧고 끝이 찢어진 흰 반바지를 입고 있는데 무척 발랄하
고 섹시해 보이지만 한 구석을 바라보는 듯한 눈은 공허하고 슬퍼
보였다. 중년남자가 중절모를 깊숙이 눌러쓰며 일어섰다. 키가 크
고 몸이 마른 중년남자가 누군지 생각났다. 대학총장과 고위공직
을 지낸 분인데 수입쇠고기 문제로 관직에서 물러나 지금은 집에
서 칩거 중이었다.

　"뭘 그렇게 꼼꼼하게 봐, 아는 사람이야?"

"아니에요."

팀장이 담뱃갑을 끌어당겨 담배를 빼어 물었다. 내뿜는 연기 사이로 기정의 얼굴을 훔쳐보았다. 다 덮지 못한 욕망 한 줄기가 눈끝에 남아 있었다. 선하고 부드러운 얼굴은 언제나 기정을 안심시키고 편안하게 했다. 추울 때는 기대고 싶을 만큼 따뜻하게 느껴지기도 했다. 기정은 나가자고 했다. 팀장은 나가기 싫어 떼쓰는 아이 같은 몸짓으로 담뱃불을 재떨이에 비벼 끄며 일어섰다.

복도에 된장찌개 냄새가 희미하게 남아 있었다. 생선 구운 냄새도 섞여 있는 것 같았다. 혼자 살아서 저녁밥을 짓지 않는 사람을 예민하게 건드리는 냄새였다. 기정은 빠르게 철제현관문을 열었다. 캄캄한 거실로 들어서자 집으로 돌아가기 싫어서 아무도 몰래 불안해했던 감정이 사라졌다. 곧장 퇴근하지 않고 중간에 사람을 만나면 더 그랬다. 불도 켜지 않고 소파에 앉았다. 어두운 게 무서워도 막상 어둠 속으로 들어가면 무섭지 않았다. 왜 무서워했는지 의아해질 정도였다. 위층에서 발소리가 가늘게 들렸다. 그 소리에 왠지 안심이 되는 기분이었다.

기정은 일어나 샤워를 하고, 안방 맞은편인 자신의 방으로 갔다. 안방은 어떻게 해야 할지 엄두가 나지 않아 어머니가 쓰던 그대로 두었다. 침대 위에 올라앉아 인체 간의 비례에 관한 책을 읽었다. 글을 읽다보면 완벽한 인체는 이 세상에 존재하지 않고, 아름다운 인체는 상상의 산물에 불과하다는 생각이 들었다. 그것이 창작이겠지만. 인체뿐만 아니라 아름다운 것은 거의 상상의 산물일지도 몰랐다. 기정은 책에서 눈을 떼고 건너편의 아파트 베란다를 보았다. 불이 꺼진 데가 많았다. 십 층인가 구 층쯤의 베란다에 재두루미 한 마리가 서 있는 실루엣이 떠 있었다. 그 앞에서 남자가 쪼그리고 앉아 담배를 피우고 있었다. 재두루미가 아니라 나무로 된 목이 긴 편지함이나 화분대 같은 것인데 마치 남자와 재두루미가 대화를 하고 있는 것처럼 보였다. 기정은 베란다로 나가 한쪽만 걷어놓은 블라인드를 내렸다. 침대 위에 몸을 눕혔다. 삶이 미지에 쌓여 있고, 그래서 비밀스럽고 신비로운 일이 일어날 것 같은 설렘도 있었는데 언제부턴가 그런 감정이 싹 사라져버렸다는 것을 쓸쓸하게 자각했다. 이제는 불리한 일에 덧칠하는 기교만 늘어났다는 것도. 기정은 이불을 머리끝까지 뒤집어 썼다. 이불 속은 캄캄했다. 잠 속까지는 고통이나 불안이 따라 들어오지 못했다.

일요일인데도 거리는 소란스럽고 자동차도 많았다. 완이가 읽을 책을 사가지고 대형서점을 나왔다. 사람들에게 이리 밀리고 저리 밀리면서 복잡한 거리를 겨우 빠져나왔다. 수많은 인파 속에서도 기정이 아는 사람은 없었다. 많은 사람 중에 단 한 사람을 찾고 있는 자신을 발견할 때마다 당황스러웠다. 쓸쓸함이 지나가고 나면 그는 묘지에 누워 있잖아, 라고 스스로에게 말했다. 기정은 공휴일과 명절날에는 바오료 나오지 않은 채 아파트에서 혼자 지냈다. 외로움을 덜 느낄 수 있는 방법이었다. 밖으로 나와 사람들과 섞이거나 사람들이 사는 것을 지켜보게 되면 더욱 더 외로웠다. 혼자일 때는 외로운 줄을 몰랐다. 시간도 공간도 사람도 없이 오직 자신만 존재하면 외로움조차 둔중해졌다. 대로변으로 나왔는데도 또다시 신호등에 걸렸다. 신호등이 바뀌기를 기다리는데 먹구름이 끼어 있던 하늘에서 눈발이 떨어졌다. 기정은 눈을 맞으며 걸었다. 눈밭이 생기기도 전에 팀장의 아파트에 당도했다. 찻길에 면해 있는 한 동뿐인 아파트였다.

현관문을 열어주는 팀장의 얼굴에 기쁨이 퍼지는 것을 기정은 놓치지 않았다. 기정은 거실로 들어가면서 완이를 찾았다. 완이는 보이지 않았다. 어디 갔느냐고 눈으로 묻자 팀장은 뾰족한 턱으로 베란다 쪽을 가리켰다. 베란다 문을 열자 비릿하면서도 텁텁한 냄새가 났다. 완이는 철망으로 만든 토끼장에 긴 풀대를 넣고는 토끼 코를 간질이고 있었다. 토끼는 아무렇게나 뭉쳐놓은 흰 털실 같았다. 검은 선글라스를 쓰고 있는 듯 두 눈 주위는 까맸다. 한쪽 귀도 까맸다. 한쪽 귀는 흰색 그대로였다. 꼭 한쪽 도색을 까먹은 듯했다. 축축하게 젖은 까만 코가 움찔움찔 움직이자 완이가 혼잣말처럼 물었다.

"토끼의 코가 움찔움찔 하는 이유가 뭘까요?"

아, 그건 동화인데. 기정은 그 동화를 읽지 않은 게 후회되었다.

"글쎄, 난 잘 모르겠는걸. 어디서 난 거니?"

"학원 끝나면 나는요, 학교에 가거든요. 우리 학교는 유치원하고 붙어 있는데요. 거기 야외실습장에, 염소도 있어요. 토끼는 두 마리였는데, 한 마리가 죽었어요. 내가 매일 가서 보니까 실습장 아저씨가 가져다 키우려면 키워보라고 했어요. 우리 선생님이 나 주라고 했대요."

"그런데 집 꼴이 너무 말이 아니다. 난 도저히 감당이 안 된다."

팀장은 집이 깨끗하게 정돈되지 않은 게 기정에게 부끄러운 모양이었다.

"내 친구는 미국너구리도 집에서 키워요. 집을 완전히 쑥대밭으로 만들어버리는 게 탈이지만요. 우리 끼염이도 미국너구리 저리 가라 하는 야성이 있어요. 그래서 내가 풀어놓지 않고 토끼장 안에 가둬놓고 키우는 거예요. 조금 더 길을 들이면 이 베란다에서 만은 풀어놓고 키울 거예요. 근데 아줌마는 누구예요?"

그제야 완이는 까만 청설모 눈 같은 눈으로 기정을 올려다보았다. 늦게나마 관심을 가져주니까 기뻤다.

"아빠와 함께 일하는 사람."

"아, 알았어요. 사람만 한 인형을 만드는 사람."

"그래, 맞아."

완이가 나오려고 발광을 하는 토끼를 꺼내놓았다. 토끼는 베란다를 헤집고 다녔다. 몇 개 되지 않는 화분의 잎사귀를 뜯어먹었다. 거실로 의 코를 움찔거리며 소파를 뜯어먹었다. 가죽소파인

게 다행이었다. 기정은 실내를 둘러보았다. 25평의 실내에는 커피
잔향이나 음식냄새가 감돌고, 벽에는 그림 액자가 군데군데 걸려
있었다. 비디오, 텔레비전, 전축, 소파 등 필요한 가재도구들도 놓
여 있었다. 그런데도 기정에게는 한데 같은 느낌뿐이었다. 기정은
소파 위에 올려두었던 책을 들고 완이에게로 갔다. 완이는 토끼를
잡아다 토끼장에 가두고 있었다.

"아줌마가 책 사왔는데, 읽어봐. 해리포터 시리즈야."

"어, 난 책 읽는 거 안 좋아하는데요. 전에 아빠가 사다준 만화
로 보는 한국사 열 권도 하나도 안 보고 그대로 있는 걸요."

직립한 토끼가 발톱으로 철망을 긁어대자 완이가 철망 안으로
손을 집어넣어 토끼를 잡고 앉혔다.

"야, 허리 디스크 걸려."

기정은 책을 들고 들어와 도로 나무다탁 위에 올려두었다.

"저 녀석은 책 읽는 것을 죽기보다 싫어해. 그래도 내가 꼭 읽힐
게."

팀장은 주방에서 꽃게 다리를 자르고 있었다. 기정이 뭐 할 거
냐고 묻자 꽃게탕을 할 거라고 했다. 기정은 냉장고 문을 열었다.
냉장실에는 생수병만 가득 들어차 있었다. 냉동실에는 핫도그와
햇반과 피자와 진빵이 아무렇게나 쑤셔 박혀 있었다. 식탁 위에
노란 마트 봉지가 팽개쳐져 있었는데 그 속에 야채와 대파가 있었
다. 팀장은 아무것도 없지, 라며 칼로 꽃게의 다리를 탁탁 내려쳤

다. 별로 어색하지 않아 내버려두고 기정은 파를 다듬었다.

팀장은 꽃게의 살을 발라 기정의 밥 위와 완이의 밥 위에 올려주었다. 기정은 팀장에게도 먹으라고 했다. 팀장은 숟가락으로 국물만 후딱 떠먹고 다시 가위로 살을 발랐다. 말려도 될 것 같지 않아 내버려두었다. 꽃게탕은 간이 맞고, 국물이 시원했다. 밥을 후딱 먹어치운 완이는 또다시 베란다로 나가 풀대로 토끼의 까만 코를 간질였다. 둥그렇게 웅크린 자그마한 등으로 고집과 외로움이 흘렀다.

팀장과 기정은 소파에 나란히 앉아 커피를 마셨다. 찻잔을 다탁 위에 내려놓던 팀장이 기정에게 발이 참 작고 예쁘다고 했다. 이대로 셋이 살아도 될 텐데, 라는 생각을 하던 기정은 속으로 움찔했다. 살빛 스타킹만 신은 기정의 발을 내려다보고 있는 팀장의 눈이 불온하게 반짝였다. 기정은 발을 움츠렸다. 섹스 때면 발부터 만지고 쓰다듬고 발가락을 빨던 그가 떠올랐다. 기정은 밝은 소리로 얼른 말했다.

"전족은 아니에요."

중국풍의 옷을 입은 여자가 두 발을 앞으로 내밀고 앉아 있는, 가운데에서 댕강 잘린 발이 서로 반대로 붙어 있는 사진을 본 적이 있었다. 전족의 아픔을 형상화한 것이지만 사실 전족은 시집가 남자에게 사랑을 받으며 살라고 어머니가 시킨 것이다. 전족시킨 발은 기니기지 못하고 갇혀 삼각형으로 꼬부라졌다. 기정이 발은 산각형으로 꼬부라지지는 않았으나 꼭 갇혀 큰 것처럼 작고 약했다.

"언제 이 발을 만져볼 수 있을까."

3

건물 밖으로 나와 십 분쯤 걷자 빗방울이 떨어졌다. 대기업 기
념관 안에 박경준을 설치해주고 나오자 팀장의 휴대전화가 울렸
다. 방송국에서 드라마 찍는 일을 하는 후배인데 만나자고 한다
고 했다. 기정에게는 직행버스를 타고 집으로 돌아가라고 했다.
곧 비는 보도를 흥건하게 적셨다. 우산을 준비하지 못한 사람들이
종종걸음 쳐 건물 밑이나 안으로 들어가고, 서둘러 택시나 버스를
타버려 거리는 순식간에 한산해졌다. 건널목을 건너려고 하는데
신호등 색깔이 바뀌지 않았다. 기정은 보도블록 위를 걸어갔다.
머리카락이 젖고, 옷이 젖고, 신발이 젖었지만 그냥 걸었다. 자동
차들이 헤드라이트를 켠 채 흙탕물을 튀기며 지나갔다. 기정은 미
술관 건물 앞에 멈추어 섰다. 비는 더욱 세차게 내리고, 건너편의
백화점 건물이나 그 앞을 지나가는 사람이나 사물의 윤곽이 흐릿
했다. 나중에는 미술관 앞의 가로수 두 그루 외에는 보이지 않았
다. 미술관 안으로 들어갔다. 제복을 입은 중년 남자가 다가와 당
분간 휴관한다고 했다. 그래도 미적거리는 기정에게 눈으로 빨리
나가라고 했다. 기정은 미술관 밖으로 나왔다. 집으로 가기 싫었

으나 가까운 버스정류소로 향했다.

젖은 옷을 세탁기에 집어넣고, 뜨거운 생강차를 한 잔 마셨다. 베란다에 쳐놓은 블라인드가 창에 부딪치며 여러 가닥으로 갈라졌다. 아직까지도 바람을 동반한 비가 내리고 있는 모양이었다. 찻잔을 유리탁자 위에 내려놓던 기정은 오른쪽 모서리 쪽에 놓인 오르골을 보았다. 채를 들어 오르골을 딱 때렸다. 풍성한 치마를 입은 여자가 핑그르르 돌자 치마 속에 남자가 숨어 있기라도 한 것처럼 여성남성 이중창이 흘러나왔다. 아주머니에게서 한 번 더 인터폰이 왔었다. 올라오라고 했는데 일이 밀렸다며 다음번에 가겠다고 했다. 새벽이나 늦은 밤에 화장실 물 내리는 소리로 아주머니가 계속 그곳에 살고 있다는 것을 확인했다. 저녁밥이라도 얻어먹을까. 귀찮아하지는 않을까. 망설이던 기정은 눈 딱 감고 인터폰을 눌렀다. 귀찮아할지도 모른다는 망설임보다 어머니가 보고 싶고, 따뜻한 것에 파묻히고 싶은 감정이 더 컸다. 없나 보다, 돌아서려는데 아주머니가 네? 하고 말했다. 기정은 올라가도 되냐고 물었다. 아주머니가 승낙했다.

초인종을 누르자 아주머니가 문을 열어주었다. 현관의 센서불빛을 받아 아주머니와 기정의 그림자가 불도 켜지 않은 거실에 길게 뻗쳤다. 탁탁 소리를 내며 갈라지는 베란다의 블라인드 그림자가 거실까지 여러 가닥으로 누워 있었다. 베란다 가까이 다가간 기정의 몸도 여러 가닥으로 쪼개졌다. 베란다의 유리문 한 짝이 활짝 열려 있었다. 방충망까지 열려 있었다. 밖은 바로 검고 빈 공간이었다. 아주머니가 거실의 전기스위치를 올렸다. 아주머니의 얼굴이 반쪽이었다. 눈은 인형처럼 움푹 들어가고, 입술에는 허연 껍질이 돋아 있었다.

"어디 아프세요?"

"그냥 좀 좋지 않아. 퇴근하고 오는 길이야?"

"서울에 갔다가 비를 쫄딱 맞았지 뭐예요. 겨울비는 지독해요. 눈 맞는 거랑 비교가 안 돼요."

기정은 일부러 들뜬 목소리로 말했다. 아주머니에게서는 별 반응이 없었다. 한참 후에 문득 생각난 듯이 말했다.

"와인이나 한잔하자."

아주머니는 와인과 치즈와 아몬드를 내왔다. 와인을 마시던 아주머니가 베란다에 가서 강을 보며 마시자고 했다. 베란다로 나간 아주머니가 열려 있는 유리문을 닫았다.

어두운 데다 비가 내리고 있는 강은 표면에 도색을 한 것처럼 반질거렸다. 파랗고 노랗고 빨간 불기둥이 어른거리는 쪽은 강 속에 또 하나의 나라가 있는 것 같았다. 와인을 쭉 들이켜고 나서 아주머니가 말했다.

"내가 전혀 의식하지 못할 때 도와줘."

"뭘 말이죠?"

"내가 베란다 창을 보고 있을 때 그냥 손을 뻗어 나를 밀어버려."

"무슨, 무슨 말을 하시는 거죠?"

"부탁이야."

기정은 퍼뜩 아주머니를 돌아보았다. 아주머니의 얼굴은 지나치게 달뜨고, 지나치게 진지했다.

"저 그만 가볼게요."

기정은 몸을 돌렸다.

"이리와 봐."

아주머니는 기정의 손을 잡고 안방으로 갔다. 불빛에 드러난 안방은 휑했다. 흰 커튼이 드리워져 있고, 침대가 있을 뿐이었다.

"왜 장롱이 없어요?"

"내가 없애버렸어. 일을 간단하게 하고 싶어서."

기정은 얼어버렸다. 아주머니는 침대 머리맡에 놓아둔 여러 개의 종이상자 중 맨 위의 것을 내려 뚜껑을 열었다. 그곳에서 종이한 장을 꺼내 기정에게 건넸다. 아무리 노력해도 내 생활은 바뀌지 않는다. 선혜림. 그것은 유서였다. 그런 종이를 몇 장 더 꺼냈다. 비슷비슷한 내용의 유서는 다섯 장이 넘었다. 아주머니는 약을 먹은 적이 한두 번이 아니었다고 했다.

"그렇지만 늘 치사량이 넘지 않았지. 약을 먹고, 깨어나고 하는 것에 몸도 마음도 지쳐버렸어."

기정은 아주머니기 무섭지는 않았다. 자신도 실행에 옮기지는 않았지만 그런 마음을 먹은 적이 많았다. 숲으로 가기 전까지는. 그를 묘지에 묻기 전까지는.

"도와줘. 다른 모든 것은 내가 다 알아서 처리해놓을게. 아가씨에게는 전혀 피해가 가지 않도록 할 거야. 다 계획이 짜여 있어."

기정의 손이 가늘게 떨렸다. 손을 마음대로 하지 못할 것 같아 겁났다. 재산까지 한몫 떼어주겠다는 소리라도 할까봐 겁났다.

"저, 그만 가볼게요. 그리고 그런 말 아무한테나 하시는 게 아니에요."

"아무한테나 하는 거 아니야."

기정이 흠칫했다. 아주머니는 텅 빈 사람모형 속 같은 눈으로 기정을 바라보았다. 이 분은 나를 꿰뚫어보고 있는 것일까. 기정은 비밀이 들킨 것만 같았다.

"그런 말 하지 마세요."

"더 이상은 혼자 이렇게 살 수가 없어."

아주머니는 절망적인 얼굴로 고개를 흔들었다. 기정은 안방에서 뛰쳐나왔다. 아주머니는 따라 나오지 않았다. 엘리베이터를 타지 않고 비상계단으로 내려왔다. 집에 들어오자마자 소파에 털썩 주저앉았다. 배도 고프지 않았다. 불도 켜지 않은 채 유리탁자 위에 놓인 오르골을 딱 때렸다. 풍성한 치마를 입은 여자가 빙그르르 춤을 추자 여성남성 이중창이 흘러나왔다. 이중창, 이중주? 아주머니는 처음부터 나를 지목한 것일까. 아주머니가 기정에게 말을 건 것은 정확하지는 않아도 어머니가 돌아가시고 난 뒤부터였을 것이다. 엘리베이터에서 빨간 불이 들어온 15 밑에 14를 누르자 아주머니가 오랫동안 사용하지 않은 듯한 뻑뻑한 목소리로 십사 층에 사냐며 물었고, 두어 번 마주친 뒤부터는 다정하게 반말로 차를 함께 마시자거나 장바구니에 든 사과나 바나나를 혼자 먹기에는 많다며 반을 떼 주기도 했다. 아주머니는 알아보았던 것일까. 기정의 비밀과 기정의 외로움과 기정의 고독을. 기정은 베란다로 다가갔다. 블라인드를 걷고 강을 내다보지 않았다. 그냥 블라인드 앞에 서 있었다. 벌어진 블라인드 가닥이 몸을 사선으로 쪼갰다. 블라인드 그림자는 기정의 몸에서 갖가지 무늬를 만들며 놀았다.

침대 위에 누운 기정은 손을 뻗어 협탁의 맨 위 서랍을 열었다. 콩 주머니와 검은 안대를 꺼냈다. 안대를 쓰고, 콩 주머니를 이마 위에 올려놓아도 잠이 오지 않았다. 아주머니가 한 말만이 머릿속을 뱅뱅 돌았다. 내가 전혀 의식하지 못할 때 손을 뻗어 나를 그냥 밀어버려.

제작실로 들어서자마자 기정은 석분점토라돌을 작업대 위에 올려놓았다. 지오를 본격적으로 만들어볼 셈이었다. 망치로 때려 점토를 말랑말랑하게 만들었다. 때릴수록 점토는 고분고분해졌다. 밀대로 밀어 납작해진 점토를 직사각형의 나무틀 안에다 넣었다. 나무틀을 기준으로 얇게 밀어준 다음 물 묻힌 솔로 대각선을 그었다. 점토로 몸통 심재를 꼼꼼하게 감싸 맞물렸다. 헤라로 편편하게 골랐다. 헤라만 잘 써도 사포질이 쉬웠다. 너덜너덜하게 남은 부분은 가위로 잘랐다. 마를 동안 밀대로 점토를 다시 밀었다. 머리, 팔, 다리를 점토로 감쌌다. 마른 몸통에 칼집을 냈다. 나중에 몸통을 틀어지지 않게 잘 빼내어야 했다. 머리는 목이 통과되는 구멍으로 심재를 파낼 것이어서 따로 칼집을 넣지 않았다. 팀장의 작품인 로봇형의 레진피겨에 계속 사포질을 하던 미스 오가 점심시간에 어디 가지 말고 함께 공원에 가자고 했다. 손과 발을 점토로 감싸고, 목과 어깨 등속에 들어갈 13개의 동글동글한 관절구를 만들고 나니까 점심시간이었다.

미스 오는 지갑을 챙겨들고 빨리 나가자고 했다. 제작소 옆 골목의 베트남 쌀국수집에서 쌀국수를 먹고, 커피전문점에서 커피 두 잔을 사서 가까운 꽁지공원으로 갔다. 추웠으나 모처럼 햇빛이 투명하고 따뜻하게 내리쬐었다. 공원의 벤치에 앉았다. 공원 한쪽에서는 초육(초등학교 6학년)쯤 되어 보이는 여자애 셋이서 얼음 위에서 스케이트를 탔다. 김연아 열풍으로 요즈음 웬만한 여자애들은 다 스케이트를 탄다고 했는데 여자애 셋도 얼음 위를 얼음새처럼 날아다녔다. 농구대 앞에서는 한 청년이 계속 농구공을 집어 던지고 있었다. 농구공은 말 안 듣는 아이처럼 농구주머니를 자꾸만 벗어났다. 커피를 두어 모금 연달아 빨던 미스 오가 말했다.

"어젯밤 그놈하고 함께 있었어."

"작업실에?"

미스 오의 애인은 조각가였다. 작품은 거의 다 젖통과 허벅지와 엉덩이가 큰 여자들이었다.

"새벽에 날 막 흔들어 깨우는 거야. 난 불이라도 난 줄 알았어. 그런데, 뭐라고 하는 줄 알아? 자기가 일을 해야 하니까, 빨리 나가달라는 거야."

기정은 무슨 말을 해야 할지 몰라 커피만 먹었다.

"넌 우리가 섹스도 하는 사이라고 생각하지? 어젯밤에 무슨 일이 있었다고 생각하는 거지?"

"남녀가 한 작업실에서 있었다면 그렇게 생각할 수도 있어."

"그놈은 여관도 아니고, 공원도 아니고, 제 작업실에서 상체만 애무해. 상체도 다 벗기지 않아. 꼭 반만 벗겨. 그게 말이 된다고 생각해? 성도 자기가 필요한 만큼 사용할 수 있는 거야? 그놈은 작업실에서 먹고 자며 온갖 짓을 다해도 주말이 되면 어김없이 자기 마누라한테 가. 아주 철저해."

미스 오의 얼굴이 분노로 일그러졌다. 보기 흉했다.

"그걸 알면서 왜 만나?"

피로와 함께 짜증이 이는데도 기정은 아무 말이나 한 마디 하지 않을 수가 없었다.

"만나지 말아야지 하는데도, 내 몸이 그 유희 감각을 원해. 나는 수요일에 그곳에 가는데, 화요일쯤 되면 내 몸이 벌써 그 간가을 원한다는 것을 알아챌 수 있어."

"그럼 된 거 아냐?"

미스 오의 양 입가에 지렁이만 한 주름이 어색하게 꿈틀거렸다.

"미안해. 그래도 아무도 없는 것보다는 낫지 않아? 아무도 없는 것만큼 무서운 것은 없는 거 같아. 우리 위층 아주머니는 정말 주위에 아무도 없어. 너무 고독한 거야. 어제는 나보고 자신이 의식하지 못할 때 베란다에서 자기를 밀어버리래."

"그래? 그 정도야?"

"사랑한다면 그냥 옆에 붙들어놓아."

"사랑하지 않아."

사랑하지 않아도 그 정도라도 몸과 마음을 맡길 수 있다면 된 거 아니야. 기정은 팀장을 떠올렸다. 팀장을 향한 마음의 무게는 미스 오만큼은 아닌 것도 같고, 아니 미스 오보다 훨씬 무게가 더 나가는 것도 같았다. 기정은 헷갈리는 마음을, 불안하게 왔다 갔다 하는 저울의 눈금을 살펴보지 않기로 했다. 영혼이나 정신의 무게는 몇 g이나 나갈지 그걸 궁금해하기로 했다.

제작실로 들어서자마자 기정은 꾸덕꾸덕 마른 머리를 들고 와 작업대 위에 올려놓았다. 4B연필을 들고 머리의 앞면을 삼등분으로 갈랐다. 이마와 눈과 코와 입의 밑그림을 그렸다. 이제 지오의 이미지도 다 완성되었다. 지오는 코가 오뚝하고, 이마가 넓으며, 입술이 얇고, 하관이 빤 스물다섯 살의 미남형 청년이다. 머리모양은 짧은 스포츠형이고, 색깔은 짙은 검정색이다. 지오가 태어난 배경과 성장과정까지 기획한다면 더욱더 좋은 인형이 될 것이다. 지오의 이미지대로 점토로 살을 붙여나갔다. 코와 입술 부분에는 점토를 두툼하게 붙인 뒤 조각칼로 파내어 모양을 만들었다. 머리 위를 네모로 잘라 두 쪽으로 분리했다. 안쪽 눈 부분에 물을 칠하고 동글한 연마석으로 살살 파냈다. 그 구멍에 홍채를 띤 안구를 박아 넣었다. 지오에게도 생일이 있고, 직업이 있어야 했다. 아침에 출근하고, 저녁에 퇴근을 하고, 여자 친구도 사귀고, 기억도 있고, 추억도 있고, 내적독백을 기록한 일기도 있어야 했다. 집도 있어야 했다. 지오에게도 역할을 주어야 했다.

계속해서 울려대는 인터폰 소리에 기정은 잠에서 깨어났다. 시계를 보니 오전 열 시였다. 잠을 못자다가 새벽녘에야 겨우 잠이 들었다. 기정은 약간 짜증을 내며 인터폰을 받았다. 토요일에는 꼼짝도 하지 않고 집에 누워만 있었다. 오른팔과 어깨가 아파 병원에 갔더니 목뼈가 틀어졌다는 진단을 내렸다. 현미경으로 피를 검사했더니 피가 혼자서 돌아다니지 않고 한 덩어리씩 뭉쳐서 돌아다닌다고 했다. 꾸준히 약을 먹어야 하고, 어깨와 팔과 목을 많이 쓰지 않아야 한다고 했다. 토요일에는 원래 출근을 하지 않지만 제작실에 나가 지오를 더 만들 계획이었으나 갑자기 꼼짝도 하기 싫고, 아무것도 하고 싶지 않았다. 팔과 어깨는 밤이 되면 더 이 있다. 지디기도 몇 번씩 깨어났다. 인터폰을 한 사람은 위층 아주머니였다.

"바쁘지 않으면 잠깐 올라와."

"이제 막 깨어났어요."

저번의 그 일이 생각나 기정은 가지 않으려고 했다.

"와서 케이크에 불 좀 켜줘. 오늘이 내 생일이야."

기정은 1503호로 갔다. 소파 앞의 탁자 위에 생크림 케이크만 놓여 있었다. 미역국도 끓이지 않고, 생선도 굽지 않고, 달랑 케이크뿐이었다. 케이크의 흰 프로스팅이 눈 같았다. 커피를 끓이던 아주머니가 기정에게 케이크에 불을 붙여달라고 했다. 아주머니가 커피 두 잔을 끓여내 오고, 접시와 포크를 내오자 기정은 큰 초 여섯 개와 작은 초 여섯 개를 꽂아 불을 붙였다.

"생신 축하드립니다. 이럴 줄 알았으면 꽃이라도 사오는 건데요."

아주머니는 웃으며 입술을 새부리처럼 오므려 불을 휙 껐다. 그 모습이 안쓰러웠다. 미국의 아들한테서는 연락이 없냐고 묻고 싶었으나 묻지 않았다. 아주머니는 케이크를 잘라 기정 앞의 접시에 담아주었다. 눈을 내리깐 옆얼굴은 새침하면서도 위엄이 있었고 접근 불가능한 바리게이트를 쳐놓은 것 같은 단절감이 흘렀다. 수줍음 많고 고집불통이고 자기 내면에 빠져버린 늙은 소녀.

커피까지 마시고 나자 아주머니는 또 베란다로 나갔다. 기정은 겁이 났다. 아주머니는 모처럼 날씨가 따뜻하고 물빛도 새파랗다며 와 보라고 했다. 기정은 주춤주춤 베란다로 나갔다. 눈도 비도 내리지 않고, 햇빛이 천지사방에 골고루 내리쬐고 있었다.

"물빛이 너무 좋다. 난 매일 배를 타고 바다나 강을 항해 중인 것 같아. 가도 가도 보이는 것은 흰 햇빛과 흰 물빛뿐인 것 같아. 내게 주어진 것은 자유뿐이야."

기정은 수긍했다. 기정도 너무 큰, 너무 방만한 자유를 가지고 있었다. 기정이 감당하기조차 어려운. 강에도, 공원에도 햇빛으로 넘쳐났다. 강에도, 공원에도 사람은 없었다. 보이는 것은 넓은 강과 넓은 공터뿐이었다. 아주머니와 함께 있었으나 따로 있는 것 같이 서로의 존재가 느껴지지 않았다. 넓은 강과 넓은 공터를 오랫동안 보고 있자 갑자기 무한대로 커지는 것 같았다. 햇빛이 강과 공터의 윤곽을 없애버렸는지 전혀 공간 감각이 느껴지지 않았다. 그러면서 기정을 조롱하는 것 같았다. 해봐, 해봐, 못할 것도 없지 않아. 너 역시 이대로 나가면 저 아주머니처럼 될 거야. 네게 누가 있어. 아무도 없잖아. 너의 이십 년 후의 모습이 바로 아주머니야. 너도 누군가에게 부탁할래? 아무것도 의식하지 못할 때 죽여 달라고. 혼자서는 죽지도 못한다고. 그냥 이십 년 후의 너를 미리 없애버린다고 생각하고 밀어버려. 한순간이야, 한순간. 찰나만 지나면 아주머니는 곧 편안해질 거야. 그러면 고독에 떨 필요도 없는 거야. 고독에 떨고 있는 것만큼 추해 보이는 것도 없잖아. 아주머니, 추하잖아. 그리고 말이야, 세상에 제일 무서운 게 혼자인 거야. 혼자인 것에서 벗어나게 해줘. 밀어, 밀어버리라니까. 기정은 자신도 모르게 손을 뻗었다. 아주머니가 말했다.

"난 아무리 발버둥 쳐도 벽이 없는 내 운명에서 못 벗어나는 것 같아."

그래, 벽이 없는 것만큼 무서운 것도 없어. 벽이 없으면 어디가 어딘지 가늠할 수가 없거든. 내가 어디에 서 있는지도 도무지 알 수가 없고. 알 수 있는 건 너무 넓다는 그것 하나뿐이야. 아주 무서운 일이지. 기정은 아주머니의 등에 두 손바닥을 가져다댔다. 손을 덜덜 떨면서 아주머니의 등을 와락 밀었다. 너, 너 지금 무슨 짓을 하고 있는 거니. 기정은 번쩍 정신이 들었다. 원룸에 혼자 살 때 치와와를 키운 적이 있었다. 그때도 햇빛이 녹색의 침대보를 풀밭처럼 만들었는데 그 풀밭 위로 느릿느릿 걸어오는 치와와의 몸짓이 너무도 권태로워 보였다. 기정은 자신도 모르게 너무도 아끼고 사랑하는 치와와의 목을 졸라 권태에서 벗어나게 해주고 싶었다. 치와와 목으로 손을 뻗다가 진저리치며 손을 감추었다. 그 손으로 자신의 목을 조르고 싶었다. 기정은 바닥에 주저앉았다. 몸이 반쯤 접혀진 아주머니는 베란다 난간 밖으로 꼬꾸라져 숨을 헉헉 내쉬었다. 기정은 놀라 일어섰다. 얼른 아주머니를 떼내고, 유리문을 닫고, 고리를 잠갔다. 블라인드도 줄을 세게 당겨 내렸다. 넓은 강도, 넓은 공터도, 무한대로 커나가게 하던 햇빛도 모두 없어졌다. 얼이 빠져 있는 아주머니를 부축해와 소파에 앉히면서 기정은 자신의 손을 내려다보았다. 뇌와 몸뚱이와는 별개의 물건 같았다. 기정은 말했다.

"저 그만 내려갈게요. 이제 다, 다시는 절 찾지 마세요."

"아니야, 나 혼자 못 있어."

아주머니가 손을 뻗어 기정의 팔을 꽉 잡았다. 정지 스위치라도 먹은 것처럼 기정은 아주머니에게 잡힌 팔만 내려다보았다. 우리는 지금 서로 자신의 괴물 같은 자유를 마주보고 있는 걸까. 이게 얼마나 나쁜 일인지 서로 언제쯤 알게 될까. 기정은 아주머니의 손을 떼어놓았다.

"저한테 이러지 마세요. 이러지 마시라고요."

기정은 달음박질쳐 나왔다. 집으로 오자 현관문을 잠갔다. 문 앞에 주저앉았다. 빨래처럼 휙 날아가버릴 거 같던 아주머니. 내가 그렇게 하지 않아도 아주머니는 분명히 자살하고 말 테지. 왜 나쁜 일이라는 생각이 안 드는 거지. 두렵고 무섭기는 해도. 기정은 덜덜 떨며 소파로 와서 누웠다. 눈을 감았다. 아주머니의 등이 시커멓게 떠올랐다. 등을 밀던, 자신이 만든 인형의 손 같던 두 손도 떠올랐다. 벌떡 일어나 현관문으로 가 걸쇠를 걸고, 보조 문고리도 잠갔다. 오전 내내 아무 일도 하지 못했다. 밖에서 무슨 소리만 나도 귀가 커졌다. 아주머니가 두 손으로 철제현관문을 마구 칠 것만 같았다. 죽여줘가 아니라 살려달라고.

소파에 앉아 있던 기정은 무릎 사이에 얼굴을 묻었다. 밀어버려, 가 아니라 붙들어줘, 라는 말을 잘못 들은 것은 아닐까. 동굴 속에서 앉은 그대로 미라가 된 여자가 떠올랐다. 미라가 나뭇가지를 이어붙인 것 같은 손으로 기정의 발목을 덥석 움켜쥐며 날 내버려두지 마, 라고 소리치는 순간 기정은 퍼뜩 얼굴을 쳐들었다. 오후가 되자 팀장한테 전화를 하고 말았다.

술을 마시기에도 밥을 먹기에도 어중간한 시각이라 그런지 레스토랑은 휑하고 약간 을씨년스러웠다. 팀장은 둥근 바에서 혼자 술을 홀짝이고 있었다. 기정은 팀장에게 다가가 테이블로 자리를 옮기자고 했다. 말 잘 듣는 아이처럼 팀장이 순순히 기정의 뒤를 따랐다.

"완이랑 토끼는 잘 있어요?"

"토끼가 요즈음 먹이를 잘 먹지 않지만 잘 있는 편이야."

팀장은 함박 스테이크와 와인을 시켰다. 함박 스테이크는 손도 대지 않고 와인만 마시는 기정에게 팀장이 걱정스러운 얼굴로 무슨 일이 있냐고 물었다. 기정은 대답하지 않았다. 팀장은 열심히 썬 스테이크 접시를 기정의 것과 바꾸며 먹어두라고 했다. 기정은 또다시 와인을 잔에 따라 벌컥벌컥 들이켰다. 기정은 또다시 와인 병을 집어 들었다. 팀장이 와인 병을 빼앗았다.

"난 입도 안 댔는데 비싼 와인을 혼자 다 마실 거야?"

"제가 이 손으로 오늘 무엇을 하려고 했는지 알아요?"

팀장이 미간에 쇠갈고리 주름을 잡고, 콧등에 아코디언 주름을 잡으며 기정의 얼굴을 살피고, 기정의 손을 번갈아 보았다.

"우리 위층 아주머니를 베란다에서 밀어버리려고 했어요."

"그게 무슨 말이야?"

"늘 자살만 생각하고 있는 아주머니가 내게 부탁했거든요. 자신이 의식하지 못할 때 그냥 밀어달라고."

"그런다고 그런 부탁을 들어줘? 그런 부탁을 하는 사람도 있고?"

"주위에 아무도 없는 아주머니가 이십 년 후의 내 모습 같았어요."

"……."

"그 모습이 너무도 보기 싫었어요. 추했어요."

팀장은 와인을 한 모금 들이켜고 나서 낮게 말했다.

"그건 네가 너무 심각하고 생각이 많고, 또 고독해서야."

팀장이 손을 뻗어 기정의 손을 잡았다. 따뜻했다. 팀장의 앞섶에 얼굴을 묻고 싶은 충동이 일었다. 그래서 기정은 얼른 말했다.

"난 고독하지 않아요. 너무 자유로울 뿐이에요."

4

기정은 채색을 끝내고 줄에 주렁주렁 매달아 놓은 머리, 몸통, 팔, 다리, 손, 발 앞으로 가 무광코팅제를 분사했다. 거리 조절은 잘 해야 했다. 마를 동안 텐션 줄을 챙겼다. 마르자 관절구를 붙여 S자 고리를 단 발목과 다리 부분을 텐션 줄로 연결해 나갔다. 마지막으로 뚫려 있는 구멍을 통해 머리와 목을 연결했다. 관절이 반씩 떨어져 있는 게 기정은 늘 그다지 마음에 들지 않았다. 텐션 줄에 따라 자유롭게 움직일 수 있고 포즈를 취할 수도 있는 것을 최고로 치는 사람들도 많지만.

점심시간에는 미스 오와 함께 샌드위치를 사들고 꽁지공원으로 갔다. 공원 한쪽에서는 하얀색 패러글라이더가 글라이딩 중이었다. 얼음이 녹고 있기 때문인지 얼음새들은 보이지 않았다. 샌드위치를 한 입 베어 물고 우적우적 씹으며 카푸치노가 담긴 컵에 꽂힌 빨대를 쭉쭉 빨고 난 뒤 미스 오가 말했다.

"나 이제 그놈 안 만나."

기정도 팀장처럼 미간에 잔뜩 주름을 잡아 보이며 눈으로 왜냐고 물었다.

"집에 갔는데 갑자기 작업실에 가고 싶은 거야. 전화 안 하고 가면 질색을 하는데, 그냥 갔어. 왜 그러고 싶을 때가 있잖아. 두어 번 노크를 했는데 반응이 없어 문을 열고 들어갔어. 그런데, 큰 브론즈 뒤에서 그 새끼랑 어떤 년이 엉켜 있는 거야. 그년이 신음소리를 내지 않았다면 밀랍인형이 엉켜 있는 줄 알았을 거야."

"엉켜 있어? 수직으로? 수평으로?"

기정도 샌드위치를 한입 베어 물고 우적우적 씹었다. 모르는 일도 아니었잖아, 라는 말은 하지 않았다.

"성도 자기가 딱 필요한 만큼만 쓰는 놈이잖아."

"정 떨어지는 놈이야."

"그래, 정 떨어지는 놈이지. 내가 철제문을 발로 차 닫고 나오니까 그제야 그 새끼가 막 달려 내려오더라. 그래서 내가 그랬어, 오늘 밤 나랑 섹스할 수 있냐고."

흥분했는지 술도 마시지 않았는데 미스 오의 얼굴은 잘 익은 검붉은 포도송이 같았다. 손으로 따서 짓이겨버리고 싶다는 생각이 들어 기정은 얼른 말했다.

"뭐래?"

미스 오는 입안에 있던 샌드위치를 바닥에 뱉어냈다.

"산더미만 한 덩치에 안 어울리게 얼굴까지 붉히면서 그게, 뭐, 그게, 이러는데. 그때 년이 내려온 거야. 년이 뭐냐고 따지듯이 묻더라. 그러니까 순식간에 코끼리 낯바닥으로 변하면서 오필녀 씨, 저번의 그 작품 참 좋았어요, 다음에도 작품 가져와 보세요, 이러는 거 있지."

미스 오는 턱을 치켜들고 깔깔 소리 내어 웃었다. 잇몸과 이를 드러내고 백치처럼 웃었다. 정말 오필리아 같았다. 오필리아로 불러주지 않아서 더 화가 났는지도 몰랐다.

"끝났어."

미스 오는 노랗게 염색한 머리를 마구 흔들었다. 애벌레처럼 쭈글쭈글 주름이 잡히면서 동그랗게 말려 허공으로 이동 중이던 패러글라이더가 확 퍼지면서 버터플라이로 변했다. 기정은 일어섰다.

"다른 상대를 찾으려면 귀찮은데. 그래도 하나는 있어야 돼. 그지?"

미스 오는 더 하고 싶은 말이 있는 듯했으나 기정은 그냥 걸었다. 뒤따라오던 미스 오는 가까운 곳에서 랩 음악이 들려오자 엉덩이를 이쪽저쪽 씰룩이며 춤을 추었다. 레깅스 입은 다리로 이단 옆차기도 했다. 노란 국화 덤불이 함께 춤을 추는 것 같았다. 지나가던 사람들이 미스 오를 신기하다는 듯 지켜보아도 아랑곳하지 않았다. 패러글라이더는 공원을 벗어나 있었다.

작업실에서 스컬퍼로 로봇의 원형을 만들어가고 있던 팀장이 어디 갔다 오냐고 물었다. 그의 이번 작품은 호랑거미와 타란튤라 이미지인 로봇이었다. 봄에 작품을 발표할 계획이었다. 기정은 미스 오와 꽁지공원에 다녀왔다고 답하고 지오 앞으로 갔다.

지오의 머리카락을 붙여나갔다. 미스 오는 한 칸씩을 남겨놓고 노란색 도료를 칠해놓은 레진피겨의 몸통에 검정색 도료로 채색을 했다. 호랑거미 로봇이었다. 머리카락을 다 붙인 뒤 지오의 얼굴을 분장했다. 볼은 매끈하고, 입술은 약간 분홍기가 돌았다. 마지막으로 전체적으로 황변차단제를 발랐다. 무광코팅제만 뿌려놓으면 변색하기 쉬웠다. 집으로 가 거실로 들어서면 기정은 천장부터 올려다보며 위층에서 나는 소리에 귀를 기울였다. 아무 소리도 나지 않으면 불안했다. 올라가서 확인을 해봐야 할 것 같았다. 새벽과 저녁에 두어 차례 안방 쪽의 화장실에서 물소리가 나기는 했다. 세상에서 혼자인 것만큼 고통스러운 게 있을까. 혼자가 싫어 밖으로 나와 싸돌아다녔으나 집에 오면 또 혼자라는 걸, 밖에서도 역시 혼자였다는 걸 깨닫는 것만큼 숨을 틀어쥐는 것이 있을까. 아주머니는 혼자 있으면 안 되었다. 아주머니가 원하는 것은 혼자 있지 않는 것, 그것 하나뿐이었다. 기정의 손길이 빨라졌다. 미스 오와 팀장은 퇴근했으나 기정은 남아서 지오에게 옷을 입혔다. 지오는 스트라이프 양복에, 스카이블루 셔츠에, 빨간 넥타이를 맸다. 오른쪽 팔꿈치에는 베이지색 바바리를 걸쳤다. 코가 오리주둥이처럼 생긴 더클링 슈즈도 신었다. 드디어 스물다섯 살의 미남형인 지오가 태어났다. 기정은 잘생긴 젊은 남자를 마주했을 때처럼, 아니 그를 미술관에서 처음 보았을 때처럼 가슴이 뛰었다.

지오를 안고 사무실로 나오던 기정은 놀랐다. 불도 켜지 않은 채 팀장이 자신의 자리에서 어두운 창밖을 바라보고 있었다. 혹 나를 기다렸던 것일까. 할 말이라도 있는 걸까.

"아직 안 가셨어요?"

기정은 밝은 목소리로 물었다.

"응, 다 완성한 거야? 집으로 옮기려고?"

"아니에요, 우리 위층 아주머니에게 드리려고요."

"……."

"그래야, 저번의 일이 사죄될 것 같아요. 아주머니도 지오를 굉장히 좋아할 것 같아요. 진짜 아들처럼 받아들일 것 같아요."

"그래, 내가 태워다줄까?"

"아니, 택시 타면 돼요."

그렇게 말하고 나니까 생각나는 일이 있었다. 미스 오와 함께 삼십대 여자 밀랍인형을 직접 가져다준 적이 있었다. 큰 느티나무가 있는 골목의 맨 끝인 지하작업실로 가져오라고 했다. 느티나무는 그러나 양 갈래로 갈라지는 중간지점인 큰길에 딱 서 있었다. 택시에서 내려 양쪽 골목을 헤매었다. 지나가던 사람들이 비명을 지르며 저게 뭐지, 저게 뭐지, 라며 하고, 어머, 인형인가 봐, 진짜 사람 같다, 라며 호들갑을 떨어 곤란하고 성가셨었다.

"그럼, 집까지 태워주실래요?"

약간 실망에 젖어 있고, 약간 의기소침해 보이던 팀장이 입꼬리를 올리고 웃었다. 그 얼굴을 만지면 손이 따뜻해질 것 같았다.

지오 때문에 뒷좌석에 앉은 기정은 닭이 왜 울지 않느냐고 물었다. 팀장이 손을 뻗어 스위치를 올리자 닭이 목청껏 꼬끼오, 울었다. 요즈음 닭은 시도 때도 없이 운다며 팀장과 기정은 웃었다.

팀장은 엘리베이터 안까지 지오를 들여다주고 돌아섰다. 함께 올라가서 커피라도 한잔하자고 했으나 팀장은 완이 때문에 가봐야 한다고 했다.

"다음에 정식으로 초대해."

팀장은 손을 흔들었다. 팀장은 기정의 마음을 다 읽고 있는 듯했다. 가까이 다가가면 도망치고 말 거라는 걸. 그렇지만 10cm쯤 거리를 두고서는 언제든 함께 있기를 바란다는 것을. 팀장은 10cm를 지키려고 애쓰고 있었다.

기정은 곧바로 십오 층에서 내려 초인종을 눌렀다. 지오를 본 아주머니는 놀라 이게 뭐냐고 거푸 물었다. 기정은 곧장 지오를 데리고 거실로 들어갔다. 아주머니는 이게 인형이야? 하고 물었다.

"네, 거의 자동인형이랄 수 있어요. 이름은 지오이고, 스물다섯 살이에요. 대학을 졸업했고, 출생지는 여기 K시예요. 제 작품이에요."

기정은 아주머니에게 지오가 태어난 배경을 들려주었다. 인형을 제작해 가는 사람들 이야기도 했다. 아이를 입양하는 것보다 낫다면서 목욕, 성형까지 가능한 예쁜 여자 아이를 제작해 가기도 하고. 앞으로는 소통이 잘 되지 않고 사사건건 트집이나 잡는 애인과는 헤어지고 밀랍인형이나 자동인형을 사귀는 사람들도 늘어날 거라고.

"이제 아들로 삼으세요."

아주머니는 신기한 듯이 지오를 짯짯이 훑어보았다. 손으로 뺨을 어루만지기도 했다.

"치 즐까?"

"말차 먹고 싶어요."

말차하고 화과자를 내오던 아주머니가 말했다.

"이런 인형 굉장히 비싸다고 하던데, 얼마야?"

"주문제작 받은 것도 아니고, 팔려고 만든 것도 아니에요. 제 작품이에요. 그냥 받아주세요."

아주머니는 미안해하는 기정을 알아보고 있었다. 입술에 묻은 녹색거품을 혀로 핥으며 아주머니는 고개를 끄덕였다.

"지오가 태어난 배경이라든가, 지오의 내면을 기록한 일기장 같은 것도 있으면 아주 좋을 거예요."

"내면을 기록한 일기장? 그거, 나보고 쓰라는 거야?"

"네, 스물 대여섯 가량이면 대학을 졸업했고, 회사에 들어갔을 수도 있고, 요즈음은 취직이 어려우니까 인턴이나 아르바이트를 할 수도 있고요."

"딱 보니까, 얘도 외향적은 아니야. 자기 내면으로 깊이 가라앉은 애야."

"그게 느껴져요? 난 참 발랄하고 쾌활하고 걱정거리 없는 청년으로 만들었는데. 여자 친구도 있고, 있을 건 다 있는 청년인데."

"걱정거리 없는 사람이 어디 있어? 누구나 자기 몫의 걱정으로 살아가는 거지."

자기 몫의 걱정? 기정은 아주머니를 물끄러미 바라보았다. 혼자라는 건 똑바른 사고까지 삼켜버리고 맥을 못 추게 하는 걸까.

기정의 무구한 시선이 부담스러운지 아주머니는 일어나 지오가 팔에 걸치고 있는 바바리를 만졌다.

"이 바바리는 왜?"

"사람처럼 보이려는 일종의 트릭이죠."

아주머니와 기정은 마주보고 웃었다.

"그런데 이 녀석이 있어 오늘 밤 잠이 올까 몰라."

"그래도 아무도 없는 것보다는 나을 거예요."

"그럴까?"

아주머니가 고개를 갸우뚱했다.

"잠이 안 오면, 지오의 내면기록을 써보세요."

"내면기록? 그래, 알았어, 내가 한 번 써보지."

기정은 아주머니와 지오에게 차례대로 작별인사를 하고 내려왔다. 오늘 저녁은 편안하게 잠을 잘 수 있을 것 같았다.

박경준 밀랍인형 뒤로는 일거리가 들어오지 않았다. 일감이 없으면 팀장보다 기정이 더 초조해졌다. 작품을 만들 분위기도 아니라 재료정리에 들어갔다. 지오를 만든 지 얼마 되지 않아 새 작품을 하고 싶지도 않았다. 미스 오는 사무실에서도 랩 음악을 틀어놓고 엉덩이를 씰룩이며 춤을 추었다. 노란 국화 덤불이 움직이는 것 같아 어쨌든 분위기는 환했다. 아무렇지도 않게 애인 작업실에 다시 간다고 했다. 그날 본 것은 싹 까먹은 모양이었다. 아니면 외로움이라는 물건이 1g이라도 더 얹힌 쪽이 관계에서 지는 거니까 미스 오의 시소가 땅 쪽으로 기울었는지도 몰랐다. 아주머니에게서는 연락이 없었다. 기정은 집에 가면 인터폰이 울리기를 바라고 있는 자신을 발견할 때도 있었다. 그래도 지오가 있으니까, 하고 먼저 연락을 하지는 않았다. 집에 가면 자신의 자유가 더 방만해진 것을 느꼈다. 정말 벽이 느껴지지 않아 약간 불안하기도 했다. 그동안 아주머니와 꽤 가까워졌고, 미지근하기는 해도 아주머니에게서 온기를 느꼈다는 걸 깨닫기도 했다.

퇴근을 하고서 소파에 올라앉아 커피를 마시고 있는데 인터폰이 울렸다. 아주머니였다. 저녁을 먹고 올라가겠다고 하니까 곧장 올라오라고 했다. 기정은 1503호로 갔다. 지오는 소파에 앉아 있었다. 미남형 청년은 섬뜩하도록 낯선 표정과 만질만질한 눈으로 기정을 바라보았다. 탁자 위에는 체리가 얹힌 흰 케이크와 수첩보다는 크고 대학노트보다는 작은 노트 한 권이 놓여 있었다. 기정은 손가락으로 케이크에 꽂힌 초를 셌다. 스물다섯 살에 해당하는 초가 꽂혀 있었다.

"오늘이 지오 생일이에요? 미리 말씀하셨으면 지오 옷이라도 지어오는 건데요."

기정은 지나치게 들뜬 목소리로 말했다. 아주머니는 탁자 위에 와인과 오징어포와 아몬드를 놓고 나서 초에 불을 붙였다. 기정은 지오를 탁자 앞에 앉혔다. 지오와 아주머니가 함께 촛불을 껐다. 아주머니는 세 조각으로 자른 케이크 중 한 조각을 기정의 접시에 떠 주었다. 기정이 케이크를 먹고 나자 아주머니가 노트를 내밀었다.

"지오의 내면기록이야. 읽어볼래?"

기정은 얼른 노트를 받았다. 황급히 펼쳐 읽었다.

이상훈: A대학 전자공학과 졸업. 전자회사 입사. 혈액형, A형. 성격, 무척 내성적. 아버지: 딱풀공장과 필름공장을 말아먹고 또다시 제본기공장을 차림. 자기 사업 외에는 이 세상에 직업이 없다고 생각함. 아내가 유방암 수술을 했는데도 일본의 주부들은 밤에 파트타임으로 일할 정도로 독립적이고 부지런하다면서 계속 일하게 함. 엄마: 손님이 싫어할까 봐 모자 대신 단발머리 가발을 쓰고 재래시장에서 '훈이네 건어물' 가게를 운영.

기정은 아주머니를 올려다보았다. 아주머니가 배시시 웃었다.

"그냥 잠 안 올 때 끼적거려 본 거야."

"완전 창작인데요."

두 바닥을 후딱 다 읽고 난 기정은 물었다.

"아주머니 전공이 뭐예요?"

"영문학."

기정은 고개를 끄덕이고, 다시 물었다.

"지금 지오의 직업은 뭐예요?"

"물론 하루 종일 자기 방에서 내면기록을 하고, 공부를 하지. 신발 밑창에 생무조개 나선형 무늬를 넣어 특허를 받고 싶어 하지."

"아주머니는 일체 방해하지 않고요."

"아니, 애인은 없어야 되고, 날 혼자 내버려두면 안 돼."

"여자 친구 정도는 있어야 하잖아요."

"없어도 돼."

"있어야 될 걸요."

기정이 조금 끼어들어 윤색하고, 아주머니와 둘이 타협하기도 해서 창작해 낸 내면기록을 정리하면 이랬다.

전자회사에 들어간 상훈은 두 달쯤 지나자 자신은 조직적이거나 얽매인 생활을 못 견뎌 한다는 걸 알게 되었다. 퇴근하는 버스 속에서는 늘 해가 지고 있는 서쪽으로 가고 싶어 하는 자신을 발견했다. 서쪽으로, 서쪽으로 가면 무엇이 있을까. 일 년 반 뒤쯤 가방에 늘 넣고 다니던 사표를 발작적으로 과장에게 내밀고 회사를 뛰쳐나왔다. 상훈은 내면을 기록해나갔다.

1, 방안에서, 마당에서 나선형 무늬를 찾는 놀이에 집중했다. 기하학적 무늬 속에서 나선형 무늬를 찾은 일은 쉬웠다. 찾자고 마음먹으면 나선형 무늬는 널려 있었다.

2, 소금호수에 만든 나선형 방파제를 보았다. 그걸 거꾸로 보니까 정말 달팽이 같았다. 피보나치수열(꽃과 나비만 봐도)을 생각하면 모든 게 질서 속에 있다는 걸 깨닫게 된다. 그러나 지금의 내 생활을 질서라고는 생각하고 싶지 않다.

3, 마당에 라일락꽃이 피었다. 보라색이 많은 계절에 자살률이

높다고 했다.

상훈은 정말 하고 싶은 일이 무엇인지도 내면의 기록을 통해서 알게 되었다. 앵무조개의 나선형 무늬로 된 운동화 밑창이나 등산용 파카를 만들고 싶었다. 졸업 전에 아쿠아리움에서 앵무조개를 본 그는 다른 것은 몰라도 옆으로 더 이상 확장이 안 되니까 밑으로 빙빙 파고 들어가 껍데기 끝면에 생긴 나선형 무늬에 끌려들어갔다. 상훈이 스케치북에 나선형 무늬를 그리고 있을 때 엄마의 비명소리가 들렸다. 저 새끼 밥은 왜 차려놓는데! 엄마의 가발을 벗겨 바닥에 집어던지며 아버지는 소리쳤다. 엄마를 괴롭히는 것으로 아버지는 상훈에게 분풀이를 했다. 맨머리를 두 손바닥으로 감싸안으며 돌아보는 엄마의 눈시울이 젖은 것을 상훈은 보았다. 왜 엄마를 괴롭히세요, 차라리 절 때리세요. 아버지는 야구방망이를 찾아들고 상훈을 내리치려고 했다. 엄마가 필사적으로 말리자 아버지는 거실의 물품을 모조리 깼다. 상훈은 자신의 삶에 치욕을 느꼈다. 앞으로 어떻게 살 건지 묻던 아버지 물음에 대답할 수 있을 것 같았다. 끝내면 된다고! 그러자 모든 의식이 한 방향으로 몰려가는 물고기 떼처럼 죽음 쪽으로 몰려갔다.

바다 건너편은 야산이었고, 그 아래로는 삼각형 모양의 갯바위가 뻗어 있었다. 접근을 금지한다는 위험표지가 꽂혀 있었다. 파도가 철썩거렸다. 신발을 벗어 가지런히 놓았다. 뛰어내리려는 순간이었다. 갯바위 위에 쪼그리고 앉은 남자를 보았다. 상훈은 어느새 갯바위 위에 엉거주춤하게 서 있었다. 해풍이 심하게 불고, 파도가 심하게 쳤다. 일어서던 남자의 바바리 자락과 양복바지 자락이 마구 펄럭였다. 중심을 잃고 휘청거리던 남자가 갯바위 아래로 쭈르르 미끄러졌다. 갯바위의 날카로운 끄트머리를 움켜쥐고 있는 남자의 손도 달려온 파도가 꿀꺽 삼켜버렸다. 상훈은 자신도 모르게 바다로 뛰어들었다. 잠영과 개헤엄으로 무거운 남자를 끌어냈다. 상훈은 털썩 주저앉고 말았다. 남자는 죽어 있었다. 죽으면 이렇게 초라한 물건이 되는구나. 이런 물건은 찾아가지도, 주워가지도 않을 거야. 상훈은 죽고 싶은 생각이 사라졌다. 그러나 이대로 집으로 돌아가고 싶지는 않았다. 변하지 않은 채로는. 상훈은 구둣발로 남자를 밀어버렸다. 남자는 단 한 번의 저항도 없이 바다로 들어가 버렸다. 상훈은 가까운 대리점으로 가 남자의 물 먹은 휴대전화를 살렸다. 통화기록부터 살폈다. 어머니와의 통화가 거의 전부였다. 버튼을 눌렀다. 지오니? 거기가 어디니? 잘못된 건 없지? 꼭 미국까지 갈 필요가 있니? 제발 돌아와라. 응? 남자의 어머니는 울먹였다. 바닷가에 있는데 좀 데리러 오면 안 되겠냐고 상훈은 차분하게 말했다. 삼십 분쯤 지나자 여자가 머플러를 펄럭이며 모래밭을 걸어왔다. 상훈은 더듬거리며 모든 것을 사실대로 말했다. 울먹이는 목소리가 엄마를 생각나게 했기 때문이었다. 여자는 갯바위 위에서 바다를 내려다보며 눈물을 흘렸다. 무엇을 어떻게 해야 하는지 아무것도 알 수가 없어 상훈은 여자 뒤에 무르춤하게 서 있었다. 눈물을 훔친 여자는 상훈에게 어머니와 아버지가 장례는 잘 치러줄 수 있는 사람인지 물었다. 아마, 그럴 거예요, 라고 상훈은 그 자리에 그대로 있는 자신이 벗어놓은 신발을 힐끗 보며 말했다. 신발로 눌러놓은 유서도 그대로였다. 여자는 담배 한 갑을 다 피웠다. 저녁이 되자 여자는 지오야, 집으로 돌아가자, 라고 했다. 상훈은 놀라 여자를 내려다보았다. 여자의 눈이 어디를 보고 있는지 알 수 없었다. 여자가 다시 말했다. 지오야, 엄마가 잘못했다. 집에 가자. 여자는 강이 내려다보이는 31평 아파트에 살고 있었다. 지오의 방에서 하룻밤을 자고 나자 여자가 북해도의 눈을 보러 가자고 했다. 눈 덮인 계곡에 들어서자 여자가 말했다. 난 아들을 입양하기 전에 이곳으로 와서 흰 눈 속에서 내가 아들을 낳았어. 그리고 오늘 난 이 자리에서 아들을 입양한 사실을 지워버렸어. 난 오늘 또 이 흰 눈 속에서 아들을 낳았어. 여자가 지오를 돌아보았다. 지오도 눈뿐인 계곡을 바라보며 고개를 끄덕였다.

기정의 휴대전화가 울렸다. 팀장이었다. 아주머니는 소파에서 일어났다.

"지금 어디야? 완이 토끼가 죽어버렸어."

"그래요? 완이는 어떻게 하고 있어요."

"말도 안 하고, 밥도 안 먹고, 잠도 안 자."

"또 걱정이네요."

"그 녀석을 어떻게 해야 될지 정말 모르겠어."

"제가 지금은 갈 수가 없어요. 내일 갈게요."

팀장은 기정과 함께 술이라도 한잔하고 싶었는지 망설이다 전화를 끊었다. 아주머니가 보이지 않았다. 기정은 덜컥 겁이 나 얼른 베란다 쪽을 보았다. 블라인드가 딱딱 소리를 내며 흔들리고 있었다.

"어디 계세요?"

5

눈과 함께 시작되었던 겨울이 가고 삼월이 되었다. 삼월이라고 해도 날은 풀리지 않고 가끔 눈도 내렸다. 꽃샘추위도 심했다. 일 감이 들어왔다. 팀장의 후배가 의뢰한 텔레비전의 범죄 스릴러물에 사용될 전신더미 한 구였다. 피부건조 병을 앓고 있어 바깥으로 나가지 않고 집안에서 웬만한 집무를 해결하는 남자가 있는데 언제부턴가 집안에 자신과 꼭 닮은 남자가 나타나 괴롭힌다. 남자는 매일 한 번씩 자신과 꼭 닮은 남자를 예리한 단도로 찌르고, 스무 군데쯤 찔리자 더 이상 숨을 쉬지 않는 시체를 불에 태워 없앤다. 남자배우가 K시까지 올 수 없다 하여 팀장과 기정이 드라마 촬영장소까지 갔다. 촬영이 끝난 남자배우의 얼굴을 팀장이 카메라로 수십 장 찍었고, 남자배우의 형체를 실리콘으로 그대로 본 떴다. 석고로 외형 틀을 만들어 작업실로 가져왔다. 외형 틀을 반으로 분리하여 그 안에 실리콘을 부었다. 틀을 비틀어 떼어내 더미를 빼냈다. 팀장이 얼굴사진과 비교해가며 세밀화 작업에 들어갔다.

며칠째 내내 흐리기만 하던 하늘에서 기어이 눈발이 떨어졌다. 나와, 점심이나 함께 먹게. 팀장은 토요일인데도 작업 중이었다. 기정은 눈 내리는 창밖을 보며 어디 갈 데가 있다고 했다. 또 눈 보러 가느냐고 팀장은 물었고, 잘 다녀오라며 전화를 끊었다. 기정은 밖으로 나왔다. 말티즈가 잔디밭 위를 뛰어다녔다. 눈밭에 찍힌 말티즈의 발자국이 앙증스러웠다. 눈이 오면 개들이 좋아서 팔짝팔짝 뛰어다니는 것으로 알고 있으나 사실은 개들이 발이 시려서 발을 동동 구르는 것이었다. 말티즈가 잔디밭 울타리 구실을 하는 피라칸사스의 빨간 열매에 코를 가져다댔다. 주인인 듯한 여자가 그거 못 먹는 거야, 라고 소리쳤다. 코를 뗀 말티즈가 갑자기 으르렁거렸다. 기정이 살펴보니 가시나무 가지로 도망쳐 올라간 고양이가 오들오들 떨고 있었다. 덩치가 커도 고양이는 개를 이길 수 없는 모양이었다.

아파트 정문에서 택시를 타고 간 기정은 사거리에서 내렸다. 눈은 점점 굵어지고, 눈밭은 점점 두꺼워졌다. 노란 제복을 입은 자동로봇이 수신호를 보내고 있었다. 석유를 실은 수송차량들이 석유저장소 앞을 느리게 지나다녔다. 성당 안의 잔디밭에두 눈이 두툼하게 쌓여 있었다. 본당의 지붕 위에서 두 팔을 벌리고 서 있는 예수의 어깨도 눈 더미로 도톰했다. 공무원연수원의 빈 광장에도 눈이 소도록하게 쌓여 있었다. 그곳의 화단에도 피라칸사스의 빨간 열매가 선명했다. 샛길에 들어선 기정은 뒤를 돌아보았다. 눈이 샛길을 차근차근 덮어와 등 뒤에서 자신을 지워버릴 것 같았다. 샛길 끝으로 보이는 숲 한 자락을 보자 뜬금없이 이 길이 마지막이 될지도 모른다는 예감이 들었다. 싫고 나쁜 예감이었다. 나쁜 예감일수록 적중률은 100%에 가까웠다.

눈은 멎었다. 숲을 오르던 기정은 숨이 차올라 소나무에 기대 잠시 숨을 골랐다. 소나무의 투박한 껍질이 잠시 등에 닿았다. 버팀목이 든든하게 받쳐주는 느낌이었다. 내 버팀목은 묘지에 누운 그인가, 기정의 입술이 약간 뒤틀렸다. 몇 발짝 더 올라가자 풀밭에 베어놓은 소나무 토막들이 보였다. 차곡차곡 쌓여 있는 토막들은 곧 나무꾼이 지고 내려갈 것처럼 보였다. 저 나무를 가져다 무엇인가 만들고 싶어졌다. 사람의 형상을 하나 빚고 싶었다. 자신을 지켜줄 손이 튼튼한 남자를 만들고 싶어졌다. 숨이 가지런히 골라지자 기정은 다시 걸어 올라갔다. 앞면 역할을 하던 커다란 바위를 손으로 만져보았다. 거칠고 딱딱한 느낌이었으나 그것만이 아닌 성스러운 감정이 어김없이 차올랐다. 숲 안으로 깊이 들어가자 눈 벽에 갇힌 것처럼 조용하고 편안했다. 마음을 놓아도 되었다. 그렇게 해도 아무 일도 일어나지 않는다. 어디선가 늑대의 울음소리가 들려올 것 같았다. 늑대가 나타나 자신을 피투성이로 만들어놓아도 좋을 것 같았다.

눈 덮인 숲속은 깊고, 넓었다. 아주머니는 지오와 잘 지내는지 요즈음은 기정을 찾지 않았다. 지오의 내면기록을 본 그날 아주머니는 욕실에 있다고 소리쳤다. 기정은 자신도 모르게 욕실 문을 열었다. 좋은 사람과 마음 놓고 통화하라고 욕실에서 샤워를 좀 했다고 하는 아주머니의 알몸을 보고 말았다. 상아빛에 가까운 피부와 군살 하나 붙지 않은 매끈한 몸매도 그렇지만 남자를 겪지 않아 아직도 선홍빛인 작은 젖꼭지에 기정은 살짝 충격을 받았다. 66살에도 원형 그대로인 젖꼭지를 가지고 있다니. 그 젖꼭지에 팥죽색을 넓게 칠해 주고 싶었다. 오르막길을 막 빠져나오자 눈밭 속으로 발이 푹 빠졌다. 돌멩이를 밟았는데 그만 비틀거렸다. 얼른 소나무 줄기를 붙들었다. 상수리나무 줄기를 타고 오르던 청설모가 몸뚱이를 움츠리며 기정과 눈을 마주쳤다. 안녕, 하고 기정은 손을 흔들었다. 청설모는 쏜살같이 위로 올라가버렸다. 나뭇가지에 있던 눈이 풀썩풀썩 떨어졌다. 기정은 다시 올라갔다. 무엇인가가 허공으로 푸르르 날아올랐다. 기정은 놀라 그곳을 보았다. 꿩이 소나무 사이의 희고 푸른 공간 속을 날아가고 있었다. 저번의 그놈일까. 꿩이 앉았던 낙엽 더미 속을 살펴보았다. 어른 주먹만 한 돌멩이 두 개를 꿩이 품고 있은 듯했다. 손을 대면 따뜻할 것 같았다. 저 꿩은 왜 새끼가 부화하지 않은까 하는 의심도 하지 못할까. 그러니까 동물이지. 위로 올라갈수록 줄기가 두 개인 쌍소나무가 많이 보였다. 갈라진 두 줄기는 신기하게도 굵기가 똑같고 모양도 똑같았다. 한 나무에 줄기가 두 개인 것이 쌍둥이처럼 보이지 않고 암소나무 수소나무가 얼크러져 있는 것처럼 보였다. 갑자기 숲이 뒤흔들렸다. 풀 더미가 흔들리고, 눈이 확 흩어졌다. 놀라 기정은 사방을 휙휙 돌아보았다. 털이 잿빛인 멧토끼가 소나무 사이로 지그재그로 폴짝폴짝 뛰어가고 있었다. 기정은 멧토끼를 잡고 싶었다. 잡아다 완이에게 주고 싶었다. 귀가 엄청 밝은 멧토끼는 기정의 기척에 잠시 옆을 돌아보는 듯도 했으나 순식간에 더 잽싸게 달아나버렸다. 커다란 귀 안쪽에 잎맥처럼 져 있던 붉은 핏줄이 잠시 기정의 눈에 남았다.

　일요일 날 완이와 팀장은 죽은 토끼를 아파트 뒤의 야산에 묻어주었다. 팀장은 이참에 빨간 가방도 묻어주자고 완이를 어르고 꼬드겼으나 완이는 넘어가지 않았다. 그 야산에서 한 오십대쯤 된 여자가 제법 도도록한 흙더미 앞에서 소주를 홀짝이고 있는 것을 보았다. 그 여자는 십오 년을 끌어안고 산 개가 죽자 야산에 묻어주고는 비가 오거나 마음이 울적하면 개 무덤을 찾는다고 했다. 완이에게도 자주 토끼 무덤에 오라고 했다. 그 여자 당부 때문인지 완이는 서너 번쯤 토끼 무덤에 가더니 산에 가면 무섭고 외롭다면서 발길을 끊었다. 그러더니 다시 빨간 가방을 들고 다녔다. 팀장이 미국너구리를 사다줄까, 하고 물으면 이제 생명이 있는 것은 싫다고 했다. 생명이 있는 것은 다 자기를 떠나버린다고 했다. 팀장은 빨간 가방에 더 집착하는 게 너무 보기 싫다고 했다. 완이가 잠을 잘 때 가방을 잘라버리려고 가위를 들었다가도 도로 내려놓을 수밖에 없다며 한숨지었다.

숲을 반쯤 올라온 기정은 소나무 사이로 나무십자가를 찾았다. 흰 페인트칠을 한 나무십자가가 이정표처럼 기정의 시선을 잡아끌었다. 나무십자가 앞에 서자 비로소 헝클어져 있던 것들이 가지런하게 모아지는 기분이었다. 묘지 옆에 쭈그리고 앉았다. 손을 뻗어 검은 대리석을 쓰다듬었다. 눈과 대리석의 차가움이 그대로 손끝에 전해졌다. 잘 있었어, 춥지는 않지. 기정은 팔을 뻗어 묘지를 힘껏 끌어안았다. 묘지는 맞춤하게 품에 안겼다. 이제 눈은 안 와. 진달래꽃이 피면 다시 올게.

거칠고 둔탁한 발소리에 기정은 상체를 들고 소리 나는 쪽으로 돌아보았다. 언젠가 샛길에서 본 외국남자와 청년이 무슨 말인가 열심히 나누며 묘지 쪽으로 올라오고 있었다. 석공처럼 보이는 중년 사내도 뒤따라왔다. 위쪽이나 옆쪽으로 갈 줄 알았는데 나무십자가가 있는 묘지로 왔다. 기정은 묘지 옆에 그대로 쭈그리고 앉아 있었다. 외국남자는 기정에게 눈으로 누구냐고 묻고는 지휘봉으로 묘지 옆의 빈 땅에 직사각형을 그리며 뭐라고 했다. 다시 힐끗 기정을 본 외국남자가 청년에게 뭐라고 했다. 통역가인 청년이 기정에게 무슨 일이냐고 물었다.

"네? 여긴 제 애인 묘지예요."

청년은 지도를 보며 절대 그럴 리가 없다고 했다. 외국남자가 무슨 일이냐고 물었다. 청년이 외국남자에게 뭐라고 하자 외국남자도 지도를 들여다보며 절대 그럴 리가 없다고 했다.

"제 애인 묘지인데요."

"묘지를 잘못 아는 것 아닌가요?"

외국남자와 청년은 위쪽을 가리키며 말했다.

"아니에요."

기정은 소리쳤다.

"이 묘지에는 선교사인 안토니오 공베르 신부가 잠들어 있습니다. 네덜란드에서 오신 선교사님의 유해도 이쪽으로 옮기고 다시 단장할 겁니다."

청년의 말이 끝나자 외국남자는 기정의 눈앞에 지도를 펼쳐 보이더니 동그라미를 쳐놓은 부분을 손가락으로 짚어 보였다. 석공처럼 보이는 중년 사내가 찌그러진 눈두덩을 씰룩대며 기정을 바라보았다. 그 눈이 불쾌하고 섬뜩했다. 기정은 돌아섰다.

기정은 숲을 내려왔다. 눈 위에서 종종거리던 청설모가 동작을 멈추고 모형처럼 가만히 있었다. 때론 가짜라도 필요하잖아. 기정은 안녕, 이라고 손을 흔들지 않았다. 저 청설모는 나를 혹 하나의 나무로 여기는 걸까. 청설모는 잽싸게 기정의 눈앞에서 사라졌다. 꿩이 푸드덕, 허공으로 날아올랐다. 꿩이 앉았던 자리에는 따뜻할 것 같은 돌멩이 두 개가 놓여 있을 것이다. 아무리 오랫동안 품어도 새끼는 알을 깨고 나오지 못하지. 기정은 돌멩이를 새끼라고 품고 있는 꿩이나 자신이나 다를 것이 하나도 없다는 생각이 들어 나뭇가지를 하나 꺾었다. 눈이 확 쏟아졌다. 꿩을 향해 나뭇가지를 던졌다. 나뭇가지는 기정의 코앞에 떨어졌다.

일 년 전 그날도 눈이 내렸고, 온 천지는 눈으로 덮여 있었다. 어머니를 보내고 혼자 남겨진 기정은 견딜 수 없어 숲으로 갔다. 눈 쌓인 숲속을 걸어 올라가는 것이 쉽지 않은 일이었으나 기정은 아무 곳으로나 발길 닿는 대로 걸었다. 발을 헛디뎌 낭떠러지로 추락사한다 해도 상관없을 것 같았다. 숨은 벽이 나타나 자신을 꿀꺽 삼켜버려도 좋을 것 같았다. 빙산을 오르는 사람은 눈 속으로 사라지고 싶은 욕구와도 싸우지 않을까, 하는 생각도 들었다. 그때 나무십자가가 이정표처럼, 표식처럼 시선을 잡아끌었다. 기정은 나무십자가를 향해 다가갔다. 나무십자가 아래에는 검은 대리석 묘지가 있었는데 묘비도 없고 그 옆은 맨땅이었다. 버려진 묘지라기보다 완성이 덜된 묘지였다. 기정은 대리석 묘지 옆에 쭈그리고 앉아 있었다. 돌과 황토뿐인 산이나 다 타버린 잿더미나 버려진 폐허를 볼 때처럼 두려움이 물러가고 긴장이 풀어지면서 마음이 없는 것처럼 편안해졌다. 즐거운 묘지라는 말을 이해할 것 같았다. 그 뒤로 숲을 올랐고, 나무십자가를 찾았고, 묘지 옆에 앉았다. 너무 조용하고 편안한 것이 두려워 대리석 묘지를 손으로 천천히 쓰다듬은 것은 한 달 후쯤이었다. 잘 있었어, 춥지는 않지. 그 말에 기정은 놀랐다. 그러나 그를 묘지에 묻고 있었다. 아무것도 없는 것은 견딜 수 없으니까.

소파 위에서 개처럼 몸을 동그랗게 말고 가끔 신음소리를 내지르던 기정은 눈을 떴다. 거실은 껌껌했으나 밖에는 햇볕이 내리쬐고 있는지 투명하고 서늘한 기운이 느껴졌다. 밤새 잠들지 못하다가 새벽에 수면제를 먹고 잠이 들었었다. 유리탁자 위에는 빈 와인병과 오르골이 놓여 있었다. 유리탁자 앞으로 기어가 채를 들어 오르골을 탁 때렸다. 풍성한 치마를 입은 여자가 빙그르르 돌자 여자 속에 남자가 있는 것처럼 여성남성 이중창이 흘러나왔다. 일어나 커튼을 걷고 베란다로 나갔다. 블라인드를 걷자 햇살이 확 밀려들어왔다. 강을 내려다보았다. 강은 희게, 투명하게 빛났다. 흰 도색을 한 것처럼 반질거리는 곳도 있었다. 모든 것이 너무 넓어 보였다. 기정은 자신의 존재감이 느껴지지 않았다. 아무것도 손에 잡히지 않을 것 같았다. 아주머니가 앞에 있다면 또다시 두 손으로 밀어버릴지도 몰랐다. 기정은 겁이 났다. 목이 말랐다. 거실로 들어와 냉장고에서 생수 병을 꺼내 벌컥벌컥 들이켰다.

갑자기 밖이 시끄러웠다. 기정은 베란다로 뛰어나갔다. 무슨 일일까. 이상한 전율이 몸을 예리하게 훑고 지나갔다. 가슴이 쿵쾅쿵쾅 뛰었다. 덜덜 떨고 있는 손을 낯설게 내려다보았다. 베란다 밖으로 몸을 내밀고 밖을 보았다. 너무 희어서 눈이 부신 강이 먼

저 눈에 들어왔다. 몸을 더 깊숙이 숙이고 아래를 내려다보았다. 사람들이 웅성거리고 있었다. 어떤 예감이 몸을 짝 쪼개듯 한 줄기로 지나갔다.

화단에 한 여인이 스토로브잣나무 줄기를 반으로 부러뜨린 채 널브러져 있었다. 여인의 몸뚱이는 눈 덮인 화단을 짓뭉개놓았다. 등과 엉덩이 밑은 거칠게 파헤쳐져 있었다. 여인의 맨발 끝에 있는 피라칸사스의 붉은 열매가 지나치게 붉었다.

왼쪽으로 틀어져 있는 얼굴을 들여다본 기정은 풀썩 무너졌다. 누가, 누가 밀었을까. 새파랗게 질려 자신의 손을 내려다보고 있는 기정에게 누군가가 물었다.

"왜 아가씨 아는 사람이야?"

"혹 어머니이셔?"

기정은 아무 말도 하지 못하고 그대로 서 있었다.

"남편하고 싸웠나? 아님 몹쓸 병이라도 걸렸었나?"

"이 아파트에서 벌써 세 번째야."

"십오 층에 혼자 사는 사모님이야. 생전 경로당에도 오지 않고 사람들하고도 친하지 않더니. 여기 사는 노인들과는 수준차이가 나서 못 논다고 하더니."

"경애 엄마, 지금 그런 말이 나와?"

"저 사모님은 아직 칠십도 안 됐는데 경로당에는 왜 가?"

"경로당은 칠십 넘어야 가야 되는 법이라두 있어?"

경비는 무전기로 계속 무슨 말인가를 했다. 앰뷸런스 차가 달려왔다.

아주머니를 실은 앰뷸런스가 떠나고 나자 기정은 엘리베이터를 타고 십오 층으로 갔다. 닫혀 있을 거지만 손이 문을 힘껏 당겼다. 문은 닫혀 있지 않았다. 누군가 있을 것 같아 기정은 거실로 뛰어들어갔다. 거실에는 아무도 없었다. 베란다로 나갔다. 지오가 뒷목에 칼이라도 맞은 것처럼 수키와의 콩란과 암키와의 풍란을 뭉개고 엎어져 있었다. 소파 앞의 탁자에는 새로 쓴 유서가 놓여 있었다. 아무리 노력해도 내 생활은 바뀌지 않는다. 선혜림. 기정은 거실바닥에 털버덕 주저앉았다. 아주머니는 지오랑 벌이는 인형놀이에 싫증을 느끼자 주저 없이 뛰어내렸다. 아주머니는 죽을 때도 이기적이었다. 기정은 베란다로 나가 지오의 텐션 줄을 잡아채 일으켜 세웠다. 지오를 안고 나와 비상계단으로 내려왔다. 집으로 들어오자 지오를 입구에 내려놓고 싱크대를 뒤져 소주병을 찾아냈다. 단숨에 한 병을 마시고 쓰러졌다.

여기가 어딜까. 기정은 깜깜한 어둠 속에 내팽개쳐 있는 몸뚱어리를 낯설게 내려다보았다. 여기가 어딘지 모를 때만큼 막막하고 서럽고 두려운 것도 없었다. 둘레둘레 사방을 살폈다. 소파 위라는 것을 알기도 전에 딱따구리가 쪼는 것처럼 머리가 아파 두 손으로 머리통을 조였다. 엉금엉금 기어가 텔레비전을 켰다. 뉴스가 나오는 채널에 맞추어놓고 유리탁자로 다시 엉금엉금 기어왔다.

채를 들어 오르골을 딱 때렸다. 풍성한 치마를 입은 여자가 빙그르르 돌자 여자 속에 남자가 있는 것처럼 여성남성 이중창이 흘러나왔다. 듣기 싫었다. 그래도 채는 마구 오르골을 때렸다. 얼마나 지났을까. 채가 오르골 여자 코 위에서 멈추었다.

오늘 오전 열한 시 경에 명문대 출신의 상류층 할머니가 외로움을 견디지 못해 십오 층 베란다에서 뛰어내렸습니다. 아무리 노력해도 내 생활은 바뀌지 않는다, 는 유서를 남겼습니다.

기정은 벌떡 일어섰다.

"난 아주머니와 말을 한 적도 없어."

기정은 지오에게로 갔다. 지오의 텐션 줄을 끌었다.

"난 어떡해야 돼? 이제 묘지에 누워 있지 말고, 나랑 살래?"

작품 해설

죽음을 짜내는 페넬로페들

죽음을 짜내는 페넬로페들

김나정(문학평론가)

물 혹은 無

마음의 구멍엔 바닥이 없다. 어둠과 외로움, 권태와 분노가 고여 든다. 물의 형태를 빌린 죽음은 도처에서 입을 벌리고 있다. 강과 늪, 저수지는 넉넉한 품으로 끝장을 기다린다. 무의미와 무기력은 켜켜이 쌓여간다. 둘러싸인 녹색이 옥죄고 기억이 숨통을 조이지만 벗어날 길은 보이지 않는다. 나무를 타고 올라간 담쟁이덩굴은 허공만 그러쥔다.

삶이란 고통에서 놓여날 길은 너무나 간단하여 무섭다. 구멍과 함께 송두리째 사라지면 그만이다. 강은 뭐든 받아먹어준다. 죽음은 구멍마저 무로 돌려놓는다. 김영옥 소설에는 물로 지워지는 인물들이 자주 등장한다. 「물거울」의 미선의 아버지는 늪에 빠져 죽었다. 「돌」에서 '나'는 죽은 아버지를 강에 밀어 넣는다 **"아버지와**

함께 가라앉기 시작한 시퍼런 물살이 쾌쾌한 악취와 화약약품 냄새를 내뿜었다." 「양산」에는 죽음을 거느리고 강을 내려다보는 남자가 등장한다. 「녹색표적」에는 저수지에 뛰어드는 남자와 저수지에 끌리는 여자가 등장한다.

아무것도 담지 않은 저수지는 짐승 아가리보다 더 검고 깊었다. 깊이나 넓이를 짐작할 수 없는 것은 그녀 숨구멍을 막았다. 검은 물이 그녀를 끌어들였다. 와, 와, 한 순간이야. 곧 아무렇지도 않아. 와, 와, 어서 와.
                                              —「녹색표적」

물로 가장한 죽음은 고통을 끝내주겠다고 찰랑거린다. 저 아래서 먹먹한 얼굴로 구원을 약속한다. 「숲의 정적」에서 위층 아주머니는 베란다에서 강을 내려다본다.

"물빛이 너무 좋다. 난 매일 배를 타고 바다나 강을 항해 중인 것 같아. 가도 가도 보이는 것은 흰 햇빛과 흰 물빛뿐인 것 같아. 내게 주어진 것은 자유뿐인 것 같아."
                                              —「숲의 정적」

문학에서 죽음은, 종종 물로 탈바꿈한다. 바슐라르는 『물과 꿈』에서 '죽음이나 자살 등의, 불길한 운명에 대한 끝없는 몽상 전부가, 그렇듯 강하게 물과 결부되어 있는 것이라면, 많은 혼에 대해서 물이 특별히 우울한 원소라는 사실'이라고 말한다. 어머니로 상정되는 물은, 그 포용력으로 모든 고통을 끌어안아 끝내준다.

물에 홀린 사람들은 죽음충동에 사로잡힌 셈이다. 프로이트는 『쾌락원칙을 넘어서』에서 응집과 통일을 지향하는 삶에 대한 충동인 에로스Eros의 반대편에 사태를 파괴하고 연결을 해체하는 죽음의 본능인 타나토스Thanatos를 두었다. 물이 삼킨 사람들은 무겁게 가라앉은 것들은 떠서 흘러가고 분해되어 사라진다. 타나토스는 자기 자신을 파괴하고 생명이 없는 무기물로 환원시키려는 충동을 이른다. 고통도 권태도, 고통과 외로움도 없는 돌멩이로 바닥으로 가라앉고 싶다. **"수송차량 철망 사이로 들이민 돼지들 눈처럼 너무 절망스러워 외려 평화스러워 보이는 그 눈"**은 구원을 약속한다. 고통과 단둘이 남느니 차라리 무無가 되려든다. 하지만 물에 빠진 사람은 누구나 몸부림을 친다. 사람을 삼키고도 감쪽같은 물에 진저리를 친다. 발을 떼어놓기 전, 아래 놓인 물에 얼굴이 얼비친다. 나를 붙들어 매줄 끈은, 나를 잡아줄 손은 없는가?

무심한 자연, 어김없는 죽음

세상에 치이고 인간관계에 부대끼면 사람은, 자연으로 숨어든다. 녹색은 들끓는 욕망을 다스려주고, 마음의 상처를 보듬어주리라. 소설에서 자연은, 도피처이며 새로운 삶이 뿌리내리는 보금자리가 되어주곤 했다. 하지만 김영옥의 소설에서 자연은 위안처가 되지 못한다. 외려 인간을 옥죄거나 무력하게 만드는 데 일조한다. 사방에서 둘러싸 옥죄는 '녹색', 사람을 삼키고도 무심한 '늪과 저수지', 강의 '물', 천지만물과 기억마저 덮고 묻어버리는 '눈', 사람을 찌르고 들어오는 '햇빛'은 인물들을 위협한다.

「안경」의 여자는 마취 성분을 뿜어내는 양귀비 밭에 파고들어 자신이 처한 상황을 잊으려들지만 망각은 녹록치 않다. 「돌」의 아버지는 돌을 모으는 것을 위안으로 삼지만 그 돌에 의해 살해당한다. 숲은 다친 짐승을 품어준다고 한다. 「물거울」, 「녹색표적」에서 현실에 치인 여자들은 외딴 곳으로 숨어들지만 자연에 녹아들지 못한다. 「물거울」의 여자는 사람을 받아먹는 늪을 바로 옆에 두고 살아가며, 「녹색표적」의 여자는 지긋지긋한 녹색에 시달린다. 그녀의 "집 안팎도 온통 녹색이었다. 두툼한 이끼가 장독간과 우물가를 **빽빽**하고 치밀하게 뒤덮고 있었다. 녹색 이끼는 감나무 줄기까지 점령해가고 있었다." 그녀는 녹색에 질식당하고 식물들에게서 파충류를 떠올린다. "녹색을 순수하고, 원시적이고, 원형적이고, 생명의 빛깔로 느끼지 못하고 그녀는 심한 어지럼증과 함께 지독한 권태만 느꼈다. 어쩌면 내게 허락된 것은 녹색뿐일지 몰라." 사방의 녹색은 그녀를 감싸주지 않는다. 오히려 녹색은 변화 없음과 모노톤으로 물든 그녀의 무기력한 삶을 대변한다. 사방을 둘러싸고 자신을 옥죄어오는 '녹색'을 향해 그녀는 표창을 던지는 미미한 저항을 꾀

할 뿐이다.

「숲의 정적」에서 위층 아주머니는 베란다에서 강을 내려다보며 말한다. **"물빛이 너무 좋다. 난 매일 배를 타고 바다나 강을 항해중인 것 같아. 가도 가도 보이는 것은 흰 햇빛과 흰 물빛뿐인 것 같아. 내게 주어진 것은 자유뿐인 것 같아."** 가까이 있던 사람들을 모두 잃은 여자는 어떤 의미에서는 얽어맨 것들에게서 놓여난 셈이다. 그러나 자신을 세상에 비끄러매줄 이유도 잃어버렸다. 강은 여자에게 '자유'를 주지만 막막한 자유는 여자를 끊임없는 자살충동에 밀어넣는다. 그녀를 삶에 붙들어 매줄 것이 남아있지 않기 때문이다.

「물거울」의 배경에 놓인 '늪'은 생명과 죽음이 갈마드는 장소다. 검정과 녹색이 번갈아 오간다. 늪은 사람을 삼키고도 꾸역꾸역 지속된다. 변함없는 자연은 모든 것을 끌어안는 시간의 무심함을 나타낸다. 인간의 시간, 그 끝자락에는 어김없이 죽음이 놓여 있다. 자연은 인간을 지우고도 끄떡없고, 시간은 인간을 삼키면서 흘러간다. 김영옥 소설의 인물들이 시달리는 죽음 충동, 무기력의 바닥엔 시간의 파괴성과 죽음의 무자비함이 도사리고 있다.

자연은 그 무심함, 변함없음, 무한함, 편재성으로 인간을 무력하고 보잘것없게 만든다. 묵묵하고 어김없는 시간 역시, 죽음으로 삶을 무로 환원시킨다. 이겨낼 수 없는 것들 앞에서 사람은 무력해진다. 삶은 무의미해진다.

죽은 척, 모른 척, 잊은 척

죽음 충동은 흔히 공격성과 결부되는데, 이는 무의식적인 자기 파괴적·자기 처벌적 경향으로 나타나기도 한다. 「돌」의 남자는 어떤 것에서도 의미를 찾지 못한다. 어떤 일도 하고 싶지 않고 아무 일도 하지 않는다. 그는 돌을 모으는 아버지에게, **"돌에다 뭔 의미를 그렇게 집어넣으려고 그래요? 그래봤자 결국 돌이죠. 돌. 아무 의미도 없고, 아무 생각도 없는 돌!"** 이라고 했지만, 그 자신은 점점 돌처럼 살아간다. 무의미의 결정체가 되어간다. **"공부만 하고 있으면 해가 떴고, 해가 졌다. 외로움도, 불안도, 결핍도, 물음도 없었다. 그 상태가 나는 좋았다."** 졸업을 하고 그는 고시원의 둔중한 평화 속에 잠겼다. 돌처럼 무심하게 생각 없이 살아간다. 소파에 붙박이로 살았던 어머니처럼 아들인 그도 놓인 자리에 그대로 있기만을 바란다. 하여 회사에서 떨려나고, 여자 친구는 그에게 미래가 없다며 결별을 선언한다. 그는 이해할 수 없다. **"왜 꼭 밖으로 나가서 돈을 벌어야 하지. 굶어 죽는 것도 아니고, 돈이 없는 것도 아닌데. 왜 직장에 나가야만 발전을 하고, 사람답게 산다고 여기는 건지."** 무의미는 무기력으로, 권태는 짜증으로 이어진다. 젊은 놈이 손발을 안 놀리고 애비의 등골을 파먹고 산다며 타박하는 아버지에게 그는 분노를 폭발시킨다. 돌이 흔들린다. 그의 삶은 부모의 결핍을 물려받은 (자기 자신밖에 모르면서 무기력한 어머니, 공부만 하라던 아버지)결과이기도 하다. "그건 결국 아버지 욕심이죠. 무덤까지도 가지고 가고 싶은데 그럴 수가 없으니까 아들인 나에게 맡겨놓는 거라고요. 그러면 죽어서도 아버지 것이 된다고 착각하는 거죠. 아버지 재산이 형제라든지, 딸에게는 한 푼이라도 돌아가면 큰일나죠. 그러니까 내 핑계를 대며 미리미리 수 쓰는 거죠."

분노로 돌은 파열한다. 그는 아버지가 애지중지하던 돌 '사유석'으로 아버지의 머리를 내리친다. 생각이 없이 돌처럼 살던 그가 부친살해의 도구로 삼은 것은 아이러니하게도 사유思惟석이었다. 아버지의 시신을 강에 버리고 돌아오는 길에 반대편 차선에서 넘어온 차가 그의 차를 들이박았다. 자신의 죽음 앞에서도 그는 공포나 아쉬움 대신 "모든 일이 너무 귀찮고 성가셨다." 는 느낌만 받는다. 그는 돌처럼 살다가 돌로 아버지를 죽이고 돌처럼 삶에서 굴러떨어져 나간다. 의미를 찾지 못하는 삶은 돌과 다를 바 없다. 돌은 근친의 죽음이나 자신의 죽음마저도 애달파하지 않는다.

「거인의 손가락」의 소녀는 기댈 데가 없다. "네가 아니면 이 고생도 없을 텐데."라고 말하던 엄마는 이 년 전에 집을 나갔다. 빵을 굽는 아버지는 일주일에 두 번쯤 집에 오거나 엄마를 잡으러 다니거나 '바비 인형'들과 놀러 다니고, 한글도 모르는 동생은 집 밖으로 나돈다. 하지만 사람은 사람 없이 살 순 없다.

"왜 담쟁이덩굴은 아무 데나 달라붙는 것일까. 그게 궁금해 사층 선생님에게 물어봤더니 뿌리가 없어서라고 했다. 그래서 담쟁이는 버팀목이 있어야만 살 수 있는 불완전한 식물이라고 했다."

소녀는 공부를 가르쳐주는 사층 선생님을 엄마의 자리에 놓고, '삼촌'이라고 불리는 대학생의 방을 들락거린다. 사층 선생님은 외국인 노동자를 돌보는 데 바쁘기에 독점할 수 없다. '삼촌'은 소녀의 몸을 탐한다. 하지만 그 손길의 온기도 아쉽다. 아슬아슬한 애정과 왜곡된 관심에 기대어 소녀는 간신히 살아간다. 관심의 조각이나 욕망의 손길마저 없다면 버텨낼 힘이 없어서다. 하지만 집을 나간 엄마와의 대면한 뒤 소녀는 흔들린다. "은정아, 나는 요즈음, 마음이 너무 편안하다. 너네 둘을 생각하면 가슴이 한 쪽이 시리지만……." 공부도 하고 꿈도 생겼다며 엄마는 다시 찾아오지 말라고 한다. 놀이터에 혼자 남은 것 같은 심정인 소녀는 사층 선생님을 찾아가지만 방은 비었다. 소라는 영어학원에 등록했고 범수는 검도장에 갔다. 아무도 없다. 담쟁이덩굴은 허겁지겁 허공을 더듬는다. '삼촌'은 찾아온 소녀에게 성폭행을 시도한다. 소녀는 자기를 파괴하면서까지 누구라도 곁에 두고 싶다. "내 두 손은 거인의 손가락처럼 삼촌의 어깨를 움켜쥐었다." 다행히 사층 선생님이 찾아와 구해준다. "돌아서는 선생님의 눈이 축축한 것을 나는 보았다. 나는 그냥 따뜻한 게 좋았을 뿐인데."

소녀는 사층 선생님을 찾아가 이제부터라도 공부를 열심히 하겠다고 한다. 하지만 외국인을 찾았다는 소식을 듣자 선생님은 소녀를 두고 가버린다. "뿌리 없이 떠도는 외국인들이 선생님을 친친 휘감고 놓아주지 않았다." 소녀는 담쟁이덩굴로 뒤덮인 벽에 대고 물구나무서기를 한다. 덩굴손이 마지막으로 손을 뻗은 곳은 허공이다. 이렇듯 쓸쓸함을 모면해보려는 허망한 노력은, 「숲의 정적」에도 등장한다.

"미안해. 그래도 아무도 없는 것보다는 낫지 않아? 아무도 없는 것 만큼 무서운 것은 없는 거 같아. 우리 위층 아주머니는 정말 주위에 아무도 없어. 너무 고독한 거야. 어제는 나보고 자신이 의식하지 못할 때 베란다에서 자기를 밀어버리래."

"그래? 그 정도야?"

"사랑한다면 그냥 옆에 붙들어놓아."

"사랑하지 않아."

사랑하지 않아도 그 정도라도 몸과 마음을 맡길 수 있다면 된 거 아니야.

부족한 관계라도 상관없다. 기만적인 관계라도 개의치 않는다. 달리 살아갈 길을 못 찾았기에 자신을 죽이고 속이는 것을 삶의 방편으로 삼을 수밖에 없다.

「안경」에서 미란은 오교수가 자신의 몸을 만진 뒷날이면 양귀비 꽃밭으로 가 멧돼지 가죽을 뒤집어쓴다. 상황이 괴롭지만 달리 벗어날 방법이 없기 때문에 멧돼지 가죽으로 자신의 공격성을 해소하는 수밖에 없다. 가면 쓰기는 자신에게서 벗어나려는 안간힘이다.

처음 오교수의 집에서 나왔을 때 미란은 아무 곳으로나 걸었다. 아직 깨어나지 않은 새벽 산 위에는 시커먼 구름이 엉켜 있었는데 왼팔과 주먹에 힘을 잔뜩 준 채 울부짖고 있는 거인 같기도 하고 누군가를 들이박으려고 맹렬하게 달려가는 힘센 멧돼지 같기도 했다. 오교수의 수족이 되어 태국에 갔을 때 시장에서 멧돼지 가죽을 보자 그날 새벽에 본 시커먼 구름과 거인과 멧돼지가 불화살이 꽂히듯 딱 떠올랐다. 망설이지 않고 비싼 값에 가죽을 샀다. 호텔에서 멧돼지 가죽을 쓰고 오교수에게 달려들어 보았다. 오교수가 겁먹은 목소리로 무슨 일이냐고 물었다. 분노가 삭았다. 아니 새어나오는 분노를 멧돼지 가죽으로 덮어버렸는지도, 나약한 자신이 멧돼지 속으로 숨어버렸는지도 모른다는 생각을 미란은 지금도 버리지 못했다.

「안경」에 등장하는, 주먹을 쥔 채 말없이 꾸역꾸역 걷는 청년도 그녀와 닮은꼴이다. 그는 군대에서 당한 일이 뭔지 말하지 못한다. 대신 걷는다. 달아나지도 못하고 같은 자리를 맴돌 따름이다. 하고 싶은 말을 하지 못하는 청년의 얼굴은 햇빛에 붉게 타들어가고, 멧돼지 가죽을 쓴 미란의 발밑으로 양귀비꽃은 뭉그러진다.

못 본 척하고 때론 잊은 척, 아무렇지도 않은 척한다. 「숲의 정적」의 기정은 떠난 남자 친구를 죽은셈 친다. 그래야만 살 수 있기 때문이다. 그리고 죽지 않은 사자를 애도하는 일로 버틴다. "기정은 다시 손을 뻗어 검은 대리석 묘지를 쓰다듬었다. 차가운 감촉에 잠깐 선득 놀라 몸을 떨었다. 거칠게 찍혀 있는 발자국이 또다시 눈을 파고들었다. 기정은 일어섰다. 쌀가루를 백 자루도 넘게 들이부은 것처럼 두툼하게 쌓여 있는 눈을 모종삽처럼 두 손으로 펴 발자국 위에 덮었다. 두 군데의 발자국을 덮고 나자 손이 몹시 시렸다. 그래도 눈을 퍼 계속 발자국을 덮었다. 그 위로도 눈이 내렸다."

시린 손으로, 눈을 끌어 모아 상실을 덮는 행위는 이 소설 속 다른 인물의 생존방식이기도 하다. 기정의 위층 아주머니는 남편을 경비행기 추락사고로 잃은 뒤 북해도로 갔다고 한다.
"눈이 퍼붓는데, 보이는 것은 전부 눈뿐이었는데 현실 같지가 않았어. 이대로 눈에 갇혀 죽어도 좋겠다는 생각이 들었어." 내리는 눈으로 기억은 하얗게 지워진다. "모든 것을 덮어버렸어. 남편과 결혼한 사실조차 처음 만나 연애하면서 데이트하고, 그 좋은 시절만 빼놓고 다른 건 다 눈 속에 묻어버렸어. 그렇게 되니까 남편은 도로 애인이 되었어." 위층 아주머니는 아들과 소식이 끊기자 또 북해도로 갔다. "흰 눈밭 속에 서서 아들을 입양했던 일을 다 묻어버렸어. 아들을 입양한 적 없다고. 입양한 사실을, 함께 살았던 사실을 눈으로 다 지워버리고, 다 덮어버렸지. 그러니까 편해졌어. 지금은 아주 편해."

눈으로 눈을 가린다. 이런 외면은 위태로운 생존방식이다. 눈은 지우지 못하고, 잠시 덮어줄 뿐이다. 순백의 눈이 녹으면 질척한 물기만 남는다. 현실과 자신에 대한 눈 돌림은 타인에 대한 외면으로 이어진다.

외면과 눈멂

김영옥 소설에는 눈 돌리는 '목격자'가 등장한다. 「안경」의 미란은 교통사고로 위장한 살인 장면을 목격했지만 증언하지 못한다. 주변 사람의 만류, 경찰서 앞에서 본 가스총에 맞은 사람, 자신 속의 주저함이 그녀의 발목을 잡는다. 「양산」의 여자도 교통사고를 목격했지만 잊으려하고 그날 들고 있었던 양산이 기억을 불러온다며 팔아버리려고 한다. 그러나 외면은 고통과 죄책감을 가져온다.

그토록 괴로워하는 것은 사고를 당하는 사람들은 주인공들과 닮은꼴이기 때문이다. 자신과 겹쳐지는 인물들에게 눈을 돌렸다는 것은 고통을 자아낸다. 피해자면서 방관자가 되었다는 죄책감마저 불러온다. 「안경」의 미란은 장님인 오교수가 손으로 자신의 성기나 몸을 만져도 거부하지 못한다. 그러나 사건을 보고도 못 본 척 하는 그녀도 어떤 의미에서는 장님과 다름없다. 멧돼지 가죽으로 자신의 분노를 다스리던 미란은 자기처럼 억울한 사정을 가진 사람을 외면했다.

"멧돼지는 무엇인가에 걸려 앞으로 팍 고꾸라졌다. 몸을 움츠리고 일어서려는 순간 두꺼운 그물망에 갇혔다는 것을 알았다. 멧돼지는 망에 동그랗게 갇힌 채 위로 끌려올라갔다. 관공서에서 나온 사람들이 기중기로 멧돼지가 갇힌 망을 끌어올리고 있었다. 멧돼지는 포획 당했다."

잊으려고 하거나 못 본 척하려는 인물들을 추궁하는 것은 '빛'이다. 김영옥의 소설에서 명명백백한 빛은 대심문관처럼 인물들을 추궁한다. 「양산」은 단지 햇빛만 막아주는 것이 아니다.

"양산을 쓰면 타인들의 탐색적인 시선에서도 비켜날 수도 있었다. 보일 듯 말 듯해서 마치 숨바꼭질하는 여성 같은 느낌도 들었다. 양산의 동그란 부분이 방패마냥 타인들의 시선을 차단했다. 만약 타인이 여자에게 해코지를 하려고 든다면 자루를 창처럼 사용할 수도 있었다. 양산을 쓰면 창과 방패를 동시에 갖고 있는 것과 마찬가지였다. 그래서 무서울 것도 없었고 두려울 것도 없었다."

「숲의 정적」에서 기정은 죽음에 끌려들어가는 윗집 아주머니를 베란다에서 떼어놓고는 "유리문을 닫고 고리를 잠갔다. 블라인드도 줄을 세게 당겨 내렸다. 넓은 강도, 넓은 공터도, 무한대로 커나가게 하던 햇빛도 모두 없어졌다."

못 본 척이 가져오는 괴로움은 몇 편의 소설에서 반복적으로 등장하는 '눈멂'의 이미지와 연결된다. 시력을 잃는 것은 세상에서의 고립을 의미하기에 치명적이다. 「물거울」에서 조카인 화연은 시신경 장애로 색깔을 보지 못하게 된다. 디자이너인 그녀에게는 치명적인 일이다. **"현란한 색이 사라지고 좁아진 시야를 검은색이 채워오면 마음이 편안해지기도 했다. 그러나 검은색은 밥을 빼앗아갔다."**

「녹색표적」의 여자의 아버지는 한쪽 눈을 보지 못했고, 그녀가 구해준 베이지색 사파리 남자가 죽으려던 까닭은 시력을 잃어가기 때문이다. 그는 여자와 가까워진 뒤 자신의 사연을 들려준다. 그는 초등학교에 들어가기 전부터 시력이 약했다. 책을 좋아해 학자가 되고 싶었지만 무리였고 대기업에 들어갔지만 시력이 약해짐에 따라 일은 점점 줄어들었다. 시력을 거의 잃어버렸을 때, 그는 **"보이지 않는 게 무서운 게 아니라 한 번 무릎이 딱 꺾이면 다시는 일어설 수 없는 게 무서웠다. 삶이 너무도 쓸쓸한 사실도 무서웠다."**

보지 못하는 것은 살지 못하는 것과 연결되기에 절실한 문제다. 못 본 척, 쏘아대는 빛은 외면이 구멍을 키울 따름이란 걸 보여준다. 눈멂은 세상과의 연결지점을 잃어버리는 고립을 뜻한다. 빛의 사라짐은 죽음을 의미한다. 빛도, 어둠도 구원이 되지 못한다.

죽음으로 베 짜기

탈출구는 보이지 않는다. 상황은 하나같이 암울하다. 자연도 사람도 위안을 주지 못한다. 죽은 척, 못 본 척, 아닌 척하며 살아간다. 하지만 분명 보았고 알고 있다. 자기기만과 외면 외에 인물들이 살아갈 구실로 삼을 것은 없는가.

소설집의 인물들은 손을 놀려 무엇인가를 만든다. 「물거울」의 미선은 조각보를 만든다. 늪의 '검정'에 맞서듯, 천을 염색하고 색색의 천을 이어 조각보를 엮는다. 「숲의 정적」의 기정은 실물 크기의 인간 모형을 만든다. 「양산」의 그녀는 명화 속의 양산들을 만든다.

친구로부터 가게를 인수해 보지 않겠느냐는 전화가 온 것은 그녀가 권태와 소외감에서 위협을 느낄 때였다. (……)장사를 한다는 기분이 아니라 창조를 한다는 기분도 그녀에게는 매우 중요했다. 그리고 자신의 손으로 직접 만들 수 있어야 했다.

손을 놀려 뭔가를 만들면, 형체가 만들어진다. 적어도, 형체 없는 두려움에 시달리지 않아도 된다. 이집트의 피라미드는 사막의 막막함을 이겨내기 위한 산물이었다고 한다. 죽음충동은 손을 놀리는 동안 잊힌다. **"때론 가짜라도 필요하잖아, 라는 게 모형을 만드는 이유 중 하나였다."** 현실이 아닌 환상일지언정 시간을 지워준다면 상관없다. 이 상황을 견디게 해주거나 구멍에서 놓여나게 해준다면 무엇이든 괜찮다.

완벽한 인체는 이 세상에 존재하지 않고, 아름다운 인체는 상상의 산물에 불과하다는 생각이 들었다. 그것이 창작이겠지만. 인체뿐만 아니라 아름다운 것은 거의 상상의 산물일지도 몰랐다. (……)삶이 미지에 쌓여 있고, 그래서 비밀스럽고 신비로운 일이 일어날 것 같은 설렘도 있었는데 언제부턴가 그런 감정이 싹 사라져버렸다는 것을 쓸쓸하게 자각했다. 이제는 불리한 일에 덧칠하는 기교만 늘어났다는 것도.　　　　　　　　　　　　　　　　　　　　－「숲의 정적」

잠시의 유예에 불과하다는 걸 알고 있다. 하지만 인물들은 살기 위해 딴청을 부리고, 삶을 위한 필사적인 환상을 직조해낸다. 페넬로페가 구혼자들을 물리치려고 밤낮없이 베틀 앞에서 천을 짜내듯, 김영옥의 인물들은 조각보와 양산과 사람을 닮은 모형을 만든다. 코린토스의 왕 시시포스는 속임수를 써 죽음의 신 타나토스를 족쇄로 묶어 감옥에 넣었다. 죽음은 유예된다. 훗날 저승에 간 시지포스는 돌을 굴리는 노역에 처해진다. 페넬로페가 밤새 짜낸 천은 아침이면 실로 풀어내야 한다. 쌓인 눈 아래 사물은 그대로다. 다만 덮을 뿐이다. 물을 끊어낼 순 없다. 마냥 흘러갈 뿐이다. 죽음을 지울 순 없다. 잠시 잊을 뿐이다. 하지만 반복되는 노동, 내 손끝에서 만들어진 무언가는 시간의 무자비함을 잊게 한다. 시간은 내 손길 아래, 내 식대로 모양새를 만들어간다. 권태, 불안, 고독과 고통의 그림자가 채워진다.

김영옥의 페넬로페들은 죽음을 풀어내 실을 잣는다. 베틀이 움직인다. 흰 바탕에 검은 활자가 찍혀 나온다. 허무와 무의미는 형체를 갖추게 된다. 죽음에서 달아날 길은 없다. 허무와 고독에서 놓여나올 방법도 없다. 마음속의 구멍은 무엇으로도 채우지 못한다. 다만, 그 구멍의 형체를 직조해내는 것밖에. 소설로 엮인 허무와 외로움이 읽히기 시작한다. 죽음으로 죽음을 짜내며 죽음을 견디는 것, 그것이 그녀들의 생존방식이다. 글자가 된 죽음은 우리 앞에 마주앉아 있다. 구멍 속으로 죽음의 얼굴이 비로소, 보이기 시작한다. 더는 눈 돌리지 말라고 속삭인다.

숲의 정적

초판 1쇄 인쇄일 • 2017년 11월 15일
초판 1쇄 발행일 • 2017년 11월 20일

지은이 • 김영옥
펴낸이 • 임성규
펴낸곳 • 문이당

등록 • 1988. 11. 5. 제 1-832호
주소 • 서울시 성북구 동소문로 65-2 삼송빌딩 5층
전화 • 928-8741~3(영) 927-4990~2(편)
팩스 • 925-5406
ⓒ 김영옥, 2017

전자우편 munidang88@naver.com

ISBN 978-89-7456-498-8 03810